W0191010

KÖNIGS FURT

Über dieses Buch

In ihrer wechselvollen Geschichte wurden die Kelten von den römischen Eroberern vertrieben, später durch die Expansion der Engländer, Wikinger und Normannen bedrängt. Keltische Sprache und Kultur erhielten sich vor allem im Untergrund, in der mündlichen Überlieferung der zeitweilig verbotenen Sprachen Gälisch und Walisisch. So ist es zu erklären, daß in den überwiegend bäuerlichen Gegenden keltischer Kultur in Irland, Schottland, Wales und der Bretagne bis heute ursprüngliche, einzigartige Erzählformen und -themen erhalten blieben. Da geht es um Könige und Prinzen, um Schäfer und Fischer, um Riesen, Feen und die verschiedenartigsten Zauberwesen. Baranor, der Königssohn, verliebt sich in die Königstochter aus dem Reich unter den Wellen, der Bauernsohn Lod tötet den Riesen mit den zwei Köpfen, und René befreit die verdammte Seele seines toten Freundes François.

Über den Herausgeber

Frederik Hetmann (Hans-Christian Kirsch), geb. 1934 in Breslau, hat zahlreiche, preisgekrönte Romane, Biographien und Jugendbücher geschrieben. Er gilt als hervorragender Kenner der Überlieferungen des keltischen und indianischen Kulturkreises. Hetmann lebt in Limburg/Lahn.

Im Königsfurt Verlag sind von ihm bereits erschienen:
Die Reise in die Anderswelt. Feengeschichten und Feenglaube in Irland. Mit dem »Who is who der Anderswelt«. ISBN 3-89875-009-4
Madru oder Der große Wald. Das Märchen vom Baumtarot.
ISBN 3-933939-08-9 (Buch). ISBN 3-933939-29-1 (Buch und Karten im Set) ISBN 3-933939-31-3 (Karten)
Märchen und Märchendeutung – erleben und verstehen.
ISBN 3-933939-02-X
Büffelfrau und Wolfsmann. Märchen, Mythen und Legenden der nordamerikanischen Indianer. ISBN 3-89875-008-6
Das Indianerlexikon. ISBN 3-89875-010-8

Wo König Arthur schläft

Keltische Märchen

Herausgegeben, übersetzt
und mit einem Nachwort versehen
von Frederik Hetmann

KÖNIGSFURT
MÄRCHENSCHÄTZE

Die Erstausgabe erschien unter dem Titel »Keltische Märchen« im Fischer Taschenbuch Verlag, Frankfurt a. M.
Die Texte wurden für die vorliegende Ausgabe durchgesehen und um Vorbemerkung und Anhang ergänzt.

Die Deutsche Bibliothek – CIP-Einheitsaufnahme

Hetmann, Frederik:
Wo König Arthur schläft : keltische Märchen / Frederik Hetmann.
- Neuausg., veränd. Aufl.. - Krummwisch : Königsfurt, 2002
ISBN 3-89875-031-0

Erweiterte Neuausgabe
Krummwisch bei Kiel 2002

© 2002 by Königsfurt Verlag
D-24796 Krummwisch
www.koenigsfurt.com

Agentur: Montasser Medienagentur, München
Redaktion: Harald Jösten, Kiel
Umschlag: Zembsch' Werkstatt, München
Satz: Satzbüro Noch, Witten
Druck und Bindung: Bercker, Kevelaer

ISBN 3-89875-031-0

Inhalt

»Märchenschätze«

Warum heute Märchen lesen?

Das Interesse an Märchen hat seine Höhen und Talsohlen. Unabhängig davon gibt es Menschen, die Märchen einfach immer lieben. Warum?

In einer Zeit, da die Reklame die Phantasie kommerziell besetzt und als Gefangene hält, begegnen wir im Märchen noch echter Phantasie, den Urphantasien der Menschheit. In einer Zeit, da Unkenntnis des Abweichenden zu Furcht, Fremdenhaß und Gewalttätigkeit führt, läßt uns das Märchen das Andere eines fremden Landes, einer anderen Kultur besser verstehen.

Wir reisen mehr als die Generationen vor uns – aber wissen wir auch mehr von den Ländern, die wir bereist haben? Von der Eigenart ihrer Menschen, von ihrer Kultur?

Kluge Touristen, die die Dimensionen ihrer Wahrnehmungen erweitern wollten, hatten immer Märchenbände in ihrem Reisegepäck oder verlängerten sich die Freuden eines Urlaubs in der Toskana oder in Mexiko, indem sie sich hinterher einen Märchenband des betreffenden Landes vornahmen.

Was mich persönlich an Märchen immer wieder begeistert, ist, daß sie, je nachdem, wie wir es betrachten, höchst einfache, unkomplizierte, sofort einleuchtende Geschichten mit einem hohen Unterhaltungswert und großem poetischen Zauber sind. Denkt man aber etwas genauer über das nach, was man da gelesen oder gehört hat, so stellt sich heraus, daß das Märchen die Eigenschaft besitzt, Weisheit über viele Generationen hin in sich aufzunehmen, in Handlung umzusetzen und als Botschaft für den, der Augen hat zu sehen und

Ohren hat zu hören, zu übermitteln – ohne erhobenen Zeigefinger, gewissermaßen mit sanfter Gewalt.

Warum sind unsere Träume Märchen so ähnlich? Weil sie eine Verwandtschaft mit den Märchen haben, weil auch in das Märchen die Fähigkeit eingeschlossen ist, unsere individuellen Probleme besser zu verstehen, indem wir begreifen, daß es Probleme sind, die mit unserem Sein als Menschen zusammenhängen. Das kann trösten, stärken, Rat geben.

Ich bin froh, daß es der Königsfurt Verlag unternimmt, all jene Märchen, die ich im Laufe meines Lebens in Ländern, die ich bereiste und deren Kultur ich erkundete, gesammelt habe, in neuen Ausgaben wieder herauszubringen.

Märchen zu übersetzen, zu edieren, vorzulesen oder zu erzählen bedeutet auch, andere an dem teilhaben zu lassen, was man als seinen besonderen individuellen Schatz ansieht.

Die Schatztruhe ist geöffnet ...!

Frederik Hetmann

Märchen aus Irland

Wünschegold

Es war einmal vor langer Zeit ein König in Erin, der hatte drei Söhne. Eines Tages ging der König mit der Königin spazieren, um sich die Wellen und die Felsen am Strand anzuschauen.

Nachdem sie eine Zeit umhergegangen waren, kam von weit draußen auf der See ein Segelboot herein.

Als das Boot anlegte, sahen sie vor sich einen grauhaarigen, alten Mann, der sprach zu ihnen:

»Es wundert mich doch, daß Ihr nicht einmal aufs Meer hinausfahrt. Da gibt es Dinge zu sehen, daß ihr Euch wundern würdet.«

»Wie können wir aufs Meer hinausfahren, wenn wir weder ein Schiff noch ein Boot haben?« sagte der König.

»Dann steigt bei mir ein«, sprach der Alte zu dem König, »und die Königin könnt Ihr auch mit an Bord bringen.« Der König und die Königin nahmen diese Einladung an, und sie segelten eine ganze Weile, bis wieder Land in Sicht kam. Der Alte hielt auf die Küste zu.

»Wollt Ihr nicht einmal aussteigen?« fragte er den König. Der stand auf und wollte an Land gehen.

»Das wundert mich aber«, sprach da der Alte, »Ihr seid doch ein König und solltet wissen, was gute Sitten sind. Dennoch fällt es Euch nicht ein, daß man der Königin den Vortritt läßt.«

Der König schlug sich an den Kopf und gab dem Alten recht. Darauf trat er beiseite und ließ seine Frau ans Land steigen.

In diesem Augenblick aber stieß der Alte sich mit der Sohle seines Stiefels so kräftig von einem Felsen ab, der nahe dem Ufer aus dem Wasser ragte, daß das Boot neun Meilen in die offene See hinausschoß.

Der König war erstaunt und erschreckt. Aber der Alte sagte nur:

»Habt Ihr Euch etwa nicht immer schon einmal heimlich gewünscht, ohne Eure Frau, die Königin, ein Abenteuer zu erleben? Macht Euch um ihre Sicherheit keine Gedanken. Ehe sie es sich versieht, wird sie zurückversetzt sein auf Euer Schloß. Das steht in meiner Macht.«

Das Boot fuhr dann tagelang mal in diese, mal in jene Richtung, bis sie an die Insel der Einsamkeit kamen. Hier ankerte das Boot, der König stieg aus und wanderte über die Insel dahin, bis er zu einem Schloß kam. Er trat ein. Niemand war darin außer einer Frau, die war so schön wie eine Nacht, in der Mond und Sterne scheinen. Sie hatte langes schwarzes Haar, ihre Arme schimmerten wie poliertes Elfenbein, ihr Mund war wie ein rotbackiger Apfel, von dem es einen verlangt zu kosten, und wenn man ihre Fingerspitzen betrachtete, war man sicher, daß sie viele Bewegungen voller Zärtlichkeit ausführen konnten.

Die Frau bereitete dem König ein Essen. Sie saßen an einem Tisch, teilten Speis und Trank, und als sie sich gestärkt hatten, erhob sich die Frau und zog die Schleife des Gürtelbandes auf, das ihr Gewand zusammenhielt. Sie machte eine Bewegung mit den Schultern, und das Gewand glitt über ihren Körper herab und fiel auf den Boden.

»Nun legt Euch zu mir«, sagte sie leise zu dem König von Erin.

Der König fand ihr Benehmen etwas seltsam, denn in seinem Land waren es die Männer, die eine solche Aufforderung aussprechen, wenn sie das Bedürfnis nach Liebe haben.

Es war aber so, daß ihr Anblick jeden Gedanken in ihm auslöschte, und so trug er sie zu einem Lager und schlief mit ihr.

Am nächsten Morgen, als er aufwachte, stand schon das Frühstück bereit. Und als sie gegessen und getrunken hatten, gingen sie hinunter zum Strand, um nach dem Boot zu schauen. Aber da waren kein Schiff und kein Boot mehr zu sehen, weder verankert an Land, noch draußen auf dem Meer.

Dem König von Erin blieb keine andere Wahl, als auf der Insel der Einsamkeit zu bleiben, und da es sonst dort wenig zu tun gab und sich auch keine anderen Vergnügungen boten, spielte er mit der Königin der Insel alle Spiele der Liebe. Nach geraumer Zeit wurde die Königin der Insel der Einsamkeit schwanger, und als die rechte Zeit dafür um war, gebar sie einen Sohn.

Als das Kind nun drei Monate alt war, sprach die Königin:

»König von Erin, Ihr könnt nun heimsegeln, wenn es Euch gefällt.«

»Aber wie soll ich heimfahren, da es doch kein Schiff gibt.«

»Ein Schiff ist bereit«, sagte die Königin, »aber ehe Ihr aufbrecht, sollt Ihr ein Zeichen machen, an dem Ihr Euer Kind selbst dann noch wiedererkennt, wenn Ihr es lange nicht gesehen habt.«

»Gut«, sprach der König, »wir werden dem Kind die kleine Zehe des rechten Fußes abschneiden. Das wird ihm nicht allzu weh tun, und es ist für das ganze Leben ein untrügliches Zeichen.«

So also geschah es. Der König ging dann zum Strand, und dort stand tatsächlich ein seetüchtiges Schiff für ihn bereit. Er nahm Abschied und lenkte sein Schiff heim in das Land, aus dem er gekommen war.

Während der Zeit aber, da der König von Erin auf der Insel der Einsamkeit gelebt hatte, galt er als tot. Die Nachricht sprach sich herum, und auch der Weiße König hörte davon.

Der dachte bei sich: »Jetzt ist die rechte Zeit, um eine Flotte zu sammeln, nach Erin zu segeln und dieses Land zu erobern.«

Bis aber eine große Flotte gebaut war, vergingen sieben Jahre. Der König von Erin war längst schon wieder in seinem

Reich, und sein Sohn war auf der Insel der Einsamkeit zu einem Knaben herangewachsen, der, wie jung er auch noch sein mochte, bei allen Wettspielen große Geschicklichkeit bewies.

Der Weiße König segelte mit seiner Flotte gegen Erin, und den König von Erin forderte er auf, entweder mit ihm um die Krone dieses Reiches zu kämpfen oder hinfort Tribut zu entrichten.

Der König von Erin ließ antworten, er sei noch nie tributpflichtig gewesen, und die Krone müsse sich der Weiße König schon im Kampf nehmen.

Als des Königs drei Söhne aber davon hörten, daß es vielleicht eine Schlacht geben werde, rannten sie von daheim fort und versteckten sich an einem Ort, an dem niemand sie finden konnte.

Dies alles wußte die Königin von der Insel der Einsamkeit, denn sie hatte die seltene Gabe, auch Dinge zu sehen, die sich weit in der Ferne zutragen. Nicht immer hatte sie diese Gabe, aber doch manchmal.

»Nun«, sagte sie zu ihrem Sohn, dem sie den Namen »Wünschegold« gegeben hatte, »es ist angenehm, hier zusammenzusitzen, aber bei deinem Vater, dem König von Erin, sieht es ganz anders aus. Er ist in großer Bedrängnis.«

»Was ist mit ihm?« fragte der Junge.

»In aller Welt hat man angenommen, er sei tot. Das hörte auch der Weiße König. Nun hat er eine Flotte ausgerüstet und ist gen Erin gesegelt, um das Land in Besitz zu nehmen. Dein Vater hat niemanden, der ihm hilft, und morgen wird der Kampf mit dem Weißen König beginnen.«

»Hat er nicht drei Söhne, die älter sind als ich?« fragte Wünschegold.

»Das spielt keine Rolle«, sagte seine Mutter, »ich bin daran schuld, daß er in diese unangenehme Lage geraten ist. Ich sollte ihm jemanden schicken, der ihm hilft.«

»Dann laß mich gehen«, sagte Wünschegold.

»Recht so«, sprach seine Mutter.

Am nächsten Morgen also sattelte er eine Stute und preschte davon, nach Erin. Als der König von Erin, sein Schwert unter dem Arm, vor sein Schloß trat, um dem Heer des Weißen Königs zu begegnen, sah er einen Reiter, der, über das Meer hin, auf ihn zukam. Da sprach er bei sich:

»Es bleibt Zeit abzuwarten. Wollen doch sehen, wohin dieser Mann reitet, der sein Pferd über die Wellen gehen lassen kann. Es stehen schon Männer genug gegen mich, aber wenn sich auch noch dieser Reiter auf ihre Seite schlägt, dann sind es einfach ihrer zu viele.«

Als der Reiter die Flotte des Weißen Königs erreichte, stürzte er sich auf sie, wie sich ein Falke auf kleine Vögel stürzt oder der Fuchs unter die Hennen fährt. Es gab einen Haufen abgeschlagener Köpfe, einen Haufen mit Leibern und einen dritten Haufen mit ihren Waffen. Wünschegold tötete alle, verschonte keinen, bis er zum Weißen König kam. Den nahm er unter den Arm und schleppte ihn mit vor den König von Erin.

»Wollen wir diesen Menschen töten, oder soll er Euch Tribut zahlen, bis an sein Lebensende?« fragte Wünschegold den König von Erin.

»Ich will ihn nicht mutwillig um sein Leben bringen«, antwortete der König von Erin, »wenn er mir Tribut zu zahlen verspricht, soll er am Leben bleiben. Ach, hätte ich doch nur auch einen so tüchtigen jungen Mann zum Sohne, wie du einer bist.«

Da zog der Junge den rechten Schuh aus und zeigte dem König, daß an diesem Fuß die kleine Zehe fehlte und erzählte seine Geschichte.

Der König von Erin erkannte seinen Sohn und war froh. Der Weiße König versprach, Tribut zu entrichten, und machte sich davon. Wünschegold wollte auf der Stelle zu seiner Mutter zurückkehren, aber sein Vater bat ihn, doch noch zwei oder drei Tage bei ihm in Erin zu verbringen.

Am nächsten Tag veranstaltete der König eine große Jagd, und als sie aufbrachen, sah die Königin Wünschegold lange an und sprach:

»Der Junge gefällt mir. Ich möchte ihn immer um mich haben, solange er in Erin ist.«

Da freute sich der König, daß die Königin Wünschegold so gern mochte, und er bat ihn, den Tag über bei ihr zu bleiben. Als der König mit seinen Männern fort war, ging die Königin zu einem alten Druiden und sagte:

»Ich werde Euch den Kopf abschlagen lassen, wenn Ihr mir nicht sagt, wie ich Wünschegold umbringen kann.«

»Ihr seid das böseste Weib, das mir je begegnet ist«, antwortete der Druide, »Ihr wollt den Jungen töten, der Euren Mann und das Königreich gerettet hat.«

»Wenn ich ihn nicht töte, bekommt er das Königreich, und meine Söhne gehen leer aus.«

»Nun gut«, sagte der Druide, »ich will Euch sagen, was Ihr tun müßt. Auf der Insel, wo der Junge aufgewachsen ist, gibt es kein Steilufer, alles ist dort flach und eben. Geh mit ihm zu den ›Wunderbaren Klippen‹ jenseits des Schlosses, und er wird zugeben, daß sie tatsächlich wunderbar sind. Ihr antwortet dann, für Euch seien sie gar nicht so wunderbar, Eure Söhne würden hinab und wieder heraufspringen. Wenn er das hört, wird er versuchen, das nachzumachen, und sich dabei den Hals brechen.«

Die Königin tat, wie der Druide ihr geraten. Wünschegold sprang hinab, und als er beim Sprung hinauf sich der Kante der Klippen näherte, gab ihm die Königin einen Stoß. Da stürzte er und fiel in die See. Wellen trugen ihn fort und spülten ihn endlich auf einer Insel an den Strand. Er erhob sich, lief bis zur Mitte der Insel. Dort sah er ein Haus. Er trat ein. Über dem Feuer wurde an einem Spieß eine Forelle gebraten.

»Ich will diesen Fisch essen«, sprach er bei sich.

Dann aber dachte er: »Er gehört mir nicht, besser, ich rühre ihn nicht an.«

Er ging wieder hinaus und sah, wie ein schrecklicher Riese angerannt kam, der hatte fünf Köpfe auf der Schulter. Der Riese stieß ein solches Gelächter aus, daß dabei ein Mann durch seinen Hals bis hinab in seinen Magen hätte sehen können.

»Du häßliches Biest«, sagte Wünschegold, »warum lachst du denn so?«

»Ich freue mich, daß ich dich heute zum Mittagessen verspeisen kann. Darum lache ich«, sagte der Riese.

»Noch hast du mich nicht«, sagte Wünschegold.

Die beiden begannen miteinander zu kämpfen. Wünschegold war viel stärker als der Riese, er zwang ihn zu Boden und schnitt ihm die fünf Köpfe ab.

»Gute Arbeit«, sagte sich Wünschegold und wischte sich die Hände an seinen Hosen ab.

»Jetzt könnte ich mir doch die Forelle schmecken lassen«, überlegte er, aber dann sprach er: »Nach allem, was ich gelernt habe … wo ein solcher Riese ist, da sind auch noch mehr.«

Er sah sich um, und tatsächlich, da kam auch schon ein noch größerer Riese mit fünf Köpfen angerannt. Sie kämpften miteinander. Wünschegold war stärker. Er zwang den zweiten Riesen zu Boden, zog sein Schwert und schnitt alle fünf Köpfe ab.

Jetzt ging er ins Haus und aß die Forelle, und als er damit fertig war, kam der dritte Riese auf ihn zu.

Sie gingen aufeinander los und kämpften so verbissen miteinander, daß alles Harte weich und alles Weiche hart wurde, und Leute aus der Ober- wie aus der Unterwelt, die diesem Kampf zusahen, hielten ihn für ein Wunder, aber zum Schluß blieb Wünschegold doch Sieger, warf den Riesen zu Boden und hieb ihm die fünf Köpfe ab.

»Das war eine gute Tat«, sprach Wünschegold. »Aber wo drei Söhne sind, muß es auch eine Mutter geben. Mit ihr werde ich mich wohl auch noch herumschlagen müssen.« Eine schreckliche alte Hexe kam auf ihn zu. Drei Tage und drei Nächte kämpften sie miteinander.

Wünschegold konnte die Alte nicht bezwingen, aber sie preßte ihm fast das Herz aus der Brust, bis er schließlich dachte: Hier werde ich meinen Tod finden.

In diesem Augenblick hörte er hinter sich die Stimme seiner Mutter sagen: »Wünschegold, ich will mich hier nicht einmischen. Und wenn du zehnmal dein Leben verlieren solltest, ich würde dir nicht helfen. Es ist eine Schande für einen Helden, drei Tage und drei Nächte sich mit einer alten Frau herumzuschlagen. Wie oft habe ich dir gesagt, daß niemand auf der Welt einer alten Hexe etwas anhaben kann, solange sie ihr Netz umhat.«

Darauf zerhieb Wünschegold das Netz, das der Alten über die Schulter hing, und tatsächlich, jetzt war sie nicht kräftiger als jede andere Frau, und im Nu gewann er die Oberhand und tötete sie.

Wünschegold zog heim zu seiner Mutter, und sie lehrte ihn viele Dinge.

Die Nachricht aber lief um durch sieben Königreiche, Wünschegold sei tot.

»Jetzt schlägt meine Stunde«, sagte der Weiße König. »Ich habe es nicht mehr nötig, dem König von Erin Tribut zu zahlen. Jetzt, da er ohne Beistand ist, will ich ihm eine Schlacht liefern.«

»Ich ziehe auch mit«, sagte der Gefleckte König. »Ich werde den König von Erin tributpflichtig machen und ihn zwingen, daß er den Weißen König nicht länger mit Tributforderungen behelligt.

Die beiden Könige rüsteten also eine Flotte aus und segelten nach Erin. Als sie das Land erreichten, sandte der Gefleckte König eine Botschaft an den König von Erin:

»Zahl mir von nun an Tribut oder kämpfe mit mir um dein Königreich.«

Der König von Erin ließ antworten:

»Ich kämpfe bis zu meinem Tod, ehe ich irgend jemandem Tribut gebe.«

Die Schlacht sollte am nächsten Tag stattfinden. Die Söhne des Königs, feig wie sie waren, hatten sich wieder versteckt. Wünschegold und seine Mutter saßen an diesem Abend daheim beisammen.

»Uns geht es gut«, sprach die Königin der Einsamen Insel, »von deinem Vater in Erin kann man das nicht behaupten. Er ist in großer Gefahr.«

»Was ist denn mit ihm?« fragte Wünschegold.

»Als dich die Königin von Erin die Klippe hinabstieß, verbreitete sich durch sieben Königreiche die Nachricht, du seist tot. Nun haben der Weiße König und der Gefleckte König eine große Flotte ausgerüstet und wollen deinen Vater besiegen. Du mußt ihm unbedingt morgen zu Hilfe eilen.«

»Aber mein Vater hat doch noch drei Söhne, die älter sind als ich.«

»Ich bin es, die an all dem schuld hat. Ich lockte deinen Vater übers Meer hierher. Du mußt ihm helfen.«

»Du weißt, wie es mir ergangen ist, als ich das letzte Mal in Erin war«, sagte Wünschegold.

»Ich weiß«, sagte die Mutter, »aber ich gebe dir diesmal etwas mit auf den Weg, das dich vor dererlei Anschlägen schützen wird. Hier ist ein Gürtel. Leg ihn an, und wenn ein Mann oder eine Frau dir Böses will, wird sich der Gürtel von selbst zusammenziehen, und das wird dich warnen.«

Wünschegold schwang sich auf seine Stute und brach auf nach Erin.

Am nächsten Morgen ging der König von Erin aus mit seinem Schwert unter dem Arm, um sich seinen Feinden entgegenzustellen, da sah er einen Reiter von der See her herankommen.

»Ich will noch eine Weile warten«, dachte der König, »wenn mir der Reiter zu Hilfe kommt, habe ich Zeit genug, wenn er aber gegen mich kämpft, kommt mein Tod noch früh genug.«

Der Reiter griff die beiden Armeen an und stürzte sich auf sie wie ein Falke auf kleine Vögel, und wie sich der Fuchs auf die Hennen stürzt. Bald waren alle Krieger tot, außer den beiden Königen, die schleppte er vor seinen Vater und fragte:

»Soll ich sie töten, oder wollt Ihr sie tributpflichtig machen?«

»Doppelten Tribut für den Weißen König, einfachen Tribut für den Gefleckten König.«

Die beiden Könige versprachen zu zahlen, und dann zogen sie ab, ein jeder in sein Reich.

Wünschegold wollte heim, aber sein Vater bestand darauf, er solle zwei oder drei Tage in Erin auf Besuch bleiben.

Am nächsten Tag war eine große Jagd, und diesmal zog Wünschegold mit, denn die Königin wagte es nicht, ihn aufzufordern, bei ihr zu bleiben.

Als alle fort waren, ging sie zu dem alten Druiden und sagte:

»Ich lasse dich töten, wenn du mir nicht rätst, wie ich Wünschegold umbringen kann.«

»Ich werde dir sagen, was da zu tun ist«, sagte der Druide, »schlachte einen Hahn, füll sein Blut in eine Flasche, und dann leg dich ins Bett. Tu so, als ob du sterbenskrank seist, nimm etwas Blut in den Mund und spei es aus. Dann werden alle denken, es stehe sehr schlecht um dich. Dann schick einen Boten zum König und laß ihm sagen, wenn er dich noch lebend antreffen wolle, müsse er schnell kommen. Am besten, du schickst nicht nur einen Boten, sondern drei, vier, die nacheinander eintreffen. Dann wird alles noch glaubwürdiger wirken. Wenn der König kommt und fragt, was dir fehlt, so sage ihm: ›Nichts kann mich retten als eine Flasche mit Wasser aus der Quelle der Königin vom Großen Rad in der Östlichen Welt, und Wünschegold allein kann dieses Wasser beschaffen.‹«

Die Königin tat, wie ihr geheißen, und als der König an ihr Bett trat, sagte sie: »Ich werde bald sterben müssen.«

»Gibt es denn nichts, was dich heilen könnte«, sagte der König.

»Höchstens Wasser aus der Quelle im Reich der Königin vom Großen Rad in der Östlichen Welt.«

»Wer könnte dieses Wasser holen?«

»Wünschegold könnte es holen, wenn du ihn schickst.«

»Das werde ich nicht tun«, sagte der König, »du hast ja auch drei Söhne. Ich werde ihn nicht der Gefahr aussetzen. Sollen sie doch gehen.«

Die drei Söhne machten sich fertig und brachen auf. Wünschegold aber dachte, daß es nicht recht sei, daheim zu bleiben. Also zog er mit ihnen. Sie reisten lange Zeit, bis sie an ein Haus kamen, und dort trafen sie eine schöne Frau. Sie nahm Wünschegold bei der Hand und begrüßte ihn freundlich. Sie bot ihm zu essen und zu trinken an und gab auch den drei anderen Prinzen, was sie brauchten. Im Bett aber lag ein alter Mann, der rief: »Tochter, wer ist dieser Mann, daß du ihn so herzlich willkommen heißt?«

»Es ist Wünschegold, der Sohn deiner Schwester und des Königs von Erin. Er wird dir gleich selbst erzählen, warum er sich auf den Weg gemacht hat.«

Wünschegold rückte einen Stuhl an das Bett und erzählte dem Alten genau, was geschehen war und welchen Auftrag er hatte. »Ich habe viele Könige und Prinzen hier vorbeikommen sehen«, antwortete der Alte, »sie alle waren auf der Suche nach diesem Wasser, aber keiner von ihnen ist je wieder heimgekehrt. Es wäre besser, du ließest von dieser Suche ab.«

»Nein, ich kehre nicht um. Ich muß dieses Wasser finden, und koste es mein Leben.«

Als der älteste Sohn des Königs von Erin von der großen Gefahr hörte, fiel er vor Schreck tot um.

»Nun«, sagte Wünschegold, »wir waren wenige zuvor, jetzt sind es noch weniger, aber wenn wir dieses Wasser finden, werden wir dich wieder zum Leben erwecken.«

Dann legten sie die Leiche in eine Kiste mit grünen Blättern, damit sie nicht verweste. Am nächsten Tag reisten die drei jungen Männer weiter, und als es Abend wurde, kamen sie wieder an ein Haus. In ihm wohnten Verwandte seiner Mutter, und wieder war da ein alter Mann, der Wünschegold warnte weiterzugehen.

Der zweite Sohn des Königs von Erin nahm sich diese Warnung so zu Herzen, daß er tot umfiel.

Auch davon ließ sich Wünschegold nicht von seinem Vorhaben abbringen.

Der Tote wurde wieder in eine Kiste gepackt, die mit grünen Blättern ausgelegt war, und weiter ging's! Nun waren sie nur noch zu zweit, und am Abend kamen sie an ein Haus und trafen dort eine schöne Frau, die hieß Wünschegold herzlich willkommen. Sie führte die beiden jungen Männer ins Haus, brachte ihnen zu essen, und drinnen war ein alter Mann, der fragte Wünschegold:

»Was führt dich hierher? Ich nehme an, es war nicht der Wunsch, mich zu sehen.«

»Du hast recht«, sagte Wünschegold, »ich bin auf dem Weg ins Königreich des Großen Rades, um dort eine Flasche Wasser für die Königin von Erin zu holen.«

»Ich habe viele Könige und Ritter hier vorbeikommen sehen, die auch nach diesem Wasser suchten«, sprach der Alte, »aber heimgekommen ist keiner. Dieses Königreich muß eine schreckliche Gegend sein. Zwischen meinem Haus und dem Schloß des Großen Rades gibt es drei Brücken, die von den Hunden der Königin bewacht werden. Ihr Mund ist so weit aufgerissen, daß man meinen könnte, sie würden die ganze Welt verschlingen. Aber da du so weit herkommst und ein Glückskind bist, wirst du es vielleicht schaffen, bis zu der Quelle vorzudringen. Die Königin schläft nur einmal in sieben Jahren, und dann schläft sie einen Tag und ein Jahr. Wenn sie merkt, daß sie müde wird, hängt sie ihr Schloß an den Himmel. Und wenn sie schläft, dann schläft alles, was zu ihrem Hofstaat gehört, auch, obwohl man meinen könnte, sie seien alle wach, denn sie haben dabei die Augen auf. Wenn du die Brücke überschreitest, kommst du an eine hohe Mauer, die höchste Mauer der Welt. Ein starker Kerl, wie du einer bist, müßte es schon schaffen, über die Mauer hinwegzukommen. Aber an den vier Ecken der Mauer sitzen vier Katzen. Ihr Anblick allein hat schon manch einen Menschen getötet. Jede Katze hat einen vergifteten Schwanz und giftige Zähne. Wenn du aber an den Katzen vorbeikommst, dann steht nichts mehr im Weg, und du kannst das Wasser aus der Quelle schöpfen. Danach wirst du einen Baum sehen, der mitten in einem Garten steht. In seinen Zweigen hängen drei Äpfel, ein großer, ein mittelgroßer und ein kleiner. Pflücke diese Äpfel, und wirf den großen hinauf in den Himmel und versuche, damit das Schloß zu treffen, es wird dann ein Stück herabrutschen, wirf dann den mittelgroßen Apfel, und es wird noch etwas weiter herunterkommen. Wirf den kleinen Apfel, und du wirst sehen, wie das Schloß dann wieder auf der Erde steht. Fang aber alle Äpfel wieder auf, ehe sie den Boden berühren. Dann mußt du noch einen großen Sprung zu dem Rad hin machen, das an der Ecke steht, und es anhalten, sonst hört das Schloß nicht auf zu wackeln. Geh dann zur Küchentür, dort liegen Schlüssel, unter denen mußt du jenen heraussuchen, der für die Tür zur Halle paßt. Kann sein, daß du Jahr und Tag suchen mußt, kann aber auch sein, daß du ihn innerhalb einer Minute findest.«

Als der dritte Sohn des Königs von Erin das hörte, fiel er vor Schreck tot um.

»Ich sehe schon«, sagte Wünschegold, »jetzt bin ich schlimm dran, denn nun bin ich ganz allein.«

Am nächsten Morgen wusch er sich Gesicht und Hände und machte sich auf den Weg. Er kam an die erste Brücke. Dort saß ein gräßlicher Hund, der fletschte die Zähne und wollte ihn anspringen.

»Nicht einmal ein Vogel, der durch die Luft fliegt, würde diesem Hund entkommen«, dachte Wünschegold, »aber ich muß an ihm vorbei.«

Er ging mutig weiter und kam ohne Schwierigkeiten über die Brücke, denn der Hund schlief.

Er überquerte die zweite Brücke und kam an die Mauer mit den greulichen Katzen, aber auch sie schliefen, und so wurde es ihm nicht schwer, über die Mauer zu klettern.

Nun stand er im Garten. Er ging zur Quelle, füllte drei Flaschen, stellte sie beiseite, und dann pflückte er die Äpfel und warf damit nach dem Schloß in den Wolken. Tatsächlich, nachdem er auch noch den kleinsten Apfel geworfen hatte, stand das Schloß auf der Erde. Wünschegold sprang zu dem Rad, hielt es an, und das Schloß bewegte sich nicht mehr. Er fand den großen Haufen mit Schlüsseln und dachte ganz verzweifelt, weil es so viele Schlüssel waren:

»Da kann ich ja mein ganzes Leben lang suchen, bis ich den richtigen Schlüssel finde.«

Aber dann erinnerte er sich an ein Wort seiner Mutter:

»Hat sie nicht immer gesagt«, rief er, »daß das Schloß zur Halle auch den größten Schlüssel hat.«

Er nahm also den größten Schlüssel, und siehe, er paßte. Er lief durch das Schloß, bis er in das Zimmer kam, in dem die Königin des Großen Rades schlief. Ihre Schönheit erregte ihn, und so versuchte er, ihr eines jener Geschenke zu hinterlassen, die erst nach geraumer Zeit offenbar werden. Damit sie aber wisse, von wem dieses Geschenk sei, schrieb er einen Zettel mit der Nachricht, daß der Sohn des Königs von Erin hiergewesen sei. Er schob das Stück Papier der Frau zwischen ihre Brüste, nahm die Äpfel, warf sie, und das ganze Schloß mitsamt seinen Bewohnern erhob sich langsam wieder in den Himmel.

Er holte die Flaschen mit dem Lebenswasser und rannte dann eilig über die Brücken, bis er zu dem Haus des dritten alten Mannes, seinem Onkel, kam. Er besprengte ihn mit dem Wasser, und sofort wurde er ein Junge von 15 Jahren. Er holte auch den Sohn des Königs von Erin ins Leben zurück, und zusammen reisten sie, bis sie an das Haus des zweiten alten Mannes kamen. Auch ihm gab Wünschegold seine Jugend wieder und erweckte dort den zweiten Sohn des Königs von Erin von den Toten. Zu dritt reisten sie weiter und kamen zu dem dritten Onkel von Wünschegold. Auch ihn machten sie mit dem Lebenselixier wieder jung und ließen auch den ältesten Sohn des Königs von Erin von den Toten auferstehen.

Zu viert reisten sie weiter.

Wünschegold war etwas vorausgegangen, da sprachen die drei anderen untereinander:

»Wünschegold wird erzählen, wie feige wir waren. Es wäre besser, wir töteten ihn und nähmen das Lebenswasser an uns.«

In diesem Augenblick wurde der Warngürtel enger. Wünschegold wandte sich um:

»Hört her, ihr drei. Ich weiß, was ihr im Schilde führt. Aber hier, nehmt das Wasser und bringt es heim.

Ich gehe meiner Wege und werde mich in Erin nie mehr sehen lassen. Ihr müßt aber nicht denken, ich würde euch diesen Vorschlag machen, weil ich Angst vor euch habe. Von Leuten eures Schlages könnte ich Hunderte ohne große Anstrengung töten.«

Die Brüder zogen nach Erin, und er reiste zur Einsamen Insel.

Als sich die drei Brüder dem Schloß in Erin näherten, stand draußen der König und fragte:

»Wo ist Wünschegold?«

»Ach, zum Teufel mit Wünschegold«, sagten die Brüder, »als er hörte, wie gefährlich der Auftrag war, fiel er aus Furcht auf der Stelle tot um. Er taugt nichts.«

»Das ist nicht wahr«, sagte der König von Erin, »ich bin sicher, Wünschegold hat die ganze Arbeit gemacht und wurde getötet. Ihr habt euch herausgehalten, und deswegen seid ihr jetzt hier.«

Sie stritten alles ab.

Als die Königin von Erin hörte, daß Wünschegold tot sei, brauchte sie das Lebenswasser nicht mehr. Sie sprang aus dem Bett, gesund wie eh und je.

Auf der Einsamen Insel übten sich Wünschegold und seine Mutter Tag für Tag im Kampf.

Wünschegold war so geschickt, daß seine Mutter nicht ihn durch alle Räume jagte, sondern er sie, und sie sich anstrengen mußte, um nicht von seinen Schwertschlägen getroffen zu werden.

Aber eines Abends, als sie vor dem Feuer saßen, sprach sie:

»Uns geht es gut, aber morgen früh wird man dich in Erin dringend brauchen.«

»Ich gehe nie mehr nach Erin. Von diesem Land habe ich genug«, sagte Wünschegold.

»Ach was, du mußt gehen. Als die Königin des Großen Rades erwachte, lag neben ihr ein Baby von ein paar Wochen. Sie sprang aus dem Bett. Ein Zettel, den du geschrieben hast, fiel auf den Boden. Sie las ihn und war außer sich vor Zorn. Ich muß schon sagen, es war nicht sehr schicklich, wie du dich benommen hast. Immerhin ist sie eine hochgestellte Dame, und wer von ihren Rittern und Dienern wird ihr glauben, wenn sie erzählt, wie sie zu dem Kind gekommen ist.

Sie zieht jetzt nach Erin zum Schloß deines Vaters, droht, sein ganzes Reich zu verwüsten und verlangt den Kopf des Mannes, der in ihr Schloß eingedrungen ist, während sie schlief. Sie hat den ältesten Sohn des Königs von Erin herausgefordert, mit ihr morgen mittag zu kämpfen. Dabei wird sie erfahren, daß er nicht der Missetäter war. Sie wird ihn töten und seine zwei Brüder dazu. Und dann ist dein Vater an der Reihe, wenn du dich ihr nicht entgegenstellst. Ich werde dir sagen, was du tun mußt.

Gewiß ist sie so stark, daß niemand auf der Welt sie überwinden kann, aber wenn du dich am Morgen, ehe sie aufgestanden ist, zu ihrem Zelt schleichst und mit deinem Schwert an ihre Zeltstange schlägst, und wenn es dir dann gelingt, den ersten und den zweiten Schlag, den sie gegen dich führt, abzuwehren, kann dir nichts geschehen.«

Wünschegold nahm seine besten Waffen, und am nächsten Morgen war er in Erin, stand vor dem Zelt der Königin vom Großen Rad, schlug an ihre Zeltstange.

Sie sprang aus dem Bett und rief:

»Wer wagt es, meine Ruhe zu stören?«

»Der, in dem du deinen Meister gefunden hast«, antwortete Wünschegold.

»Wir werden sehen, wer hier der Meister ist, wenn ich vor dir stehe«, rief sie.

Die Königin nahm ihre Waffen, kam heraus, fuhr in die Luft und stieß auf Wünschegold nieder. Er aber wehrte ihren ersten Streich ab.

»Du bist ein guter Kämpfer«, sagte sie, »das hat noch keiner vor dir fertiggebracht. Aber meinem zweiten Streich wirst du nicht entgehen.«

Wieder fuhr sie in die Luft, kam herab, und wieder gelang es Wünschegold, ihren Schwertstreich zu parieren.

»Ausgezeichnet«, rief sie, »das hätte ich nicht gedacht. Aber mit dem nächsten Hieb werde ich dich vernichten.«

»Wünschegold«, rief da die Königin von der Einsamen Insel, »ich würde die Mutter meines Kindes nicht schonen, wenn die Mutter meines Kindes mich nicht schont.«

»Bist du Wünschegold?« fragte die Königin vom Großen Rad erstaunt, »immer ist mir prophezeit worden, daß ich mich vor ihm in acht nehmen müsse, aber auch, daß er mein Mann werden würde.«

Da ließ sie das Schwert sinken, küßte ihn, und sie gingen beide zum Schloß des Königs von Erin, wo sie Hochzeit hielten. Wünschegold gab jedem im Schloß ein Geschenk, und die Königin von Erin rief:

»Soll ich etwa nichts bekommen?«

»Oh, für dich habe ich selbstverständlich auch noch etwas«, sagte Wünschegold.

Er zog einen schönen Ring hervor und reichte ihn ihr.

Sie war sehr stolz, steckte den Ring an den Finger, da zog sich der Ringreif zusammen, daß sie es schmerzte.

»Wünschegold«, sagte sie, »dein Geschenk gefällt mir nicht.«

»Es ist ein wunderbares Geschenk.«

»Wünschegold, nimm mir den Ring wieder vom Finger.«

»Niemand auf der Welt könnte diesen Ring wieder von deinem Finger abziehen, ehe du nicht die Wahrheit gesagt hast«, antwortete Wünschegold. »Der Ring wird dir den Finger brechen, er wird dich zu Tode martern, wenn du uns nicht sogleich sagst, wer der Vater deines ältesten Sohnes war.«

»Wer sonst, wenn nicht der König von Erin.«

»Es fließt nicht ein Tropfen königliches Blut in den Adern deines Sohnes.«

»Wünschegold, nimm mir den Ring vom Finger!«

»Die Wahrheit«, erinnerte sie Wünschegold.

»Nun gut«, sagte die Königin, »der König und ich hatten keine Kinder. Ich fürchtete, ohne Erben werde die Krone verlorengehen. Der Vater meines ältesten Sohnes ist des Königs Schweinehirt.

»Das will ich dir glauben«, sagte Wünschegold.

»Nimm mir jetzt den Ring ab«, schrie die Königin.

»Nicht, bis du uns auch noch verrätst, wer mit dir den zweiten Sohn gezeugt hat.«

»Der Gärtner des Königs.«

»Sieh da«, sprach Wünschegold.

»Den Ring, den Ring«, jammerte die Königin.

»Und wer ist dann der Vater des jüngsten Sohnes?«

»Des Königs Kutscher.«

»Ich verstehe«, sagte Wünschegold, »jetzt wird der Ring an deinem Finger dich nicht mehr schmerzen.«

Als der König von Erin all das hörte, wurde er sehr zornig und rief:

»Ich werde sie alle zu Asche verbrennen lassen.«

»Tu das nicht«, sagte Wünschegold, »warum willst du Schuld auf dich laden. Verlasse sie.«

Der König von Erin heiratete die Königin der Einsamen Insel, und sie zogen in ihr Land und lebten auf ihrem Schloß. Wünschegold und die Königin vom Großen Rad aber zogen in das andere Königreich und waren dort glücklich und zufrieden, und ihre Kinder kraulten den schrecklichen Katzen das Fell.

Baranor, der Sohn des Königs von Erin und die Tochter des Königs aus dem Reich unter den Wellen

Es war einmal ein König in Erin, der hatte wirklich und wahrhaftig zwölf Söhne und zwölf Töchter. Da das Land des Königs klein war und seine Familie sehr groß, wußte er kaum, wie er für ihren Unterhalt aufkommen sollte.

»Wenn ich jedem meiner Kinder etwas gebe, bleibt nichts mehr für mich übrig«, überlegte der König. Darauf ging er zu einem alten Druiden und fragte: »Was soll ich nur mit meinen vierundzwanzig Kindern anfangen? Ich bin ein armer König.«

»Das Beste wird sein«, sagte der Druide, »wenn du die älteste Tochter an deinen jüngsten Sohn verheiratest und so weiter, bis alle verheiratet sind.«

Der König lief heim und erzählte seinen zwölf Söhnen vom Rat des Druiden.

»Nun«, sagte der jüngste Sohn, der Baranor hieß, »an diesem Vorschlag kann ich keinen Gefallen finden. Ich will in die Welt ziehen und schauen, daß ich dort mein Glück mache.«

Fort ging er am nächsten Morgen, und er wanderte lange, Tag um Tag, bis er an einen Fluß kam, darin schwamm ein Frauenhaar, das leuchtete wie Gold.

»Dieses wunderbare Haar muß ich haben«, sagte Baranor.

Er sprang in den Fluß und fing das Haar. In dem Augenblick, da er es berührte, war er verliebt, und das ist eine schlimme Krankheit, wie jeder weiß, der sie schon einmal gehabt hat.

»Ich will nicht rasten und nicht ruhen«, nahm Baranor sich vor, »bis ich die Frau finde, von deren Kopf dieses Haar stammt.«

Er steckte das Haar unter sein Hemd und lief weiter, bis er an das Schloß eines Königs kam.

Baranor wurde dort gut aufgenommen. Am Abend aber zog er das Haar aus seinem Hemd hervor, betrachtete es und begann zu weinen, so sehr war er verliebt.

Der König, der das sah, trat hinzu und berührte das Haar. Von diesem Augenblick an war der König genauso verliebt wie Baranor.

»Ich belege dich mit einem Bann«, sprach der König, »du sollst so lange nicht länger als zwei Nächte unter einem Dach schlafen, bis du mir die Frau herbeigeschafft hast, von deren Kopf dieses Haar stammt.«

Fort ging Baranor am nächsten Morgen. Er lief einfach seiner Nase nach. Er reiste lange Zeit, bis er vier Männer auf der Straße traf, die einen Sarg trugen, und vier andere Männer waren hinter ihnen her und versuchten, sie einzuholen, und als sie sie eingeholt hatten, da verprügelten sie die Sargträger.

»Was ist denn hier los?« fragte Baranor, »warum laßt ihr die vier Sargträger nicht in Ruhe ihres Weges ziehen?«

Einer der Raufbolde antwortete:

»Der Mann, der dort im Sarg liegt, schuldet uns vier Goldstücke. Und wir werden nicht zulassen, daß er unter die Erde kommt, bis seine Schulden bezahlt sind.«

»Wäret ihr damit zufrieden, wenn ein anderer die Schuld des toten Mannes begleicht?«

»Wer zahlt, das ist uns gleich, wenn nur überhaupt gezahlt wird.«

Baranor zahlte die vier Männer aus. Die anderen vier nahmen ihren Sarg wieder auf. Und Baranor wanderte weiter. Er besaß nun überhaupt kein Geld mehr, denn die vier Goldstücke waren alles, was er als Wegzehrung mitbekommen hatte. Er ging und ging, Tag um Tag, bis er an einen Fluß kam. Am Ufer saß ein Mann und fischte.

Baranor sprach den Fischer an und fragte ihn, ob er ihm wohl seine Angelrute leihen wolle, damit er sich etwas fangen könne. Er war hungrig.

»Warum nicht«, meinte der Fischer und gab ihm die Angelrute.

Als erstes fing Baranor eine Forelle und als zweites einen Lachs.

»Ich werde dir ein Feuer machen«, sagte der Fischer. Und dann lief er zu einem alten Schloß nahebei, brachte Holz, Feuerstein und Stahl und zündete das Feuer an.

»Kümmere dich nicht um diesen Fisch, bis ich ihn für dich gebacken habe«, sagte er zu Baranor.

Der Mann schob den Lachs über das Feuer, ließ ihn braten, und als Saft herausfloß, fing er ihn in einer kleinen Flasche auf. Dieser Fisch war nämlich der Blinde Lachs von Eas Ruadh, und es hatte etwas ganz Besonderes mit ihm auf sich.

Als der Fisch durchgebacken war, gab ihn der Mann dem Königssohn zu essen. Selbst aber aß der Fischer nicht einen Bissen davon.

»Willst du mich in deine Dienste nehmen?« fragte er den Königssohn.

»Aber ich kann dir keinen Lohn geben«, antwortete Baranor.

»Gib mir die Hälfte von allem, was du gewinnst, und ich will die Hälfte von all dem zahlen, was du verlierst.«

»Das hört sich gerecht an«, sagte Baranor, »ich nehme dich in meine Dienste. Aber jetzt sag mir auch deinen Namen.«

»Um meinen Namen brauchst du dich weiter nicht kümmern, aber wenn je etwas geschieht, was du tun möchtest und allein nicht fertigbringst, dann rufe Fear Gansaol oder einfach nur Gansaol. Ich werde dann für dich arbeiten. Ich habe Tag und Nacht gefischt, um diesen Lachs zu fangen, aber bei mir hat er nicht angebissen, kein Mann konnte ihn fangen außer

Baranor. Du bist dieser Mann. Du hast den Lachs gegessen, und was immer auch geschieht, es wird immer am Ende zum Besten für dich ausgehen.«

Sie gingen weiter, liefen zwei oder drei Tage, da sahen sie vor sich einen breiten Fluß, und es gab keine Brücke, um ans andere Ufer zu gelangen. Aber drüben stand eine Frau. Sie war jung und hübsch.

»Guten Morgen!« rief Baranor.

»Einen schönen guten Morgen, Sohn des Königs von Erin«, antwortete die Frau, »gewiß möchtest du ans andere Ufer.«

»So ist es.«

»Nun, Baranor, tu, was ich dir sage, und ich selbst werde dich übersetzen.«

»Und was hast du mir zu sagen?«

»Du sollst nie zwei Nächte unter demselben Dach schlafen, bis du nicht in Gleann Glas geschlafen und die sieben Könige dort geheilt hast.«

»Aber wie kann ich die sieben Könige heilen?«

»Du kannst. Das wird dir überhaupt nicht schwer fallen, denn seit du den Blinden Lachs von Eas Ruadh gegessen hast, bist du der stärkste Mann auf der Welt.«

»Aber wie komme ich zu diesem Schloß?«

»Wenn ich dich übergesetzt habe, wirst du zwei Tage reisen, ohne daß ein Haus in Sicht kommt, aber am dritten Tag wirst du das Schloß von Gleann Glas sehen.«

»Das will ich mir gut merken«, sagte Baranor, »aber wie soll ich die sieben Könige heilen.«

»Das werden sie dir selbst sagen, wenn du in ihr Schloß kommst.«

Sie kam also mit dem Boot und setzte die beiden Männer über.

»Hier ist ein Schlüssel«, sagte sie dann zu Baranor, »bleib vor dem ersten Tor stehen, klopf dreimal mit dem Schlüssel auf die linke Seite des Tores, dann wird es sich vor dir öffnen. Innen an der Mauer wirst du einen Zügel finden, nimm ihn, schüttle ihn und reite mit dem, was immer dann auf dich zukommt. Wahrscheinlich wird es ein weißes Füllen sein. Reite es, wenn du kannst, fürchte dich nicht, sprich kein Wort, ehe nicht das Füllen zu dir gesprochen hat.«

Baranor und Gansaol liefen drei Tage weiter. Am Abend des dritten Tages kamen sie an die Mauer mit dem Tor. Der Königssohn klopfte mit dem Schlüssel. Das Tor öffnete sich, obwohl niemand zu sehen war. Er nahm den Zügel. Das Füllen kam. Baranor stieg auf. Das Füllen versuchte, ihn aus dem Sattel zu werfen, aber das gelang ihm nicht.

»Ganz gut«, sagte das Füllen, »du bist ein kräftiger und geschickter Mann, Baranor, Sohn des Königs von Erin, das muß man schon sagen. Bald werden wir an einen breiten Fluß kommen, den müssen wir überqueren. Ich werde dreimal untertauchen. Und wenn es dir gelingt, dabei jedesmal eine Flasche mit Wasser zu füllen, wird dir alles glücken, wenn nicht, bist du verloren. Die drei leeren Flaschen stehen dort auf der Mauer.«

Die beiden Männer blieben über Nacht an diesem Ort und setzten ihre Reise am nächsten Morgen fort.

Gansaol saß hinter seinem Herrn auf dem Füllen. Und dann kamen sie an den Fluß. Das Füllen tauchte einmal, und der Königssohn füllte die erste der drei Flaschen. Das Füllen tauchte ein zweites Mal, und er füllte die zweite, es tauchte ein drittes Mal, und es gelang ihm, auch die dritte Flasche zu füllen.

»Du bist ein starker Mann«, sagte das Füllen. »Ich erwähne das, weil jeder einmal Lob braucht. Am Abend werden wir im Schloß von Gleann Glas sein. Weißt du, wie der Fluß heißt, der jetzt hinter uns liegt?«

»Nein«, sagte der Königssohn.

»Das ist der Fluß der Verzauberung, und nun hast du drei Flaschen voll Wasser aus ihm.«

Gegen Abend kamen sie an ein prächtiges Schloß.

Baranor stieg aus dem Sattel, band das Füllen an einen Baum nahe der Mauer und schlug gegen den Kampfpfosten.

Er brauchte nicht lange zu warten, da kam ein Läufer und fragte, was er wolle.

»Ich will gegen viermal siebenhundert Mann kämpfen, und von mir aus sollen sie mich von allen Seiten her auf einmal angreifen.«

Der Läufer aber sprach:

»In diesem Schloß leben nur die sieben Könige von Gleann Glas, eine Woche können sie laufen, aber die Woche darauf müssen sie immer wieder im Bett liegen, weil sie sich dann krank und elend fühlen. Sie bitten dich einzutreten.«

»Wir heißen dich auf unserem Schloß willkommen«, sagte der älteste König, als Baranor vor ihm stand, »wir werden dir erklären, wohin du gehen mußt und warum du hier bist.«

»Ich stehe unter Bann und muß die Tochter des Königs aus dem Reich unter den Wellen nach Erin bringen.«

»Eine schwierige Aufgabe fürwahr«, sagte der König, »aber du bist ja ein großer Held und hast den rechten Diener bei dir, am Ende wirst du es schon schaffen. Wir sind also sieben Brüder auf diesem Schloß. Ich lebe hier seit 1480 Jahren. Seitdem bin ich in der Gewalt der Prinzessin aus dem Reich unter den Wellen. Durch ihren Zauber sind wir bis auf diesen Tag schwach und krank. Wenn du uns erlöst, werden wir es dir immer danken.«

»Aber wie kann ich euch erlösen?« fragte Baranor.

»Nichts kann uns erlösen, nur Baranor, der Sohn des Königs von Erin. Er muß uns drei Tropfen aus dem Fett des Blinden Lachses von Eas Ruadh und drei Tropfen Wasser aus dem Fluß der Verzauberung einflößen.«

»Ich bin Baranor«, sagte der Königssohn, »ich habe diese Zaubermittel bei mir. Ich will euch gern erlösen.«

Und er gab jedem der sieben drei Tropfen aus den Flaschen, die er mitgebracht hatte.

»Nun«, sprachen die Könige, »da wir wieder gesund sind, werden auch wir dir helfen. Du hast eine schwere Aufgabe vor dir, denn du mußt jetzt Wasser aus der Quelle des Schicksals holen. Morgen wirst du zum Rad der Welt reiten. Wenn das Rad herabkommt, laß dein Füllen daraufspringen. Aber halte dich gut fest, sonst bist du dort schon verloren. Das Rad wird sich weiterdrehen, es wird dreimal steigen und fallen. Und beim dritten Mal seid ihr in der Östlichen Welt. Dort ist die Quelle. Dort mußt du abspringen. Geh du aus dem Sattel. Deinen Diener aber laß zum Wasser reiten. Man kann sich der Quelle des Schicksals nicht nähern, ohne daß man von dem Wasser, das die Quelle der Trauer verschleudert, verbrüht und von ihrem Gift verletzt wird. Doch darum mach dir keine Sorgen. Das Pferd wird Schaden nehmen. Gansaol, dein Diener, wird Wasser bringen, mit dem kannst du die Wunden des Tieres heilen.«

Baranor verbrachte die Nacht bei den sieben Königen von Gleann Glas. Er brach am nächsten Morgen auf und rastete nicht, bis er an das große Rad der Welt kam. Es sank gerade herab, und das Füllen sprang auf. Das Rad fuhr durch die Luft, wie ein langsam dahingleitender Vogel. Und als es das dritte Mal sank, sprang das Füllen wieder ab, und sie waren in der Östlichen Welt. Der Königssohn glitt aus dem Sattel, und Gansaol ritt zur Quelle des Schicksals, aber als sie an der Quelle der Trauer vorbeikamen, wurde das Tier von dem siedenden Wasser und dem Gift, das herausspritzte, verbrüht und verletzt. Und Gansaol sprach zu dem Füllen: »Warte hier und trabe nicht weiter. Ich gehe und hole das Wasser, das dich heilen wird.«

Er stieg ab und rannte zur Quelle des Schicksals, füllte drei Flaschen mit Wasser und kehrte wieder um. Als er wieder beim Pferd ankam, bedurfte es nur dreier Tropfen, und das Füllen war wieder gesund und munter.

Gansaol ritt zu dem Königssohn und brachte ihm das Wasser.

»Nun«, sprach das Füllen zu Baranor, »hast du alles, bis auf das Schwert des Lichts von den drei bösen Kriegshexen. Wir müssen zu ihrem Schloß. Wenn du dort ankommst, werden sie dich fragen, was du willst. Antworte, du suchtest den Kampf … mit Rittern oder mit den Kriegshexen selbst, bei der jüngsten angefangen. Sobald die jüngste ihren Kopf zur Tür heraussteckt, gib ihr eines über den Schädel mit einer Wasserflasche. Wenn sie mit dem Wasser aus dem Fluß der Verzauberung in Berührung kommt, verschwindet ihre Stärke, und sie wird im Augenblick einschlafen.«

Baranor und Gansaol brachen auf und reisten, bis sie an ein großes Schloß kamen. Baranor ritt mit dem Füllen auf das Tor zu, und das Pferd setzte über das Tor hinweg.

»Wenn du jetzt an den Kampfpfahl schlägst«, sagte das Füllen, »wende mich so, daß ich mit dem Kopf gegen das Tor hin stehe. Wenn die Hexe ihren Kopf hervorstreckt, schlag mit der Flasche zu, und in der nächsten Minute werden wir auf und davon sein.« Baranor schlug an den Pfosten.

»Was wollt ihr?« fragte ein Mann, der herauskam.

»Siebenhundert Recken sollen von allen vier Seiten gegen mich kämpfen, oder aber die jüngste der drei Hexen soll sich mir zum Kampf stellen.«

Der Mann lief mit der Botschaft ins Schloß.

»Geh und sag ihm, ich werde selbst kommen«, trug ihm die Hexe auf, »ich habe niemand, den ich schicken könnte.«

Baranor beobachtete scharf. In dem Augenblick, da sie den Kopf aus der Tür vorstreckte, schlug er mit der Flasche zu, und sofort sank sie auf der Türschwelle in festen Schlaf. Fort ritt Baranor, denn sogleich stürmte die zweite Hexe herbei, und wenn sie ihn erwischt hätte, so wäre sein letztes Stündlein gekommen gewesen.

»Morgen machen wir dasselbe mit der zweiten Hexe«, sagte das Füllen, als sie davonritten, »aber halt dich gut fest, sonst bist du verloren.«

Auf diese Weise überwand Baranor alle drei Kriegshexen, und als sie alle drei auf der Schwelle in tiefem Schlaf lagen, drang er in ihr Schloß ein und holte das Schwert des Lichtes.

»Sehr gut«, sagte das Füllen, »jetzt hast du das Schwert. Nun müssen wir wieder auf das Rad der Welt. Diesmal wird es uns zum Schloß des Königs im Reich unter den Wellen tragen. Wenn du in dieses Land kommst, dann vertausche das Schwert des Lichts der Königstochter gegen jenes Schwert, welches du aus Erin mitgebracht hast. Du mußt dich davor hüten, daß sie nicht mit ihrem Schwert auf dich losgeht, denn damit würde sie dich überwinden. Das einzige Schwert, das die Tochter des Königs aus dem Reich unter den Wellen töten kann, ist das Schwert aus dem Schloß der drei Kriegshexen. Sie wird versuchen, sich auf drei Arten mit dir zu messen: mit Worten, mit dem Schwert und mit Wasser. Sie wird dir drei Fragen stellen. Die erste lautet: Wie viele Jahre sind vergangen seit dem Bau des Schlosses von Gleann Glas? Die Antwort ist: 4480 Jahre. Am nächsten Tag wird sie dich fragen: Wie viele Jahre sind vergangen, seit der jüngste König von Gleann Glas geboren worden ist? Die Antwort ist: 3360 Jahre. Am dritten Tag wird sie von dir wissen wollen: Wo ist die Mitte der Welt? Darauf sollst du antworten: ›Vermiß die Welt in jeder Richtung, und wenn die Mitte der Welt nicht zwischen deinen beiden Füßen liegt, dann schlag mir den Kopf ab.‹ Sie wird die Welt nicht vermessen können. Dann leg du ihr eine Frage vor. Wenn sie sie nicht beantworten kann, hast du schon zu einem Drittel gewonnen, beantwortet sie die Frage aber, dann hast du dein Leben verspielt. Die Frage, die du ihr stellen sollst, lautet: ›Wie viele Liter Wasser sind im Ozean? Beantworte mir diese Frage binnen 18 Stunden.‹ Sie wird vierundzwanzig Stunden Zeit verlangen. Laß dich darauf nicht ein, sag ihr, wenn sie nicht nach 18 Stunden schon die Antwort geben könne, seist du der Gewinner.«

Sie reisten also zum Schloß des Königs im Reich unter den Wellen. Es war ein sehr schönes Schloß. Die Tochter des Königs trat heraus, und eine schönere Frau hat man in keiner der Welten, die bekannt sind, je gesehen.

Als Baranor sie erblickte, war ihm klar, daß das Haar, welches ihn so verliebt gemacht hatte und das er immer bei sich trug, von niemand anderem sein konnte als von ihr. Baranor und des Königs Tochter begannen sich zu unterhalten, und ehe der Tag vorbei war, fragte sie ihn, wie viele Jahre seit dem Bau des Schlosses von Gleann Glas vergangen seien. Er beantwortete diese Frage wie auch die drei folgenden. Und dann gab er ihr 8 Stunden, um zu messen, wieviel Wasser im Ozean sei, und in dieser Zeit hatte sie ¾ davon gemessen. In 24 Stunden wäre sie mit dem Messen allen Wassers fertig gewesen.

»Zu einem Drittel habe ich gewonnen«, sprach Baranor.

»Zugegeben«, sagte sie, »aber du bekommst mich nicht, bis du nicht in diesen Kessel voll Gift und kochenden Wassers steigst. Wenn du stirbst, hast du Pech gehabt, wenn du aber lebendig herauskommst, dann springe ich hinein, und sollte ich gesund und munter heraussteigen, dann wird dir der Kopf abgeschlagen, komme ich aber um, so bist du frei.«

Baranor ging zu dem Füllen, das draußen angebunden stand.

»Wasch dich mit dem Wasser der Quelle des Schicksals, und hab keine Furcht«, sprach das Pferd.

Das tat er, und dann sprang er in den Kessel und überstand das Bad ohne Schaden.

Auch die Königstochter besaß Wasser aus der Quelle des Schicksals, aber Gansaol hatte ihr heimlich diese Flaschen fortgenommen und sie gegen Flaschen vertauscht, die mit gewöhnlichem Wasser gefüllt waren. Sie besprengte sich mit Wasser, stieg nackt in den Kessel, und alles Fleisch fiel ihr von den Knochen.

»Oh, ich bin verloren!« rief sie.

»O ja«, sagte Baranor, »es sei denn, ich würde dir helfen. Komm her Gansaol, du bist der beste Arzt auf der Welt. Heile des Königs Tochter.«

Gansaol gab ihr drei Tropfen vom Fett des Blinden Lachses von Eas Ruadh, und im Augenblick war sie gesund und munter wie zuvor.

»Zweidrittel gewonnen«, rief Baranor.

»Das stimmt«, sagte sie, »aber morgen werden wir kämpfen. Dann wird sich herausstellen, wer von uns beiden geschickter und stärker ist. Wenn ich dir nicht mit drei Hieben den Kopf abschlagen kann, bist du frei. Wenn es dir aber gelingt, mir mit dem ersten Hieb den Kopf abzuschlagen und mich am Leben läßt, dann bin ich dein.«

Während sie so sprachen, nahm Gansaol das Schwert der Königstochter und vertauschte es mit dem Schwert, das Baranor aus Erin mitgebracht hatte.

Am anderen Morgen fand der Wettkampf statt. Die Schläge, die die Königstochter führte, richteten nichts aus.

»Ich habe meinen Kopf noch auf der Schulter«, sagte Baranor.

»Das stimmt«, sagte sie.

Bei dem ersten Hieb, den er führte, hielt er mitten in der Bewegung inne und sprach:

»Ich könnte dir den Kopf abschlagen, wenn ich wollte. Das ist dir wohl klar.«

»Ja ... hör auf. Du könntest«, rief sie, »jetzt hast du mich ganz und gar gewonnen.«

Später an diesem Tag sprach das Füllen zu Baranor: »Wenn wir uns trennen, so gib mir bitte drei Tropfen vom Fett des Blinden Lachses und drei Tropfen von der Quelle des Schicksals.«

Das tat er, und kaum hatten die Tropfen das Tier berührt, da stand da eine schöne junge Frau, so schön wie die Tochter des Königs aus dem Reich unter den Wellen. Kein Fremder hätte die beiden Frauen auseinanderhalten können.

»Ich habe dich vor allem Zauber und vor jeder Gefahr beschützt. Jetzt kannst du heimkehren, und ich kann gehen, wohin ich will«, sagte die Frau.

»Du kannst«, sagte Baranor, »aber komm doch mit uns. Komm mit auf das Schloß des Königs, der mich ausgeschickt hat.«

Sie kam mit, und als Baranor zum König ging, nahm er sie mit sich und ließ die Prinzessin draußen vor der Tür warten. Als der König die Frau sah, war er fest davon überzeugt, das Haar, welches er berührt hatte, stamme von ihr, und er wollte sie heiraten. Aber sie wollte ihn nicht haben und ging zurück zu ihren Brüdern, den sieben Königen von Gleann Glas.

Baranor reiste mit der Tochter des Königs aus dem Reich unter den Wellen, bis er zu jener Stelle kam, an der er den Fischer getroffen hatte.

»Hier hast du mir versprochen, daß du mir die Hälfte von allem gibst, was du gewinnst«, sagte Gansaol.

»Aber wie kann ich dir die Hälfte der Königstochter geben?«

»So meine ich es nicht«, antwortete Gansaol, »gib mir ihre Mitgift und behalt du sie zum Weib.«

»Ja«, sagte Baranor, »das ist ein guter Vorschlag.« »Erinnerst du dich«, fuhr Gansaol fort, »du hast doch auf der Straße vier Männer getroffen, die einen Sarg trugen, und vier andere, die sie daran hindern wollten, den Toten zu begraben. Du hast die Schulden des toten Mannes bezahlt. Nun, die Leiche, die in dem Sarg lag – das war ich. Ich kam vor dir zum Fluß und trat in deine Dienste, um dir zu vergelten, was du für mich getan hast. Du brauchst mir jetzt nichts zu geben. Wir können meinen Lohn gegen die Goldstücke aufrechnen, die du für mich gezahlt hast. Ich war sieben Jahre in deinen Diensten. Jedes Jahr ein Goldstück. Vier habe ich schon bekommen, also bleiben noch drei.«

»Du sollst sie haben und noch ein paar dazu«, sagte Baranor.

»Nein, nein, ich will nur diese drei. Meine Schuld ist beglichen. Ich scheide aus deinem Dienst und aus dieser Welt. Das Füllen war die Frau, die dich und mich über den Fluß der Verzauberung ruderte. Zu dieser Zeit war sie eine Frau bei Tage und bei Nacht ein Pferd. Darauf war sie nur noch ein Pferd, bis du sie erlöst hast. Sie wie auch ihre Brüder standen unter einem Zauber der Königstochter aus dem Reich unter den Wellen. Sie half dir, weil sie wußte, nur durch dich konnte dieser Zauber gebrochen werden. Gute Gesundheit dir und ein langes Leben.«

Nach diesen Worten ging Gansaol fort, und Baranor sah ihn nie wieder.

Teig O'Kane

Es war einmal ein Bursche im County Leitrim, und stark war er, voller Lebendigkeit, und sein Vater war ein reicher Farmer. Der Vater hatte viel Geld, und wenn es um seinen Sohn ging, sparte er nicht. Als der Junge nun heranwuchs, war ihm das Vergnügen lieber als die Arbeit, und weil sein Vater außer ihm keine weiteren Kinder hatte und ihn so über alle Maßen liebte, erlaubte er dem Jungen, immer alles zu tun, was ihm gefiel.

Der junge Bursche warf mit dem Geld nur so um sich. Selten traf man ihn daheim an, aber wo immer es einen Jahrmarkt, ein Rennen oder ein Fest gab, im Umkreis von zehn Meilen, konnte man ihn todsicher finden. Kaum einmal verbrachte er eine Nacht unter seines Vaters Dach, immer trieb er sich herum, und wie bei Shawn Bwee vor langer Zeit wehte der Atem so manchen Mädchens verliebt unter seinem Hemd, und viele Küsse bekam er und gab er, denn er war ein hübscher Bursche, und es war nicht ein Mädchen weit und breit, das sich nicht in ihn verliebt hätte. Er brauchte die Mädchen nur anzuschauen, und schon stand ihr Herz in Flammen, und deshalb machte jemand auf ihn einen Vers, der da lautet:

Sieh dir diesen Schurken an,
wie er sich nach Küssen herumtreibt.
Wie ein alter Igel ist er immer bei Nacht unterwegs
von einem Ort zu anderen, und er schläft bei Tage.

Am Ende wurde er sehr wild und schlug immer mehr über die Stränge. Weder bei Tag noch bei Nacht ward er in seines

Vaters Haus gesehen, sondern zog für seine kailee (wörtlich: Nachtbesuch) von Ort zu Ort, von Haus zu Haus, so daß die alten Leute ihre Köpfe schüttelten und zueinander sprachen:

»Es läßt sich leicht vorhersagen, was mit dem Besitz wird, wenn der Alte stirbt, der Sohn wird alles innerhalb eines Jahres durchgebracht haben.«

Der junge Bursche ließ sich auf Glücksspiele ein und trank viel, aber sein Vater nahm all das hin und strafte ihn nie. Dann aber geschah es, daß dem Alten zu Ohren kam, sein Sohn habe ein Mädchen aus der Nachbarschaft verführt. Da wurde er sehr zornig, rief den Sohn zu sich und sprach zu ihm ganz ruhig und vernünftig:

»Avic, du weißt, daß ich dich sehr liebe, daß ich dich immer habe gewähren lassen, und daß immer Geld da war, wenn du welches brauchtest. Ich hatte immer gehofft, ich könnte dir mein Haus und meinen Besitz vererben, wenn es für mich ans Sterben gehen wird. Aber heute hörte ich über dich eine Geschichte, die Verachtung in mir aufsteigen läßt. Du wirst nicht begreifen, wie traurig mich diese Sache macht. Ich sage dir aber, entweder wirst du jetzt dieses Mädchen auf der Stelle heiraten, oder ich gebe meinen ganzen Besitz und das Haus an meines Bruders Sohn. Ich denke nicht daran, alles, wozu ich es im Laufe meines Lebens gebracht habe, jemandem zu hinterlassen, der so schlechten Gebrauch davon macht wie du, und dem der Sinn nach nichts anderem steht, als mit verheirateten Frauen zu flirten und unerfahrene Mädchen zu verführen. Überleg es dir gut: Entweder du heiratest das Mädchen und bekommst meinen Besitz als Mitgift, oder du heiratest sie nicht und verscherzt dir dann alles, was sonst als Erbe dein gewesen wäre. Bis zum anderen Morgen will ich wissen, wie du dich entschieden hast.«

»Och! Domnoo Sheery, Vater, das darfst du nicht sagen. Ich bin dir schon ein guter Sohn. Wer sagt denn, daß ich das Mädchen nicht heiraten will?«

Aber der Vater hatte sich umgewandt und war fortgegangen, und der junge Bursche wußte wohl, daß der Alte bei seinem Wort bleiben werde. Er machte sich jetzt wirklich Sorgen, denn, wie ruhig und gutmütig sein Vater auch war, niemals nahm er ein Wort zurück.

Der Junge wußte nicht so recht, was er nun tun sollte. Er liebte das Mädchen und wollte es schon irgendwann einmal heiraten, aber er wäre zunächst gern noch eine Weile ledig geblieben, um sein lustiges Leben fortzusetzen – Trinken, Feiern und Kartenspielen. Bei alldem war er wütend, daß er zu etwas gezwungen werden sollte, und daß sein Vater versuchte, ihn unter Druck zu setzen.

»Ist nicht mein Vater ein großer Narr«, sprach er bei sich, »ich hatte mich ja schon fast entschlossen, Mary zu heiraten, aber nun, da er mir droht, hätte ich größte Lust, es noch eine Weile hinauszuschieben.« Er war so erregt, daß er sich einfach nicht entscheiden konnte, was er nun tun sollte. Schließlich lief er hinaus in die Nacht, weil er meinte, dies werde sein erhitztes Blut etwas abkühlen. Er ging die Straße entlang und zündete sich eine Pfeife an. Die Nacht war schön, und er ging und ging, bis seine raschen Schritte ihn seine Sorgen vergessen ließen.

Ein halber Mond stand am Himmel. Kein Wind regte sich, die Luft war mild. Er lief an die drei Stunden, als er sich plötzlich daran erinnerte, daß es ja schon spät sei und an der Zeit, umzukehren.

»Musha, ich habe überhaupt nicht an die Zeit gedacht«, sagte er, »es muß schon auf Mitternacht gehen.«

Kaum hatte er diese Worte ausgesprochen, da hörte er ein Geräusch von vielen Stimmen und das Scharren von Füßen auf der Straße vor sich.

»Wer mag das wohl sein, so spät in der Nacht, in einer so einsamen Gegend«, überlegte er.

Er blieb stehen, horchte und hörte, daß es viele Leute sein mußten, die miteinander sprachen.

»Oh wirra«, sagte er, »das ist seltsam. Es ist nicht Gälisch und nicht Englisch. Franzosen können es auch nicht sein.«

Er ging ein paar Schritte weiter, da erkannte er im Mondlicht, daß eine Gruppe des kleinen Volkes auf ihn zukam, und sie trugen etwas, das groß und schwer sein mußte.

»O Mord und Totschlag«, sagte er bei sich, »das kleine Volk! Was schleppen die denn da durch die Gegend.«

Die Rückenhaare standen ihm zu Berge, und er begann zu zittern, als er erkannte, daß sie rasch auf ihn zukamen.

Er sah wieder hin und erkannte, daß es an die zwanzig kleine Männer waren, keiner von ihnen größer als drei Fuß. Aber immer noch ließ sich nicht ausmachen, was sie da trugen. Dann standen sie bei ihm und warfen ihre schwere Last auf den Boden. Da sah er, daß es ein Leichnam war.

Es wurde ihm kalt ums Herz, als einer der kleinen grauen Männer auf ihn zutrat und sprach:

»Da haben wir ja Glück gehabt, daß wir dich treffen, Teig O'Kane!«

Dem armen Teig wollte kein Wort über die Lippen. Starr stand er da.

»Teig O'Kane«, sagte der kleine graue Mann wieder, »kam es nicht gerade zur rechten Zeit, daß wir dir begegnet sind?«

Teig konnte immer noch nichts sagen.

»Teig O'Kane«, sprach der kleine Mann zum dritten Mal, »da haben wir ja Glück gehabt, daß wir dich trafen!«

Teig war es, als sei ihm die Zunge am Dach seines Mundes festgebunden.

Der kleine graue Mann wandte sich seinen Gefährten zu, und Vergnügen funkelte in seinen kleinen hellen Augen. »Und jetzt«, sagte er, »da Teig O'Kane keine Worte findet, können wir mit ihm machen, was wir wollen. Teig, Teig, du hast ein wüstes Leben geführt. Wir können dich zum Sklaven machen, und du kannst nichts dagegen tun. Es hat keinen Zweck, uns nicht zu gehorchen. Nimm die Leiche auf.«

Teig war so verängstigt, daß er jetzt nur drei Worte hervorbrachte:

»Ich mag nicht!«

»Teig O'Kane will die Leiche nicht aufnehmen«, sagte der kleine Mann mit einem bösen Lächeln, und seine Stimme klang wie eine zersprungene Glocke, »Teig O'Kane will die Leiche nicht aufnehmen. Da sollten wir vielleicht einmal nachhelfen.«

Und ehe diese Worte aus seinem Mund waren, hatten sich alle kleinen Männer um Teig versammelt. Sie lachten und redeten durcheinander. Teig versuchte fortzulaufen, aber sie folgten ihm, stellten ihm ein Bein, und er fiel kopfüber in einen Strohhaufen neben der Straße. Ehe er noch sich wieder aufrappeln konnte, hatten ihn die Feen an Armen und Beinen gepackt und hielten ihn so fest, daß er nicht einmal den Kopf zu heben vermochte. Sechs oder sieben von ihnen hoben die Leiche an und legten sie ihm auf den Rücken.

Die Brust der Leiche drückte auf Teigs Rücken, und die Arme der Leiche lagen um seinen Hals. Er erhob sich, fluchte und versuchte, die Leiche wieder loszuwerden. Aber das ging nicht. Die Arme krallten sich an seinem Hals fest, die Beine waren wie ein Schraubstock um seine Hüften. Die Leiche lag so fest auf ihm wie der Sattel auf dem Rücken eines Pferdes.

Furchtbare Angst ergriff ihn. »Ich bin verloren«, dachte er, »es ist das wüste Leben, das ich geführt habe, was dem kleinen Volk Gewalt über mich gibt. Ich verspreche vor Gott, Maria, Peter und Paul, Patrick und Bridget, daß ich immer ein anständiger Mensch sein will, wenn ich hier nur davonkomme – und das Mädchen werde ich auch heiraten.«

Der kleine graue Mann trat wieder vor ihn hin und sagte: »Nun Teigeen. Du hast gesehen, wohin es führt, wenn du dich weigerst. Vielleicht wirst du wieder halsstarrig sein, wenn ich dir jetzt befehle, diese Leiche zu begraben.«

»Ich mache alles, was Ihr befehlt, Euer Ehren«, sagte Teig, »bestimmt.«

Der kleine Mann stieß ein Lachen hervor.

»Langsam nimmst du Vernunft an, Teig«, sagte er, »wir lassen dich jetzt frei, aber fertig sind wir deswegen mit dir noch lange nicht. Hör mir jetzt gut zu, Teig O'Kane, und wenn du uns nicht aufs Wort gehorchst, wirst du es gewiß bereuen. Du trägst jetzt diesen Leichnam auf deinem Rücken nach Teampoll-Démus, dort bringst du ihn in die Kirche. Mitten in der Kirche schaufelst du ein Grab für ihn und verläßt den Platz so, wie du ihn vorgefunden hast. Es darf niemand etwas von der Veränderung merken, die dort vor sich gegangen ist. Aber das ist noch nicht alles. Vielleicht wird es nicht möglich sein, die Leiche in dieser Kirche zu begraben, vielleicht liegt schon ein anderer in diesem Grab. Wenn du sie nicht in Teampoll-Démus beisetzen kannst, dann trag sie nach Carrick-fhad-viv-Orus und begrab sie dort auf dem Kirchhof, ist der aber geschlossen, dann bringe sie nach Imlogue-Fada, und geht es dort auch nicht, dann trägst du sie nach Kill-Breedya, dort wirst du sie bestimmt ohne Schwierigkeiten verscharren können. Ich kann dir nicht sagen, an wechem dieser Orte man dir erlauben wird, die Leiche unter die Erde zu bringen, aber irgendwo wird es möglich sein. Wenn du gute Arbeit tust, werden wir uns dir dankbar erweisen, und du wirst keinen Grund zum Kummer haben. Bist du aber langsam und faul, so werden wir dich bestimmt dafür zur Rechenschaft ziehen.«

Als der kleine graue Mann dies gesagt hatte, lachten seine Kameraden und klatschten in die Hände.

»Glic! Glic! Hwee! Hwee!« riefen sie alle, »los, los, es sind acht Stunden bis zum Morgengrauen, und wenn du bis dahin den toten Mann nicht begraben hast, bist du verloren.«

Darauf prügelten sie ihn auf der Straße voran. Er mußte laufen, schnell laufen, denn offenbar waren sie immer hinter ihm her.

Es kam ihm so vor, als gebe es keinen schlammigen Pfad, keine gewundene Straße und keinen Weg im ganzen County, den er in dieser Nacht nicht gegangen sei. Die Nacht war manchmal sehr dunkel.

Wann immer eine Wolke vor dem Mond hing, konnte er nichts sehen und fiel oft hin. Manchmal tat er sich dabei weh, manchmal kam er glimpflich davon, aber immer mußte er sich gleich wieder aufrappeln und weiterlaufen.

Wenn der Mond hinter den Wolken hervorkam und man besser sehen konnte, schaute er sich um und erkannte, daß das kleine Volk immer noch hinter ihm her war. Er hörte die kleinen Männer sprechen und schreien wie eine Schar Seemöwen, aber er verstand nie ein Wort von dem, was sie sagten. Er wußte nicht, wie weit er schon gekommen war, als schließlich einer von ihnen rief:

»Halt an hier.«

Und sofort umringten sie ihn.

»Siehst du die Bäume dort drüben«, sagte der Alte wieder. »Dort liegt Teampoll-Démus. Dort mußt du hinüber. Wir können dir nicht folgen. Beeil dich. Wir bleiben hier.«

Teig erkannte eine hohe Mauer, die an manchen Stellen eingestürzt war, und jenseits der Mauer lag eine alte graue Kirche, um die ein Dutzend Bäume standen. Sie waren völlig kahl, aber ihre Zweige und Äste sahen aus wie die Arme eines zornigen Mannes, der jemandem droht. Es blieb ihm nichts anderes übrig, als dem Befehl der kleinen Männer zu gehorchen. Er kam an das Tor zum Friedhof. Das Tor sprang von allein auf, und er hatte keine Schwierigkeiten einzutreten. Er wandte sich um, wollte sehen, ob die kleinen Männer ihm folgten, aber gerade da schob sich eine Wolke über den Mond, und es wurde pechschwarz, so daß man nichts mehr sehen konnte. Er lief durch den Friedhof über einen grasüberwucherten Pfad, der zur Kirche führte. Als er die Tür erreichte, merkte er, daß sie verschlossen war. Die Tür war groß und schwer, und er wußte sich keinen Rat. Schließlich holte er sein Messer hervor, stach damit ins Holz, um festzustellen, ob es vielleicht schon alt und verfault sei, aber dem war nicht so.

»Nun«, sagte er bei sich, »ich kann nichts machen. Die Tür ist verschlossen. Ich bekomme sie nicht auf.«

Ehe er diese Worte aber zu Ende gemurmelt hatte, drang eine Stimme an sein Ohr, die sagte:

»Such den Schlüssel über der Tür oder an der Wand.«

Er gehorchte.

»Wer spricht da?« fragte er und sah sich um.

Niemand war zu sehen. Die Stimme kam wieder:

»Such den Schlüssel über der Tür oder an der Wand.«

»Was ist das?« sagte er, und Schweiß rann ihm übers Gesicht, »wer spricht da zu mir?«

»Das bin ich, die Leiche ist es, die mit dir spricht!« sagte die Stimme.

»Du kannst reden?« fragte Teig.

»Hin und wieder«, sagte die Leiche.

Teig suchte nach dem Schlüssel und fand ihn oben auf der Mauer. Er öffnete die Tür und rannte so schnell er konnte mit der Leiche auf dem Rücken in den Kirchenraum. Drinnen war es stockfinster.

»Zünde die Kerze an!« sagte die Leiche.

Teig entfachte mit einer Lunte, die er in seiner Tasche fand, sein Taschentuch und sah sich bei dem Schein um. Die Kirche war sehr alt, Teile der Mauer waren eingestürzt. Die Fensterscheiben waren zerbrochen, das Holz der Bankreihen verfault. Jedoch gab es da sechs oder sieben alte Kerzenstöcke, und auf einem entdeckte Teig den Rest einer Kerze, die er anzündete.

Er sah sich immer noch an diesem unheimlichen Ort um, als ihm der Leichnam ins Ohr flüsterte:

»Begrab mich jetzt, da ist ein Spaten, um zu graben.«

Teig schaute, und tatsächlich, neben dem Altar lag ein Spaten. Er nahm ihn auf und schob das Blatt unter die Ritze einer Steinplatte im Kirchenschiff. Als er erst einmal einen Stein fortbewegt hatte, ging es mit den anderen nicht so schwer. Der Lehm unter den Steinen war weich, und es ließ sich leicht graben. Aber er hatte vielleicht drei oder vier Spatenstiche getan, als er auf etwas stieß, das ihm weich wie Fleisch zu sein schien. Er warf noch drei oder vier Schaufeln voller Erde aus dem Loch, und dann sah er, daß schon eine Leiche an dieser Stelle lag.

»Ich kann doch nicht zwei Leichen in ein und dasselbe Grab legen«, sagte Teig bei sich. »Du, Leiche auf meinem Rücken«, fuhr er fort, »wäre es dir denn recht, wenn ich dich hier begrabe?«

Aber die Leiche sagte diesmal kein Wort.

»Das ist ein gutes Zeichen«, dachte Teig, »vielleicht ist er jetzt für immer ruhig«, und er stach wieder mit dem Spaten in den Boden. Er geriet dabei an eine zweite Leiche, und der Tote, der dort begraben lag, fuhr mit einem wütenden Schrei hoch: »Hoo! Hoo! Hoo! Verschwinde, oder du bist ein toter Mann.«

Darauf ließ er sich wieder in sein Grab zurückfallen. Nachdem Teig sich von diesem Schrecken erholt hatte, warf er den Lehm wieder auf das Loch, deckte die Steinplatten darüber und sprach:

»So, der steht jedenfalls nicht noch einmal auf.«

Dann ging er zu einer anderen Stelle, neben der Tür, hob dort wieder die Steinplatten auf und begann abermals nach einem Grab für die Leiche auf seinem Rücken zu suchen. Aber diesmal stieß er beim Graben auf den Leichnam einer alten Frau, die nur ein Hemd an hatte. Sie war noch weit lebendiger als die erste Leiche, und kaum hatte er etwas Lehm fortgeschaufelt, da richtete sie sich auch schon in ihrem Grab auf und schrie:

»Halt, du Clown. Wo kommt denn der auf deinem Rücken her, daß er kein Bett hat?«

Teig verschloß auch dieses Grab wieder und begann darauf an einer dritten Stelle zu graben. Aber schon beim ersten Spatenstich ragte eine Leichenhand aus der Erde.

»Bei meiner Seele«, sprach Teig, »hier hat es keinen Zweck weiterzumachen.«

Er brachte auch an dieser Stelle wieder alles in Ordnung, und dann verließ er die Kirche. Das Herz war ihm schwer, aber er schloß die Tür und legte den Schlüssel wieder dorthin, wo er ihn gefunden hatte. Er setzte sich auf einen Grabstein nahe der Tür und dachte nach. Er hatte große Zweifel, was er jetzt tun solle. Er stützte sein Gesicht in die Hände und weinte, denn es schien ihm gewiß, daß er nicht mehr lebendig heimkommen werde.

Er versuchte, die Arme des Leichnams abzuschütteln, aber dabei klammerte sich der Tote nur noch fester an ihn. Er wollte sich wieder hinsetzen, als die kalten Lippen des toten Mannes ihm zuflüsterten: »Carrick-fhad-viv-Orus«. Da erinnerte er sich wieder an den Befehl des kleinen Volkes.

Er stand auf und sah sich um.

»Aber ich weiß doch den Weg nicht«, sagte er.

Kaum hatte er diese Worte gesprochen, da streckte die Leiche plötzlich ihre linke Hand aus und wies auf die Straße, die er gehen sollte.

Teig lief in die Richtung, in die der Finger gedeutet hatte. Er überquerte wieder den Friedhof und kam dann auf eine alte, steinige Straße. Wieder wußte er nicht, wohin nun. Ein zweites Mal streckte der Leichnam den Arm aus und deutete auf eine andere Straße – nicht jene, die er gekommen war, ehe er den Friedhof betrat. Teig folgte dieser Straße, und wann immer sie nun an eine Kreuzung kamen, immer bedeutete ihm die Leiche, wo entlang er weitergehen solle.

Endlich näherten sie sich einem alten Friedhof, in dessen Mitte sich weder eine Kirche noch eine Kapelle befand. Der Leichnam kniff Teig am Hals und flüsterte:

»Begrab mich dort, begrab mich auf diesem Friedhof.«

Teig schleppte sich weiter, aber als er nach ein paar Metern aufblickte, sah er Hunderte und Aberhunderte von Geistern, Männer, Frauen und Kinder, die auf der Friedhofsmauer standen oder jenseits der Mauer hin und her liefen. Obwohl er erkannte, wie sie die Lippen bewegten, hörte er doch kein Wort von dem, was sie sagten.

Er hatte Angst weiterzugehen und blieb stehen. Und sofort beruhigten sich die Gespenster und hörten auf, hin und her zu rennen. Teig begriff, daß sie ihn daran hindern wollten weiterzugehen. Er machte wieder ein paar Schritte, und sofort rannten sie alle zu der Stelle hin, an der er jetzt stand, drängten sich um ihn und versperrten ihm den Weg. Entmutigt machte er kehrt, und als er etwa hundert Meter von dem Friedhof entfernt war, blieb er wieder unschlüssig stehen. Da hörte er wieder die Leiche flüstern.

»Teampoll-Démus«, sagte sie diesmal und wies ihm mit der ausgestreckten Hand den Weg.

Müde, wie er war, er mußte weiter, und die Straße war weder kurz noch eben. Die Nacht war stockdunkel, und es war schwierig, den Weg zu erkennen. Endlich sah er aus der Ferne Teampoll-Démus vor sich. Er ging auf diese Kirche zu. Alles schien ruhig und sicher. Nirgends auf der Friedhofsmauer waren Gespenster zu sehen. Er kam ans Tor, trat auf die Schwelle. Aber ehe er noch recht wußte, wie ihm geschah, packte ihn jemand beim Kragen, beutelte ihn, versetzte ihm Hiebe und würgte ihn, daß er glaubte, sein letztes Stündlein habe geschlagen. Er wurde hochgehoben, sauste durch die Luft und fiel hundert Meter entfernt in eine Grube. Der tote Mann aber hing immer noch auf seinem Rücken.

Teig rappelte sich auf. Es noch einmal zu versuchen, bis in die Kirche vorzudringen, wagte er nicht.

»Du Leiche auf meinem Rücken«, sagte er, »soll ich es auf dem Friedhof versuchen?«

Die Leiche gab keine Antwort.

»Offenbar will sie hier nicht begraben werden«, sagte Teig.

Er wußte sich jetzt überhaupt keinen Rat mehr, bis der Tote ihm zuflüsterte:

»Imlogue-Fada.«

»Mord und Totschlag!« rief Teig, »muß ich dich wirklich dorthin bringen. Wenn das noch lange so weitergeht, das sage ich dir, breche ich unter dir zusammen.«

Doch dann ging er weiter, in die Richtung, die ihm die Leiche gewiesen hatte. Er wußte nicht, wie lange er gelaufen war, als der tote Mann auf seinem Rücken ihm sehr leise ins Ohr flüsterte:

»Dort!«

Teig erkannte eine kleine niedrige Mauer, die schon fast völlig abgetragen war. Sie lag auf einem großen Feld abseits der Straße. Nur drei oder vier Steine deuteten darauf hin, daß dort einmal ein Friedhof gewesen sein mochte.

»Ist das Imlogue-Fada? Soll ich dich dort begraben?« fragte Teig.

»Ja«, sagte die Stimme.

»Aber ich sehe gar keine Grabsteine, nur ein paar Steinhaufen.«

Die Leiche gab keine Antwort, sondern streckte nur wieder die Hand aus.

Teig ging in diese Richtung, aber er erinnerte sich voller Grausen daran, was ihm am letzten Ort geschehen war.

Als er die fast abgetragene Mauer erreichte, brachen aus den Steinen Blitze hervor, und plötzlich war das ganze Feld mit Flammen bedeckt.

Teig fand nicht den Mut, sich der Mauer noch weiter zu nähern. Plötzlich senkte sich ein Nebel über seine Augen, es wurde ihm schwindlig, und er mußte sich auf einen großen Stein hinsetzen, um sich auszuruhen.

Kaum hatte er Atem geholt, da flüsterte die Stimme an seinem Ohr:

»Kill-Breedya«, und dabei zwickte ihn der Tote so heftig am Hals, daß Teig aufschrie.

Er stand auf, und zitternd ging er weiter. Der Wind war kalt, die Straße war schlecht, die Last auf seinem Rücken drückte, die Nacht war stockdunkel, und Teig spürte, daß er am Ende seiner Kräfte war. Endlich streckte die Leiche wieder die Hand aus und sagte zu ihm:

»Dann begrab mich eben hier.«

»Dies ist wohl der letzte jener Begräbnisplätze, die das kleine Volk erwähnt hat«, dachte Teig, »und sie haben ja gesagt, an einem dieser Plätze würde ich ihn bestimmt begraben können. Also muß es hier sein.«

Das erste Licht des neuen Tages war schon im Osten zu sehen. Dort schienen die Wolken Feuer zu fangen.

»Schnell, schnell«, sagte die Leiche, und Teig rannte, so rasch dies bei der Last auf seinem Rücken möglich war, zu dem Friedhof. Das war ein kleiner Fleck auf einem kahlen Hügel. Nur wenige Gräber lagen dort.

Er ging durch das Tor, das offen stand. Niemand fiel ihn an. Nichts war zu sehen, noch zu hören. Er kam in die Mitte des Friedhofs und sah sich nach einer Schaufel oder einem Spaten um. Aber da – sein Blick fiel auf ein frisch ausgeschachtetes Grab unmittelbar vor ihm, und am Boden des Grabes stand ein schwarzer Sarg.

Er kletterte vorsichtig in die Grube, hob den Deckel. Der Sarg war leer. Kaum war er wieder oben und stand am Rand der Grube, als der Leichnam, der sich mehr als acht Stunden an ihm festgeklammert hatte, plötzlich losließ und mit einem Plumps in den offenen Sarg rollte.

Teig fiel auf die Knie und dankte Gott. Er schloß dann den Sargdeckel, füllte die Grube wieder mit Erde auf, stampfte den Boden mit den Schuhsohlen fest und lief davon.

Als er mit seiner Arbeit fertig war, ging die Sonne auf. Jetzt war es nicht schwer, den Weg zur Straße zurückzufinden und sich nach einem Haus umzusehen. Er kam zu einem Gasthaus, nahm sich ein Zimmer und schlief dort, bis es wieder Nacht wurde. Dann aß er etwas und schlief weiter, bis zum anderen Morgen. Als er gefrühstückt hatte, lieh er sich ein Pferd und ritt heim. Er befand sich 26 Meilen vom Haus seines Vaters entfernt, und offenbar war er die ganze

Strecke in einer Nacht mit dem Toten auf dem Rücken gelaufen.

Die Leute daheim hatten schon angenommen, er sei außer Landes gegangen. Als sie ihn jetzt gesund und munter vor sich sahen, freuten sie sich. Jeder fragte ihn, wo er denn gewesen sei, aber er erzählte niemandem ein Sterbenswörtchen von seinen Erlebnissen. Nur seinem Vater berichtete er alles. Teig war wie verwandelt von diesem Tag an. Er trank nicht mehr so viel, er verlor kein Geld mehr beim Kartenspiel, er trieb sich nicht mehr nachts herum. Nach 14 Tagen machte er Hochzeit mit Mary, dem Mädchen, in das er verliebt war. Er war von diesem Tag an ein glücklicher Mensch, und ich wünschte, ein jeder von uns wäre so glücklich wie er.

Märchen aus Schottland

Thomas der Reimer

rcildourne ist ein Dorf, das im Schatten der Eildon-Berge liegt. Hier lebte in alten Tagen ein Mann, der Thomas Learmont hieß und sich nur darin von seinen Nachbarn unterschied, daß er auf einer Laute spielte, wie die wandernden Sänger es tun.

An einem Sommertag verschloß Thomas die Tür seiner Hütte und machte sich mit seiner Laute unter dem Arm auf den Weg zu einem Kleinbauern, der am Hang der Berge wohnte. Es war nicht allzu weit, und er schritt kräftig aus über die Heide hin. Der Himmel war wolkenlos und blau, und als er Huntlie Bank am Fuße der Eildon-Berge erreichte, war er müde und träge von der Hitze und beschloß, sich unter dem Schatten eines großen Baumes etwas auszuruhen. Vor ihm lag ein kleiner Wald, durch den zogen sich grüne Pfade. Er schaute in die Tiefe des Waldes und zupfte dabei ein paar Akkorde auf seiner Laute. Da hörte er in der Ferne einen Laut, der klang wie das Geräusch eines Bergbaches. Dann aber sprang er plötzlich erstaunt auf, denn über einen der grünen Pfade sah er die schönste Dame der Welt reiten.

Sie trug ein Kleid aus grasgrüner Seide und einen Umhang aus grasgrünem Samt, und ihr blondes Haar fiel ihr offen über die Schultern. Ihr milchweißes Pferd bewegte sich anmutig zwischen den Bäumen, und Thomas sah, daß an jedem Haarbüschel der Mähne eine kleine silberne Glocke angebunden war.

Er zog seine Mütze und fiel vor der schönen Reiterin auf die Knie, die ihre milchweiße Stute zügelte, und ihm befahl aufzustehen.

»Ich bin die Königin des Feenlandes und komme, um dich zu besuchen, Thomas aus Ercildourne«, sagte sie. Dann lächelte sie und streckte die Hand aus, damit er ihr helfen könne abzusteigen. Er warf den Zügel des Pferdes über einen Dornbusch und führte sie, verzaubert von ihrer bleichen, unirdischen Schönheit, zu einem großen Baum.

»Spiel auf deiner Laute, Thomas«, sagte sie, »schöne Musik und grüner Schatten passen gut zusammen.«

Also nahm Thomas sein Instrument, und es kam ihm vor, als habe er nie zuvor so süße Melodien auf seiner Laute hervorgebracht. Als er zu Ende gekommen war, sagte die Feenkönigin, es habe ihr gut gefallen.

»Ich will dich belohnen, Thomas«, sprach sie, »um was immer du bittest, es soll dir werden.«

Da faßte Thomas ihre weiße Hand.

»Laß mich deine Lippen küssen, schöne Königin«, bat er.

Die Königin entzog ihm ihre Hand nicht, sondern sagte lächelnd:

»Wenn du meine Lippen küßt, Thomas, wirst du mir verfallen. Du wirst unter einem Bann stehen und wirst mir sieben Jahre dienen müssen, ob es dir gefällt oder nicht.«

»Was sind sieben Jahre?« erwiderte Thomas, »das ist eine Strafe, die ich gern auf mich nehme.« Und er preßte seine Lippen auf den Mund der Feenkönigin.

Dann sprang die Königin auf, und Thomas wußte, daß er ihr nun folgen mußte, wohin sie ihn führte.

Doch immer noch war die Verzauberung der Liebe in ihm, und er bedauerte seinen verwegenen Wunsch nicht, selbst wenn er ihn nun sieben Jahre seines Lebens kosten würde. Sie sprang auf ihr milchweißes Pferd und hieß Thomas hinter ihr aufsitzen, und während die Glöckchen hell klingelten, ritten sie über die grünen Täler und die mit Heidekraut überwucherten Hänge, und sie reisten schneller als die vier Winde des Himmels, bis sie in ein seltsames Land kamen, wo die Königin Thomas sagte, hier würden sie eine Weile rasten.

Thomas sah sich neugierig um, denn er wußte, daß er nun nicht mehr im Land der Sterblichen war. Eine Wildnis lag hinter ihnen, ohne Weg, wie das Meer, aber vor ihnen verliefen drei Wege in das kahle Land.

Eine Straße war eng und steil, an beiden Seiten eingefaßt mit Dornenbüschen und Stechginster verlief sie auf ein schwarzes Loch zu.

Die zweite Straße war breit, und auf ihr lag tanzendes Sonnenlicht. Sie führte zu einem samtweichen Rasen, auf dem Blumen in leuchtenden Farben blühten.

Die dritte Straße aber lief zwischen Farnen und Moos und unter großen Bäumen hindurch, deren Blattwerk kühlen Schatten warf.

»Die steile, enge Straße ist der Weg der Rechtschaffenheit«, sagte sie, »nur wenige Reisende sind kühn genug, diesen Weg einzuschlagen. Die breite Straße heißt man den Pfad der Verderbtheit, obwohl er so schön und hell aussieht. Die dritte Straße aber, die sich durch Farne und Moos windet, ist der Weg ins Feenreich, wo du und ich heute abend sein werden.«

Sie stieg auf ihr Pferd, das behaglich seinen Kopf hob und den Farnpfad betrat. Ehe sie aber weiterritten, sagte sie zu Thomas:

»Wenn du mir gehorchst und nie ein Wort sprichst, solange du im Feenland bist, was immer du auch dort sehen und hören magst, dann will ich dich nach den sieben Jahren ins Land der Menschen zurückschicken. Entschlüpft dir aber auch nur ein Wort, so hast du dein Glück verwirkt und wirst für ewig durch die Wildnis wandern müssen, die zwischen dem Feenland und dem Reich der Menschen liegt.«

Sie ritten auf dem dritten Pfad, und Thomas fand, daß man eine große Strecke zurücklegen mußte, ehe man das Reich der Königin sah. Sie ritten über Täler und Hügel, über Moore und Ebenen. Manchmal wurde der Himmel dunkel wie Mitternacht, und manchmal malte die Sonne einen goldenen Rand auf die Wolken. Sie überquerten reißende Ströme, in denen rotes Blut gurgelte, das an den Flanken der milchweißen Stute aufspritzte, und die Königin mußte ihren langen Umhang hochnehmen. Alles Blut, was je auf Erden vergossen worden ist, floß aus den Quellen dieses seltsamen Landes.

Schließlich aber erreichten sie die Tore des Feenlandes, wo tausend Trompeter ihre Ankunft verkündeten, und sie ritten durch eine Landschaft, die in helles Licht getaucht war.

Weit fort, im Land der Irdischen, flüsterten sich die Leute von Ercildourne unheimliche Geschichten über Thomas Learmont zu, der an einem Sommertag verschwunden war.

Während der ganzen Zeit, in der er sich im Feenland aufhielt, sprach Thomas kein Wort, was immer er auch an wunderbaren Dingen sah und hörte. Und als er der Feenkönigin sieben Jahre gedient hatte, führte sie ihn in einen sonnenbeschienenen Garten vor den Toren des Feenlandes. Lilien und schöne Blumen wuchsen dort, die Bäume schienen von einem leuchtenderen Grün als anderswo, und unter ihren Zweigen weideten zahme Einhörner.

Die Königin pflückte einen Apfel von einem Baum und reichte ihn Thomas.

»Jetzt darfst du dein Schweigen brechen«, sagte sie, »und nimm diesen Apfel für die Dienste, die du mir sieben Jahre erwiesen hast. Es ist eine verzauberte Frucht, und wer sie ißt, dessen Zunge wird nie eine Lüge sprechen.«

Nun war Thomas ein Bursche, bei dem das Nachdenken rasch ging, und es wollte ihm scheinen, daß es ein zweifelhaftes Vergnügen sei, für den Rest seines Lebens in der Welt, in die er zurückkehrte, immer die Wahrheit sagen zu müssen. Er versuchte, dies der Königin zu erklären:

»Im Land der Menschen, mußt du wissen, ist es oft nötig, etwas zu übertreiben, wenn man mit seinem Nachbarn ein gutes Geschäft machen oder die Gunst einer Frau durch Redegewandtheit gewinnen will.«

Die Königin lächelte und sagte:

»Sei nur ruhig, Thomas. Ein solches Geschenk, wie ich es dir mache, wird so leicht keinem Irdischen zuteil. Es wird dir mehr Ruhm bringen, als du denkst, und man wird sich an den Namen von Thomas Learmont erinnern, solange Schottland besteht.

Aber jetzt mußt du gehen, Thomas – doch höre noch dies. Die Zeit wird kommen, da ich dich zurückrufe, und du mußt versprechen, dann meinen Befehlen zu gehorchen, wo immer du auch sein magst. Ich werde zwei Boten schicken, bei denen du sofort wissen wirst, daß sie nicht von deiner Welt sind.«

Thomas starrte in die schwarzen Augen der Feenkönigin, und er wußte, daß der Liebeszauber, der sieben Jahre auf ihm geruht hatte, nie völlig seine Kraft verlieren würde.

Froh versprach er, ihren Befehlen zu gehorchen, und dann überkam ihn plötzlich Müdigkeit. Der grüne Garten mit den Einhörnern verblich. Ein weißer Nebel, wie fallende Apfelblüten, senkte sich vom Himmel herab.

Als Thomas erwachte, lag er im Schatten des großen Baumes, der bei Huntlie Bank steht.

Er sprang auf und schaute auf die leeren Pfade im Wald und horchte, aber kein Klang von Silberglöckchen ließ sich mehr vernehmen. Sein Besuch im Feenland, der sieben Jahre gedauert hatte, schien jetzt nichts weiter als der Traum eines Sommernachmittags.

Da sprach er zu sich: »Eines Tages werde ich dorthin zurückkehren«, und dann nahm er seine Laute auf und ging nach Ercildourne zurück, neugierig darauf, was in dem Zeitraum von sieben Jahren wohl alles geschehen sein mochte, neugierig aber auch, weil er sich fragte, wie sich das Geschenk der Feenkönigin auswirken werde.

»Ich fürchte, ich werde viele meiner Nachbarn beleidigen«, dachte er und mußte lachen, »denn dahin wird es doch wohl kommen, wenn ich stets die Wahrheit und nichts als die

Wahrheit sage. Sie werden freimütigere Antworten und Meinungen zu hören kriegen, als es ihnen lieb ist, wenn sie mich um einen Rat fragen!«

Als er die Dorfstraße betrat, stieß eine alte Frau einen furchtbaren Schrei aus, denn sie meinte, hier sei einer von den Toten zurückgekommen. Thomas erklärte, daß er gesund und munter und wahrlich kein Gespenst sei, und mit der Zeit fanden sich die guten Leute von Ercildourne damit ab, daß er nach siebenjähriger Abwesenheit wieder aufgetaucht war. Aber immer staunten sie, wenn Thomas von seinem Aufenthalt im Land der Feen erzählte. Die Kinder kletterten auf seine Knie und drängten sich zu seinen Füßen und hörten begierig zu, wenn er von den Wundern der Feenwelt erzählte, während die alten Leute mit den Köpfen nickten und sich untereinander die Namen jener zuflüsterten, die angeblich früher schon von der Feenkönigin fortgelockt worden sein sollten. Nie aber sprach Thomas von seinem Versprechen, wieder ins Feenreich zurückzukehren, sobald die zwei Feenboten ihn rufen würden. Thomas selbst war ziemlich erstaunt, als er merkte, daß es keinen großen Unterschied machte, ob einer nun sieben Tage oder sieben Jahre aus Ercildourne fortgewesen ist. Ja, an seiner Hütte mußte dies und das ausgebessert werden. Der Wind hatte ein paar Steine aus der Wand herausgebrochen, und der Regen hatte einige Löcher in das Strohdach gefressen, die Nachbarn hatten ein paar Runzeln mehr im Gesicht und ein paar weiße Haare mehr. Aber im großen und ganzen hatte sich nach siebenmal Frühling, Sommer, Herbst und Winterstürmen nicht viel geändert. Jeden Tag wartete er darauf, welche Wirkung nun das Geschenk der Feenkönigin haben werde. Er fand zu seiner großen Erleichterung, daß er immer noch Schmeichelworte zu der Tochter des Kleinbauern sagen und immer noch einen schwankenden Nachbarn dazu überreden konnte, eine Kuh oder ein Schaf von ihm zu kaufen.

Aber dann, eines Tages, als die Dorfbewohner über eine Viehseuche, die das Land befallen hatte, diskutierten, spürte Thomas sich von einer seltsamen Kraft dazu gedrängt, das Wort zu ergreifen.

Die Worte kamen aus seinem Mund ohne sein Zutun, und selbst erstaunt, prophezeite er, daß seine Nachbarn in Ercildourne kein einziges Stück Vieh durch die Seuche verlieren würden. Die Leute aus dem Dorf glaubten ihm, irgend etwas kam über sie, das sie einfach zwang, der Vorhersage zu glauben. Und tatsächlich bewahrheitete sie sich.

Danach machte Thomas viele Prophezeiungen, die meisten waren in Reimen. So konnte man sie gut behalten, und sie gingen von Mund zu Mund.

Immer stellte sich ihre Wahrheit heraus, und sein Ruf verbreitete sich durch ganz Schottland. Viele Lords und Grafen belohnten ihn für seine Vorhersagen und bewunderten seine Fähigkeiten. Obwohl er viele Teile des Landes besuchte und viele vornehme Leute kennenlernte, blieb Thomas dennoch stets seinem Dorf Ercildourne treu.

Mit seinem Geld baute er sich einen schönen Turm, in dem lebte er viele Jahre. Und doch, bei allem Ruhm und Reichtum, so fanden die Leute, sei Thomas dennoch kein so ganz glücklicher Mensch.

In seinen Augen lag immer das seltsame Licht eines Verlangens, als könne er die Erinnerung an die Feenwelt nicht vergessen.

Jedes Jahr gab Thomas in seinem Turm in Ercildourne ein großes Bankett, zu dem alle Einwohner, die in der Nähe wohnten, geladen waren.

Es war eine solche Nacht des frohen Festes, da die Pfeifer die Füße tanzen machen und die Herzen anrühren, und in der Halle erklangen freudige Zurufe. Ale gab es so viel, wie jeder trinken wollte. Und kaum ruhten die Tänzer aus, da wurden ihre Gläser schon wieder aufgefüllt, und Thomas begann auf seiner Laute zu spielen.

Es war während eines solchen nächtlichen Festes, daß ein Diener in die hellerleuchtete Halle gerannt kam, eine seltsame Botschaft auf den Lippen.

Sein Benehmen war derart, daß Thomas aufstand und Ruhe gebot, damit man hören könne, was der Diener zu sagen habe. Das Gelächter und die Gespräche verstummten, und in die Stille hinein sagte der Mann: »O Herr, ich habe etwas höchst Seltsames gesehen. Aus den Bergen kommen eine milchweiße Hirschkuh und ein milchweißes Rehkitz die Straße herab.«

Wahrlich seltsam. Denn gewöhnlich wagte sich keines der Tiere aus dem Wald bis in die Nähe des Dorfes. Außerdem: Wer hatte je von einer milchweißen Hirschkuh und einem milchweißen Rehkitz gehört?

Die Gäste, Thomas allen voran, rannten auf die Straße, und ihr Staunen wuchs noch mehr, als sie sahen, daß die beiden Tiere sich überhaupt nicht um die Menschenmenge kümmerten und im Mondlicht weiter näherkamen.

Und Thomas wußte, daß dies die beiden Feenboten der Königin waren. Freude überkam ihn, und er lief von seinem Turm fort.

Die beiden Tiere nahmen ihn in die Mitte, und langsam verschwanden Mann und Tiere im dunklen Wald.

Wie die Feenkönigin versprochen hatte, brachte die Gabe des Prophezeiens Thomas großen Ruhm, und noch heute hört man seine Worte und Reime.

Der bekannteste Vorfall ereignete sich am 18. März 1285, als Alexander III., einer der weisesten und größten Könige Schottlands, auf dem Thron saß. An diesem Tag schickte der Graf von March nach Thomas, dem Reimer, und ließ anfragen, wie am nächsten Tag das Wetter sein werde.

»Am Morgen, noch vor Mittag, wird der stärkste Wind blasen, von dem man je in Schottland gehört hat«, war Thomas' Antwort.

Am späten Vormittag schickte der Graf wieder einen Diener zu Thomas.

»Wo ist der Wind geblieben, den du vorhergesagt hast?« fragte der Diener, denn es war an diesem Tag schönes, mildes Wetter.

»Mittag ist noch nicht vorbei«, erwiderte Thomas ruhig.

Gerade da traf ein Bote beim Grafen ein und meldete, der König sei gestorben. Er sei auf einem Klippenpfad vom Pferd gestürzt und auf der Stelle tot gewesen.

»Da habt ihr den Wind, der großes Unheil über Schottland bringen wird«, sagte Thomas, und tatsächlich brach nach dem Tod des guten Königs für Schottland eine Zeit der Unruhen an.

Thomas prophezeite auch:

Solange Thorn Baum steht unverbrannt, behält Ercildourne all sein Land.

In dem Jahr, da der Thorn Baum fiel, machten alle Kaufleute von Ercildourne bankrott, und bald darauf mußte das letzte Stück von dem Gemeindeland verkauft werden.

Zwei Prophezeiungen aber gibt es, die sich noch erfüllen müssen:

Machen die Kühe von Gowrie sich breit an Land,
ist der Tag des Letzten Gerichts zur Hand.

Die Kühe von Gowrie sind zwei mächtige Felsblöcke, die jetzt unter dem Wasserspiegel bei Ivergowrie im Firth of Tay liegen. Jedes Jahr, so sagt man, kommen sie ein paar Zentimeter weiter auf das feste Land zu.

Wenn York versunken und London fällt,
wird Edinburgh die schönste und größte Stadt der Welt.

Die
blaue Mütze

Es war einmal ein Fischer in Kintyre, der hieß Ian Mac Rae. An einem Wintertag, als es keinen Zweck hatte, zum Fang auszufahren, weil die See zu stürmisch war, wollte Ian einen neuen Kiel für sein Boot anfertigen, und er ging in die Wälder zwischen Totaig und Glenelg, um einen großen Stamm dafür auszusuchen.

Er hatte kaum damit begonnen, sich umzusehen, als dichter weißer Nebel von den Bergen herabkam und zwischen die Bäume kroch.

Nun befand sich Ian ziemlich weit von seinem Haus entfernt, und als der Nebel fiel, war er vor allem darum bekümmert, so rasch wie möglich heimzukommen, hatte er doch keine Lust, sich zu verlaufen und eine kalte Nacht im Freien zu verbringen.

Er folgte also dem Pfad, den er gerade noch erkennen konnte und von dem er annahm, er werde ihn zurück nach Ardelve bringen.

Aber bald sah er, daß er sich getäuscht hatte, denn der Pfad führte aus dem Wald heraus in eine seltsame Landschaft. Und als die Dunkelheit fiel, sah er sich hoffnungslos am Gebirgshang verlaufen.

Er wollte sich gerade in sein Plaid hüllen und unter einen Heidestrauch kriechen, als er in der Ferne ein schwaches Licht schimmern sah. Er ging forsch darauf zu, und als er näher kam, erkannte er, daß der Lichtschein aus dem Fenster eines Steinunterstandes kam, wie ihn die Bauern benutzten, wenn sie bei ihren Herden auf den Sommerweiden bleiben.

»Hier werde ich ein Lager für die Nacht bekommen, und ein gutes Torffeuer dürfte es wohl auch geben«, dachte Ian und klopfte an die Tür.

Zu seinem Erstaunen antwortete niemand.

»Es muß doch aber jemand drinnen sein«, überlegte er, »eine Kerze zündet sich schließlich nicht von allein an.«

Er klopfte ein zweites Mal an die Tür. Wieder kam keine Antwort, obgleich er von drinnen nun Stimmen hörte.

Darüber wurde Ian zornig, und er rief:

»Was seid ihr nur für seltsame Leute, daß ihr einem wegmüden Fremden in einer Winternacht keine Zuflucht geben wollt?«

Da hörte er Füße schlurfen, und die Tür wurde gerade so weit geöffnet, um eine Katze hereinzulassen. In dem Spalt aber zeigte sich eine alte Frau, die ihn scharf musterte.

»Ich denke, du kannst die Nacht über hierbleiben«, sagte sie nicht sehr freundlich, »es gibt kein anderes Haus weit und breit. Also komm herein und leg dich vor den Herd.«

Sie öffnete die Tür etwas weiter. Ian betrat den kleinen Unterstand, und sofort hinter ihm schlug sie die Tür wieder zu. Auf dem Herd brannte ein gutes Torffeuer, und zu beiden Seiten davon saßen noch je eine alte Frau. Die drei Alten sagten kein Wort zu Ian, aber jene, die ihm die Tür aufgemacht hatte, führte ihn zum Herd, wo er sich in seinen Plaid rollte. Er konnte nicht einschlafen, denn es kam ihm unheimlich vor in dem kleinen Unterstand, und er dachte: Besser du hältst deine Augen auf. Nach einer Weile erhob sich eine der alten Frauen. Offenbar glaubte sie, ihr unerbetener Gast sei inzwischen eingeschlafen. Sie ging zu einer großen hölzernen Kiste, die in einer Ecke des Raumes stand. Ian hielt den Atem an und sah, wie sie den schweren Deckel hochklappte, eine blaue Mütze herausnahm und sie aufsetzte. Dann rief sie mit knarrender Stimme:

»*Carlisle!*«

Und zu Ians Erstaunen war sie darauf verschwunden. So ging das auch bei den beiden anderen alten Weibern. Ein jedes stand auf, holte eine blaue Mütze aus der Kiste, rief »Carlisle!« und hatte sich im nächsten Augenblick in Luft aufgelöst. Sobald er ganz allein war, stand Ian auf und ging zu der Kiste. Drinnen fand er noch eine weitere blaue Mütze, die genauso aussah wie die anderen, und da er neugierig war zu erfahren, in welche Welt die drei Hexen davongefahren waren, zog er die Mütze an und rief laut, wie er es von ihnen gehört hatte:

»Carlisle!«

Sofort wichen die Steinmauern des elenden Unterstandes zur Seite, und es war Ian, als schieße er mit großer Geschwindigkeit durch die Luft. Dann stürzte er mit einem Bums zu Boden, und als er sich umschaute, sah er, daß er in einem riesigen Weinkeller stand, wo die drei alten Weiber ausgelassen zechten. Als sie aber Ian sahen, hörten sie sofort auf und riefen:

»Kintail, Kintail
wieder zurück!«

Sofort waren sie verschwunden.

Ian verspürte kein Verlangen, ihnen auch diesmal wieder zu folgen, denn in dieser Umgebung gefiel es ihm. Er betrachtete alle Krucken und Flaschen sorgfältig, nahm hier und dort einen Schluck, bis er in eine Ecke schwankte und in tiefen Schlaf verfiel.

Nun war es aber so, daß der Weinkeller, in den Ian auf so geheimnisvolle Weise gelangt war, dem Bischof von Carlisle gehörte und unter dessen Palast in England lag. Am Morgen kamen Diener des Bischofs in den Keller hinunter und erschraken, als sie die leeren Flaschen sahen, die am Boden herumlagen.

»Es haben schon öfter Flaschen aus den Regalen gefehlt«, sagte der Steward, »aber so schandbar hat sich der Dieb hier unten noch nie aufgeführt.«

Dann entdeckten die Diener Ian, der immer noch in der Ecke lag und schlief, und immer noch hatte er die blaue Mütze auf dem Kopf.

»Da ist der Dieb. Da ist der Dieb!« riefen sie.

Ian wachte auf, sie banden ihm die Arme auf den Rücken, legten ihm an den Fußknöcheln Fesseln an und zerrten ihn fort wie eine Gans, die auf den Schlachtklotz soll.

Der Gefangene wurde vor den Bischof gebracht, und ehe man ihn vor den Thron des hohen Herrn führte, riß man ihm die Mütze vom Kopf, denn es war ein Zeichen der Mißachtung, wenn ein Mann mit einer Mütze den Palast betrat.

Ian wurde also verhört und dem bischöflichen Gericht vorgeführt, das ihn zum Tod auf dem Scheiterhaufen verurteilte.

Auf dem Marktplatz von Carlisle häufte man einen großen Holzstoß und band den armen Sünder darauf fest. Und viel Volk versammelte sich, um zu sehen, wie der Mann durch das Feuer zu Tode kam.

Ian hatte sich schon in sein schlimmes Schicksal gefügt, als er plötzlich einen guten Einfall hatte.

»Eine letzte Bitte!« rief er, »ich will nicht ohne meine blaue Mütze in die Ewigkeit eingehen.«

Seine Bitte wurde ihm gewährt, und man setzte ihm die blaue Mütze auf den Kopf. Kaum aber fühlte Ian, daß man sie ihm aufgesetzt hatte, da warf er einen verzweifelten Blick auf die Flammen, die schon unter seinen Zehenspitzen züngelten, und rief so laut er konnte:

»Kintail, Kintail
wieder zurück!«

Und zum großen Erstaunen der guten Leute von Carlisle waren Ian und der Holzstoß in eben diesem Augenblick verschwunden und wurden in England nie mehr gesehen.

Als Ian wieder zu sich kam, befand er sich in den Wäldern zwischen Totaig und Glenelg, aber von dem alten Unterstand, in dem die drei Hexen gesessen hatten, war keine Spur mehr zu sehen. Es war ein schöner Tag nach einer Nacht mit Nebel, und Ian sah einen alten Bauern auf ihn zukommen.

»Würdest du mich von diesem elenden Holzstoß losbinden?« bat Ian den alten Mann.

Der Bauer tat, wie ihm geheißen.

»Aber wie in aller Welt ist es dazu gekommen, daß man dich da festgebunden hat?« fragte er dann.

Ian betrachtete den Stoß schuldbewußt, aber dann sah er, daß es gutes festes Holz war, und es fiel ihm plötzlich wieder ein, weshalb er überhaupt von zu Haus fortgegangen war.

»Ach, das ist eine Lage Holz, die ich zusammengetragen habe, um einen neuen Kiel für mein Fischerboot zu machen«, erwiderte er, »der Bischof von Carlisle selbst hat es mir gegeben.«

Und als der Bauer ihm den rechten Weg nach Ardelve gewiesen hatte, ging Ian fröhlich pfeifend heim.

Tam Lin

Die schöne Janet war die Tochter eines Grafen aus dem Unterland, der in seinem grauen Schloß inmitten grüner Wiesen wohnte.

Eines Tages wurde es dem Mädchen zu langweilig, immer nur in ihrem Zimmer zu nähen oder mit den Hofdamen ihres Vaters Schach zu spielen. So nahm sie einen grünen Umhang über die Schulter, flocht ihr gelbes Haar zu Zöpfen und ging aus, um die Wälder von Carterhaugh zu durchstreifen.

Sie wanderte bei Sonnenschein durch ruhige, grasbewachsene Täler voller grüner Schatten, wo Heckenrosen wucherten und Glockenblumen wuchsen. Sie streckte ihre Hand aus, pflückte eine blasse Rose und steckte sie an ihre Hüfte. Kaum aber hatte sie die Blume vom Strauch gebrochen, da trat ein junger Mann auf den Pfad vor ihr.

»Wie kannst du es wagen, die Rosen von Carterhaugh zu pflücken und hier ohne Erlaubnis herumzulaufen?« fragte er Janet.

»Ich habe mir nichts Böses dabei gedacht«, antwortete ihm das Mädchen.

»Ich bin der Wächter dieser Wälder und muß aufpassen, daß niemand ihren Frieden stört«, sagte der junge Mann.

Dann lächelte er so wie jemand, der lange Zeit nicht gelächelt hat, brach eine weiße Rose ab und steckte sie zu der weißen, die das Mädchen abgepflückt hatte.

»Jemandem, der so hübsch ist wie du, würde ich alle Rosen von Carterhaugh geben«, sagte er.

»Wer bist du?« fragte Janet.

»Mein Name ist Tam Lin«, antwortete der junge Mann.

»Von dir habe ich schon gehört. Du bist doch ein Feenritter«, rief das Mädchen und warf die Blume, die er in ihren Gürtel gesteckt hatte, hastig von sich.

»Du brauchst keine Angst zu haben, schöne Janet«, sagte Tam Lin, »wenn man mich auch den Feenritter nennt, so bin ich doch als sterblicher Mensch geboren worden wie du selbst auch.«

Janet hörte verwundert zu, als er ihr seine Geschichte erzählte:

»Mein Vater und meine Mutter starben, als ich noch ein Kind war. Mein Großvater, der Graf von Roxburgh, nahm mich zu sich. Eines Tages waren wir in diesem Wald hier auf der Jagd, als ein seltsam kalter Wind aus Norden aufkam. Ich wurde sehr müde. Ich blieb hinter meinen Gefährten zurück und stürzte schließlich vom Pferd. Als ich erwachte, befand ich mich im Reich der Feen. Die Feenkönigin war gekommen, um mich zu stehlen, als ich schlief.«

Hier hielt Tam Lin inne, und es war, als denke er an das grüne verzauberte Land.

»Und seither«, fuhr er fort, »stehe ich unter dem Bann, den die Feenkönigin über mich verhängt hat. Am Tage bewache ich die Wälder von Carterhaugh, und in der Nacht kehre ich ins Feenland zurück. O Janet, wie gern würde ich wieder das Leben eines gewöhnlichen Sterblichen führen. Ich wünschte von ganzem Herzen, ich käme aus der Verzauberung los.«

Er sagte das so unglücklich, daß Janet ausrief: »Und gibt es denn keine Möglichkeit, den Zauber zu brechen?«

Da faßte Tam Lin sie bei den Händen und sagte:

»Heute Nacht ist Halloween, Janet, und das ist die Nacht der Nächte, wenn man es versuchen will. Zu Halloween reitet das Feenvolk aus, und ich reite mit ihnen.«

»Sag mir, was ich tun soll, um dir zu helfen!« sagte Janet, »denn gar zu gern würde ich das tun.«

»Wenn Mitternacht kommt«, sagte Tam Lin zu ihr, »mußt du zum Kreuzweg gehen und dort warten, bis der Zug der

Feen vorbeikommt. Reitet die erste Gruppe heran, so kümmere dich nicht um sie, sondern laß sie vorüber, auch die zweite Gruppe mußt du nicht beachten. Ich werde in der dritten Gruppe reiten. Mein Pferd ist eine milchweiße Stute, und auf dem Kopf trage ich einen goldenen Reif. Dann lauf auf mich zu, reiß mich vom Pferd und nimm mich fest in die Arme, so fest, daß ich deine Brüste spüren kann. Was immer dann auch mit mir geschieht, halte mich fest und laß mich nicht los, so kannst du mich zu den Sterblichen zurückholen.«

Kurz nach zwölf in dieser Nacht eilte die schöne Janet zum Kreuzweg und wartete dort im Schatten eines Dornenbusches. Die Bäche glitzerten im Mondlicht, die Büsche warfen seltsame Schatten, und der Wind ratterte unheimlich im Laub der Bäume. Ganz schwach hörte sie den Klang der Hufe und das Geräusch des Lederzeugs. Da wußte sie, daß Feenpferde unterwegs waren.

Sie fror und nahm ihren Mantel fester um die Schultern und schaute die Straße hinunter. Zuerst sah sie das Blitzen eines silbernen Zaumzeugs, dann den weißen Blitz auf der Stirn des Pferdes, das zuerst kam. Bald war der ganze Feenzug zu sehen. Die Reiter hatten ihre bleichen Gesichter zum Mond gewandt, und Feenlocken wehten hinter ihnen drein, als sie dahinritten.

Als die erste Abteilung vorbeikam, bei der sich die Feenkönigin auf einer schwarzen Stute befand, verhielt sie sich ganz still. Auch bei der zweiten Gruppe rührte sie sich nicht. Dann kam die dritte Abteilung, und sie entdeckte das milchweiße Pferd, auf dem Tam Lin saß. Sie sah auch den Goldreif in seinem Haar. Da sprang sie aus dem Schatten hervor, griff den Zügel, zerrte den Mann aus dem Sattel, nahm ihn in ihre Arme und preßte seinen Kopf an ihre Brüste.

Sofort erhob sich Geschrei: »Tam Lin ist verschwunden!«

Auf ihrem Rappen kam die Feenkönigin angeprescht. Sie wandte sich um und richtete ihre schönen unmenschlichen Augen auf Janet und Tam Lin.

Der Zauber der Feenkönigin traf Tam Lin, er wurde kleiner und kleiner, und plötzlich merkte die schöne Janet, daß sie eine Eidechse an ihrem Busen hielt.

Aus der Eidechse wurde eine schlüpfrige Schlange. Sie hatte Mühe, das Tier festzuhalten.

Der Schreck rann ihr durch alle Glieder, als sich die Schlange in ein Stück rotglühenden Eisens verwandelte. Tränen der Furcht rannen Janet über die Wangen, aber sie drückte Tam Lin an sich und ließ ihn nicht gehen.

Da wußte die Feenkönigin, daß sie Tam Lin verloren geben mußte, weil er die unnachgiebige Liebe eines sterblichen Weibes gewonnen hatte, und sie verwandelte den Ritter wieder in seine ursprüngliche Gestalt zurück. Janet hielt plötzlich einen Mann umfangen, der war nackt, so wie er in diese Welt gekommen war aus dem Schoß seiner Mutter. Der Feenzug hielt noch einmal an. Eine schmale grüne Hand schob sich vor und führte die milchweiße Stute fort, die Tam Lin geritten hatte. Dabei brach die Feenkönigin in bitteres Wehklagen aus: »Der schönste Ritter aus meinem Zug«, so rief sie, »ist verloren an die Welt der Sterblichen. Adieu Tam Lin! Hätte ich gewußt, daß sich eine sterbliche Frau in dich verlieben würde, ich hätte ihr das Herz aus der Brust gerissen und ihr ein Herz aus Stein dafür eingesetzt. Hätte ich gewußt, daß die schöne Janet nach Carterhaugh kommt, ich hätte ihr ihre hübschen grauen Augen aus dem Kopf gekratzt und ihr statt dessen ein Paar Holzaugen angehext.«

Als sie das rief, begann es hell zu werden, und mit einem unheimlichen Schrei gaben die Reiter ihren Pferden die Sporen und verschwanden.

Tam Lin aber küßte Janets verbrannte Hände, und zusammen liefen sie zu dem grauen Schloß, wo Janets Vater wohnte.

Ainsel

Es war einmal ein kleiner Junge, der hieß Parcie, und wie bei vielen anderen kleinen Jungen und Mädchen gab es bei ihm immer großes Geschrei, wenn er zu Bett gehen sollte. Er und seine Mutter wohnten in einer kleinen Steinhütte im Land an der Grenze. Sie waren arme Leute, aber wenn am Abend das Feuer hell auf dem Herd knisterte und die Kerzen ihr warmes Licht gaben, dann gab es keinen Ort auf der Welt, der ihnen so gemütlich vorkam wie ihr Haus. Parcie saß dann meist vor dem Feuer. Die Mutter erzählte ihm Geschichten, oder er betrachtete schon schlaftrunken die wechselnden Muster der tanzenden Flammen. Nach und nach – viel zu früh, wie Parcie fand – sagte dann seine Mutter: »Jetzt ist's aber Zeit, ins Bett zu gehen, Parcie.«

Nachdem dann Parcie ein dutzendmal und mehr protestiert hatte, kroch er in seine kleine Bettkiste und war schon eingeschlafen, ehe er noch seinen Kopf recht auf die Kissen gelegt hatte.

Eines Abends aber war es die Mutter leid, sich ständig seinen Widerspruch anzuhören, und als er nicht ins Bett gehen wollte, stand sie auf, ging ins Bett und ließ ihn allein am Feuer zurück.

»Nun gut«, sagte sie, »dann bleibst du eben auf, Parcie. Wenn die alte Feenfrau kommt und dich mitnimmt, geschieht es dir recht.«

»Ha!« rief der Junge, »als ob ich Angst vor der alten Feenfrau hätte.«

Und er blieb, wo er war.

Nun war es zu dieser Zeit auf den Farmen und Häuslerstellen ganz selbstverständlich, daß ein Braunchen des Nachts den Schornstein herunterkam, das Zimmer putzte und alles höchst wunderbar in Ordnung brachte. Als Dank dafür stellte Parcies Mutter stets eine Schale mit Ziegenmilch auf die Türschwelle, und noch jeden Morgen war die Schale leer.

Die Hausbraunchen waren freundliche Wesen, aber sie waren leicht beleidigt. Wehe der Hausfrau, die es versäumte, ihnen eine Schüssel mit Milch hinzustellen. Am nächsten Morgen herrschte in diesem Fall im Haus das schlimmste Durcheinander, und nie kam das Braunchen mehr zurück, um aufzuräumen.

Aber das Braunchen, das Parcies Mutter half, fand immer seine Schale mit Milch, und dafür tat es seine Arbeit ausgezeichnet und in aller Stille, während Parcie und die Mutter schliefen. Es hatte aber eine bösartige alte Feenmutter, und an sie hatte Parcies Mutter ihren Sohn erinnert, als sie zu Bett gegangen war.

Eine Weile saß Parcie ganz zufrieden vor dem Herd, sehr stolz, daß er seinen Willen durchgesetzt hatte, als das Feuer aber kleiner wurde, fröstelte es ihn etwas, und er dachte voller Verlangen an sein warmes Bett. Er wollte gerade aufstehen, als im Kamin ein gräßliches Gepolter losging und das Braunchen kam. Parcie war erstaunt, aber das Braunchen nicht minder, weil es erwartet hatte, Parcie werde längst zu Bett sein. Nachdem er die Gestalt mit den spindeldürren Beinen einen Augenblick angeschaut hatte, sagte Parcie:

»Wie heißt du?«

»Ich heiße ich«, antwortete das Braunchen mit einem spitzbübischen Lächeln. »Und du?«

Parcie wußte, daß das Braunchen einen Spaß machte, und beschloß, selbst noch schlauer zu sein.

»Ich heiße auch ich«, sagte er.

Dann spielten Parcie und das Braunchen vor dem Feuer zusammen. Das Braunchen war ein sehr lebhaftes Geschöpf, und Parcie sah voller Erstaunen, wie es vom Kleiderschrank auf den Tisch und von dort auf den Fußboden sprang. Während Parcie in die Glut starrte, sprang plötzlich ein Stück glühenden Holzes heraus und verletzte den Fuß des Braunchens. Das kleine Wesen fing so an zu brüllen und zu schreien, daß die alte Feenfrau es hörte und durch den Schornstein herabrief:

»Wer zum Teufel hat dir denn weh getan. Warte nur, gleich komme ich herunter, und dann kann sich der Betreffende auf etwas gefaßt machen.«

Parcie sprang auf, rannte durch die Tür ins Nebenzimmer, kroch in seinen kleinen Bettkasten und zog die Bettdecke bis an die Nasenspitze.

»Ich war's. Ich war's!« kreischte das Braunchen.

»Warum machst du dann ein solches Geschrei?« antwortete die alte Feenfrau. »Warum störst du mich mit deinem Gejammer für nichts und wieder nichts? Man kann doch niemanden zur Rechenschaft ziehen, wenn du es selbst warst!«

Ein langer, dürrer Arm mit Klauenfingern kam durch den Kamin herab und faßte das Braunchen am Kragen. Fort war es.

Am anderen Morgen fand Parcies Mutter die Schale mit Ziegenmilch, die sie an die Tür gestellt hatte, unberührt, und sehr zu ihrem Ärger kam das Braunchen nie mehr zurück in die Hütte. Obwohl sie so ihre Feenhelfer verloren hatte, war sie dennoch sehr froh. Denn von diesem Tag an mußte sie es Parcie nie zweimal sagen, wenn er ins Bett gehen sollte. Denn, wer weiß, vielleicht hätte das nächste Mal ihn der lange, dürre Arm mit den Krallenfingern am Genick gepackt und durch den Kamin hochgezogen.

Lod

Es war einmal ein Farmer, der hatte einen Sohn, den man Lod nannte. Er war ein starker Bursche, der wußte, was er wollte. Eines Tages schickte ihn sein Vater mit einer großen Schüssel Haferbrei zu einer Gruppe von Männern, die Torf stachen, aber unterwegs verschüttete Lod den Brei, die Arbeiter blieben ohne Essen und beklagten sich bei dem Farmer, als sie am Abend heimkehrten.

Der Vater schimpfte Lod aus und sagte ihm, er solle auf der Stelle das Haus verlassen und über fünfundzwanzig Straßen ziehen und sehen, wie er in der Welt zurechtkomme, er wolle mit ihm nichts mehr zu schaffen haben.

»Wenn es so steht«, sagte Lod, »werde ich eben gehen. Ich bitte dich nur noch, daß du mir eine eiserne Keule gibst, damit ich mich auf meinen Wanderungen meiner Haut wehren kann.«

»Das sollst du haben«, sagte der Vater, ging stracks zu einem Schmied und ließ dort eine Keule machen, die war einen stone [englisches Maß = 6,3504 kg, Anm. d. Red.] schwer. »Das ist eine gute Keule für dich«, sagte er.

Lod griff sich die Keule, und als er sie in die Hand nahm, brach sie sofort entzwei.

»Ach«, sprach er, »ich brauche eine Keule, die stark genug ist für mich.«

Also ging der Vater zurück zum Schmied und ließ eine zweite Keule machen, die hatte ein Gewicht von zwei stone.

»Die sollte nun aber gewiß stark genug sein«, sagte er, als er sie seinem Sohn gab.

Aber auch diese Keule brach sofort in zwei Teile, als Lod sie in die Hand nahm.

»Ach«, schimpfte Lod, »die ist auch nichts. Ich brauche eine bessere.«

Die dritte Keule war dreieinhalb stone schwer, und der Schmied sagte:

»Eine stärkere Keule kann ich nicht machen.«

Doch auch diese Waffe zerbrach, als Lod sie zweimal durch die Luft schwenkte.

Der Vater ließ die beiden Teile beim Schmied wieder zusammenschweißen und sprach dann zu seinem Sohn.

»Damit mußt du nun auskommen. Ich bin es leid, dir ständig neue Keulen machen zu lassen.«

Dann nahmen sie Abschied, und der Junge zog fort. Es dauerte nicht lange, da kam er an das Schloß eines Königs und erkundigte sich dort, ob man wohl Arbeit für ihn habe.

»Was für Arbeit kannst du tun?« fragte der König.

»Ich bin ein guter Kuhhirt«, antwortete Lod, »mein Leben lang habe ich Kühe hüten müssen.«

»Das trifft sich gut«, sagte der König, »mein Vieh kommt mir Stück um Stück abhanden. Und ich kann keinen Hirten finden, der ordentlich aufpaßt. Willst du diese Arbeit übernehmen?«

»Das will ich gern, wenn du mir als Lohn das zahlst, was ich brauche. Ich verlange zehn Guineas im Jahr, einen Sack Mehl in der Woche und soviel Milch, wie ich brauche, um mir meinen Brei zuzubereiten. Ich esse zweimal am Tag, am Morgen und am Abend. Ich brauche ein Haus, in dem ich allein wohnen kann, einen Ofen und ein Bett.«

»Nun«, sagte der König, »du verlangst ziemlich viel. Aber da es sich um keine gewöhnliche Herde handelt, sollst du es haben, und wir wollen es für ein halbes Jahr zu diesen Bedingungen miteinander versuchen.«

Also trat Lod in die Dienste des Königs und übernahm dessen Herde. Am nächsten Tag stand er zeitig auf, nahm seine Keule unter den Arm und ging auf die Weide. Während die Kühe auf dem hügligen Grasland ihr Futter suchten, begann Lod in einem Dornendickicht Feuerholz zu sammeln.

Plötzlich hörte er Schritte und sah einen schrecklichen Riesen auf sich zukommen.

»Was treibst du hier, du Däumling?« brüllte der Riese.

»Ach, guter Mann!« sagte Lod, »jagen Sie mir doch nicht solche Angst ein. Ich sammle hier nur Feuerholz, wenn Sie es auf die Rinder abgesehen haben, die ich hüte, so nehmen Sie sie und lassen Sie mich in Frieden.«

Der Riese ging, fing sich die schwerste und fetteste Kuh aus der Herde, band ihre vier Beine mit einem Seil aus Heidekraut zusammen, und dann rief er Lod zu:

»Komm her und heb sie mir auf den Rücken.«

»Ach«, sagte Lod, »ich habe Angst, dir zu nahe zu kommen.«

»Mach dir keine Sorgen. Ich tu dir nichts«, sagte der Riese.

Also ging Lod zu dem Riesen hin und sagte:

»Du solltest besser deinen Kopf unter den Bauch der Kuh stecken, und ich helfe dann von hinten, damit du sie auf den Rücken bekommst.«

Kaum hatte der Riese Lods Rat befolgt, da ging Lod von hinten mit seiner Keule auf ihn los. Er machte die Kuh los, schlug dem Riesen den Kopf ab und hängte ihn zwischen die grünen Blätter eines Baumes. Die Leiche des Riesen aber warf er in ein altes Torfloch.

Für den Rest des Tages blieb Lod mit seinen Tieren unbehelligt, und am Abend brachte er die Herde vollständig heim. Der König, der ihm auf dem Heimweg begegnete, war erstaunt und sprach:

»Wie hast du es geschafft, alle Tiere sicher heimzubringen?«

»Ich hab's geschafft. Warum auch nicht?« sagte Lod. Er sagte dem König nicht, was geschehen war, und behielt sein Abenteuer für sich.

Am nächsten Tag stand er wieder zeitig auf und ging hinaus auf die Weide zu seinen Rindern. Kaum hatte er wieder das Dickicht betreten, wo er Holz sammeln wollte, da kam abermals ein Riese daher, der sah noch stärker aus als der vom Vortag.

»Was machst du denn hier, du Dreikäsehoch?« bellte der Riese.

»Ich suche Feuerholz«, erwiderte Lod, »versuchen Sie nur nicht, mir einen Schrecken einzujagen. Es gibt wenig, was mir einen Schreck einjagen könnte.«

»Hast du gestern zufällig einen Mann gesehen, der mir ähnlich sieht?« fragte der Riese und runzelte die Stirn, »meine Mutter hat nämlich ihren jüngsten Sohn verloren.«

»Ich habe nichts gesehen«, sagte Lod, »ich war gestern gar nicht hier. Wenn du es auf eine meiner Kühe abgesehen hast, so such dir nur die fetteste heraus und mach dich mit ihr davon.«

Der Riese schlug die beste Kuh aus der Herde zu Boden, fesselte ihr die Beine mit einem Seil, und dann sagte er zu Lod:

»Nun hilf mir, damit ich das Vieh auf den Rücken nehmen kann.«

»O nein«, sagte Lod, »da fürchte ich mich.«

»Ach was«, sagte der Riese, »ich tu dir nichts.«

Und dann kam alles, wie es schon am ersten Tag gekommen war. Bald hing der Schädel des toten Riesen in den Zweigen, und seine Leiche lag in einer Torfgrube, wo niemand, der vorbeikam, sie entdeckt hätte.

Als an diesem Abend Lod nach Hause kam, vertrat ihm der König den Weg und war sehr erstaunt, als sein Hirte alle Rinder heil und gesund heimbrachte.

»Gewiß«, sagte der König, »hast du heute in den Hügeln drüben etwas Aufregendes erlebt?«

»Was soll ich erlebt haben«, sagte Lod, »dort drüben ist nur Heide, Wald, Torf und Moos. Was soll man da schon groß erleben.«

»Nun«, sprach der König, »du bist ein guter und geschickter Hirte. Nie zuvor ist es vorgekommen, daß einer stets die ganze Herde heimgebracht hat.«

Auch am dritten Tag erschien wieder ein Riese, und Lod übertölpelte ihn, und nun hingen schon drei Köpfe in den Zweigen, und drei Leichen lagen in der Torfgrube.

»Es kann nicht sein«, sagte der König abends, »daß du mir heute nichts zu erzählen hast.«

»Nun«, sprach Lod, »der Torf raucht, auf dem Gebirge wachsen Eschen und wildes Senfkraut – wenn du das noch nicht weißt.«

»Du bist wirklich der beste Hirte im Land und den Lohn wert, den ich dir zahle«, sagte der König.

Als Lod am nächsten Morgen aufstand, sprach er bei sich: »Ich bin ja gespannt, was mir heute oben in den Hügeln widerfährt. Einen Riesen, noch größer als einer von den drei anderen, kann es ja eigentlich nicht geben.«

Er trieb also sein Vieh auf die Weide und ging in das Dickicht, um Feuerholz zu suchen. Es dauerte nicht lange, da wehte ein starker Luftzug über die Berge, es war dies aber nicht der Wind, sondern der Atem einer großen grauen Hexe, die plötzlich in der Luft über Lod auftauchte und ihre klauenartigen Finger nach ihm ausstreckte.

»Hier steckst du also, du Schurke, du Bösewicht. Du hast meine drei Söhne getötet. Jetzt bin ich gekommen, um an dir Rache zu nehmen.«

Damit packte sie ihn, und wie zwei Ringer gingen sie beide kämpfend zu Boden. Über weiches und hartes Gelände rollten sie, verklebt von Torf und Blut bei ihrem Ringen. Und die alte Hexe war so stark, daß Lod mehr als einmal um sein Leben fürchtete. Aber dann kam der Augenblick, wo er sich gewaltig anstrengte, die Hexe hochhob, ihr Arme und Beine brach und sie flach auf den Boden warf.

»Nun, alte Hexe, was für ein Lösegeld gibst du mir, wenn ich deinen Qualen ein Ende mache?« fragte er.

»Ich gebe dir etwas, was groß und nicht klein ist«, antwortete sie schwach. »Es ist eine Truhe voll Gold und eine Truhe voller Silber, die unter der Schwelle meiner Höhle dort drüben liegen.«

»Besten Dank«, sagte Lod, »und nun sollst du nicht länger leiden.« Darauf schlug er ihr den Kopf ab und hängte ihn neben die Schädel ihrer Söhne in die Zweige, ihren Leib aber warf er in die Torfgrube.

An diesem Abend hielt ihn der König an, als er zurückkam, und sagte:

»Gewiß hast du heute draußen auf der Weide ein Abenteuer erlebt?«

»Die Formen der Hügel, der grüne Rasen und die Lerchen über den Feldern waren nicht anders als sonst auch«, antwortete Lod. »Nichts von Bedeutung weiß ich dir zu berichten.«

»Ach«, sagte der König, »du bist ein großartiger Bursche, wenn ich dich nur schon eher zum Hirten bestellt hätte, viel Ärger wäre mir erspart geblieben.«

Am anderen Tag brauchte sich Lod zum ersten Mal, seitdem er im Dienste des Königs stand, mit niemandem herumzuschlagen, und als er heimkam, war er sehr erstaunt, daß der König ihm heute nicht entgegenkam und ihn nicht befragte, ob er auf dem Feld ein Abenteuer erlebt habe.

Aber als er das Schloß erreichte, fand er alle Leute weinend und klagend über das schreckliche Schicksal der Königstochter.

Lod hörte, daß während des Tages ein großer Riese mit drei Köpfen zum Schloß gekommen war (man muß dabei bedenken, daß es damals noch von Riesen nur so wimmelte). Er hatte gedroht, einen jeden im Land zu töten, wenn man ihm nicht die Prinzessin ausliefere. Er war dann wieder gegangen, hatte aber geschworen, er werde seine Drohung bestimmt wahr machen, wenn man die Prinzessin nicht bis zum Abend in seine Höhle bringe.

Nach langem Überlegen hatte der König sich entschlossen, seine Tochter zu dem Riesen zu schicken. Er hielt dies für seine Pflicht, um sein Volk zu retten. Die Vorbereitungen waren schon in vollem Gange. Ganz zuletzt aber hatte der schielende und rothaarige Koch des Königs den Einfall, aus der ganzen Sache noch gutes Kapital zu schlagen, und er versprach, die Prinzessin zur Höhle des Riesen zu begleiten.

»Ich werde den Riesen töten«, sprach er zum König, »wenn ihr mir später die Prinzessin zur Frau gebt.«

Der König war nicht sehr erbaut darüber, einen schielenden und rothaarigen Koch zum Schwiegersohn zu bekommen, aber was sollte er machen. Er hatte eingewilligt. Und kurz ehe Lod aus den Bergen heimkam, war der Koch mit der Prinzessin aufgebrochen. Nun war Lod seit dem Augenblick, da er sie einmal durch das Fenster des Schlosses kurz gesehen hatte, in die Prinzessin verliebt. Als er nun hörte, in welcher Gefahr sie schwebte, machte er sich auch sogleich zur Höhle auf den Weg. Unter dem Arm trug er seine schwere Keule.

Als er die Höhle erreichte, sah er die Prinzessin zitternd dort stehen, während der schielende, rothaarige Koch, der ein großer Feigling war, sich hinter einem Stein versteckt hatte.

»Oh!« rief die Prinzessin, als sie Lod sah, »warum bist du nur hergekommen. Ist es nicht genug, wenn der Riese mich nimmt. Willst du auch noch von ihm getötet werden?«

»Was das angeht«, sagte Lod, »so ist er auch nicht allmächtig, und ich habe einige Erfahrung im Umgang mit solchen Burschen.«

In diesem Augenblick erhob sich drinnen in der Höhle ein furchtbares Gebrüll, und der Riese selbst trat heraus: ein gewaltiger Mann, mit Fellen bekleidet und mit drei Köpfen auf seinem schweren Nacken.

Als er ins Freie trat, war er zunächst von der Helligkeit etwas geblendet, sofort sprang Lod auf ihn zu und hieb ihm die drei Köpfe ab. Das war das Ende des Riesen. Die Gewalt, mit der Lod zugeschlagen hatte, war so groß, daß er selbst hinstürzte und sich am Arm verletzte, und die Prinzessin verband ihn mit einem Streifen Tuch, den sie von ihrem Kleid abriß. Sie war außer sich vor Freude über ihre Rettung und schlug Lod vor, sofort mit ihr zum Schloß zu eilen, wo sie seine Frau werden wollte. Aber Lod war nach dem Tag auf dem Feld und dem Kampf mit dem Riesen ziemlich müde. Also sagte er der Prinzessin, er werde erst ein kurzes Schläfchen tun, legte sich ins Gras und schloß die Augen.

Die ganze Zeit hatte der schielende, rothaarige Koch in seinem Versteck gesessen. Kaum aber war Lod eingeschlafen, da nahm er die drei Köpfe des Riesen und faßte die Prinzessin beim Handgelenk. Vergebens versuchte sie sich zu befreien und Lod zu Hilfe zu rufen. Lod schlief tief. Ob sie wollte oder nicht, sie mußte dem Koch zum Schloß folgen. Dort legte er die drei Köpfe dem König vor die Füße, behauptete, er habe die Prinzessin gerettet und verlangte, der König möge nun sein Versprechen erfüllen. Was blieb dem König anderes übrig. Der Hochzeitstag wurde festgesetzt.

Es war ein großes Hochzeitsfest, und als alle Gäste versammelt waren, schaute der König in die Runde, um zu sehen, ob auch nichts fehle. Plötzlich runzelte er die Stirn.

»Ein Mensch fehlt«, rief er, »wo ist mein Rinderhirt?«

»Hier bin ich«, kam eine Stimme von der Türschwelle, und dort stand Lod, schaute den Schurken von Koch böse an und kam langsam auf ihn zu.

Der Koch wurde bleich vor Furcht, wie er da auf dem Stuhl des Bräutigams saß.

»Oh, lieber Vater, es war dieser Mann dort, der mich vor dem Riesen errettet hat, und nicht der Koch«, sagte die Prinzessin.

»Ich wußte, daß er kommen würde, um mich zu heiraten.«

»Was für einen Beweis gibt es für diese Behauptung?« sagte der König.

Da stand die Prinzessin von ihrem Platz auf und trat auf Lod zu, um dessen Arm immer noch der Fetzen Stoff gewickelt war, den sie von ihrem Kleid abgerissen hatte.

»Diese Wunde empfing er, als er dem Riesen die Köpfe abschlug, und ich habe sie verbunden«, rief sie, und dann ließ sie das Kleid hereinbringen, das sie an jenem Tag getragen hatte, und tatsächlich, da fehlte das Stück Stoff.

Da erkannte der König, daß sie die Wahrheit sagte, und nachdem der Koch davongejagt worden war, machten Lod, der Farmerssohn, und des Königs Tochter Hochzeit.

Nachdem die Feiern vorbei waren, nahm Lod seine Frau und den König zu der Stelle mit, an der er die Rinder gehütet hatte, und zeigt ihnen die Schädel der drei Riesen und der alten Hexe in den Zweigen des Baumes. Und es dauerte lange, bis der König alle Abenteuer angehört hatte, die Lod bestanden hatte, seit er in den Dienst des Königs getreten war.

Sie holten dann noch die Truhe mit Gold und die Truhe mit Silber, die unter der Schwelle der Höhle vergraben lagen, und lebten in Saus und Braus für den Rest ihrer Tage, und wenn sie nicht gestorben sind, so leben sie heute noch.

Die Abenteuer des Ian Direach

Als die Welt noch jünger war als heutzutage, lebte ein Königssohn, dessen Name war Ian Direach, das bedeutet soviel wie »Ehrlicher John«. Er war ein großer Jäger, und als er eines Tages die Wälder durchstreifte, mit Pfeil und Bogen zur Hand, sah er über sich den schönsten Vogel, der sich denken läßt, einen blauen Falken.

Sehr rasch surrte ein Pfeil durch die Luft, aber der Falke entkam dem Geschoß, und nur eine blaue Feder von ihm fiel auf die Erde herab.

Ian hob diese Feder auf, und als er heimkam, zeigte er sie seiner Stiefmutter, der Königin.

Nun war das eine Frau, die bösen Zauber trieb, und sobald sie die Feder sah, wußte sie, daß diese nicht aus dem Gefieder eines gewöhnlichen Vogels stammte. Sofort war sie entschlossen, sie müsse den blauen Falken bekommen, koste es, was es wolle.

Also befahl sie Ian Direach, auszuziehen und nicht eher heimzukehren, bis er den Vogel für sie gefangen habe, und da Ian fürchtete, die Königin werde ihn sonst verzaubern, gehorchte er ihrem Befehl.

Er ging zuerst zu jenem Hügel, wo er dem Falken zuerst begegnet war, aber dort ließ sich keine Spur des wunderbaren Vogels entdecken.

Dunkelheit senkte sich auf die Erde, und die kleinen Vögel in den Büschen suchten Zuflucht zwischen den Wurzelstöcken der Dornensträucher. Als die Nacht angebrochen war, setzte Ian sich unter einen Baum, zündete ein Feuer an, um sich zu wärmen, und wollte sich gerade schlafen legen, als er ein Rascheln hörte. In den Lichtkreis des Feuers schlich

sich ein rotbrauner Fuchs, der hielt im Maul eine Hammelkeule und ein Stück Schafsfleisch.

»Das ist heute nicht das richtige Wetter, um im Freien zu
übernachten«, sprach der Fuchs.

»Da hast du recht«, antwortete Ian, »aber ich muß für
meine Stiefmutter, die Königin, den blauen Falken suchen.
Ehe ich ihn nicht gefunden habe, kann ich nicht nach Hause
zurückkehren.«

Da sah der Fuchs Ian mit seinen Augen voller schlauer
Weisheit an und sagte:

»Das ist eine schwere Aufgabe, aber wenn du gut aufpaßt,
wird sie sich am Ende nicht als unmöglich herausstellen.«

Und während sie die Hammelkeule und das Stück Schafsfleisch zum Abendessen miteinander teilten – Ian war hungrig wie ein Wasserbüffel –, erzählte der Fuchs, der blaue Falke
gehöre einem Riesen mit fünf Köpfen, fünf Buckeln und fünf
Warzen.

»Du mußt zu diesem Riesen gehen«, sagte der Fuchs,
»du mußt dich ihm als Gehilfe verdingen und ihm sagen,
du könntest besonders gut mit Vögeln umgehen. Er wird
dann alle Habichte und Falken unter deine Obhut stellen,
und unter ihnen befindet sich auch jener Vogel, den du
suchst.

Wenn der Riese einmal sein Haus verläßt, wird es für dich
ein leichtes sein, mit dem blauen Falken auf und davon zu rennen. Aber bedenke dieses: Während du dich aus dem Haus
des Riesen schleichst, darf dessen blaues Gefieder nichts, aber
auch gar nichts dort berühren. Wenn du dabei nicht vorsichtig bist, wird es dir schlimm ergehen.«

Ian dankte dem Fuchs für den Rat, und dann verbrachten
die beiden den Rest der Nacht gemeinsam unter dem Baum.

Bei Tagesanbruch wies der Fuchs Ian den Weg zum Riesen mit den fünf Köpfen, den fünf Buckeln und den fünf Warzen. Ian lief bis zu den Bäumen am Horizont, und als er dort
ankam, war es immer noch weit bis zu des Riesen Haus.

Aber als die Sonne über der Welt unterging, hatte er endlich sein Ziel erreicht. Er klopfte an die große Tür. Der Riese selbst öffnete, und als Ian ihn sah, fragte sich Ian im ersten Augenblick, ob es nicht besser sei, sogleich wieder davonzurennen.

»Was willst du von mir, Königssohn?« brüllte der Riese.

»Ich will Euer Diener werden«, sprach Ian, »ich meine, falls Ihr einen gebrauchen könnt, der, wie ich, gut mit Vögeln umgehen kann.«

»Das trifft sich ja ausgezeichnet«, sprach der Riese, stieß die Tür weit auf und lud Ian ein näherzutreten, »ich suche schon längst jemanden, der sich um meine Habichte und Falken kümmert.«

Also wurde Ian im Haus des Riesen mit den fünf Köpfen, den fünf Buckeln und den fünf Warzen angestellt, und tatsächlich, unter den Vögeln, die in seine Obhut gegeben wurden, befand sich auch der blaue Falke, den Ians Stiefmutter unbedingt haben wollte.

Als der Riese sah, wie verständig Ian mit den Vögeln umging, entschloß er sich, den Jungen eine Zeitlang allein zu lassen und auf die Jagd zu gehen. Und an einem solchen Tag war es, daß Ian sich zur Flucht entschloß.

Er wartete, bis der die Erde erschütternde Schritt des Riesen nicht mehr zu hören war. Dann holte er vorsichtig den blauen Falken aus dem Käfig. Er bedachte die Warnung des Fuchses und trug den Vogel so vorsichtig bis zur Schwelle, als sei er aus Glas gemacht. Aber ach, als Ian die Tür öffnete, und der Vogel das Tageslicht sah, spreizte er seine Schwingen, und seine blauen Schwungfedern berührten den Türpfosten, der sofort ein quietschendes Geräusch von sich gab, das man über hundert Meilen und weiter hören konnte.

Ian hatte nicht einmal Zeit, um sich zu bedenken, was nun zu tun sei. Sofort war der Riese da und brüllte mit fünf Stimmen:

»Du hast versucht, mir meinen blauen Falken zu stehlen. Du hast versucht, dich mit etwas davonzumachen, was dir nicht gehört!«

»Vergib mir!« rief Ian, »aber meine Stiefmutter hat mich ausgeschickt. Und sie hat zu mir gesagt, ohne diesen Vogel dürfe ich mich daheim nicht mehr blicken lassen.«

Da schaute der Riese Ian an, und ein schlaues Lächeln spielte in seinen zehn Augen.

»Den blauen Falken will ich dir gern geben«, sagte er, »aber du mußt mir das Weiße Schwert des Lichtes holen, das den Großen Frauen von Dhiurradh gehört.«

Und als Ian versprach, diesen Auftrag auszuführen, und mit leichtem Schritt davonlief, lehnte sich der Riese gegen den Türpfosten, lachte und lachte, und sein Gelächter klang wie das Echo des Donners. Er war sicher, daß es Ian Direach nie gelingen werde, mit dieser Aufgabe fertig zu werden.

Viele Meilen wanderte Ian ohne auszuruhen, aber nirgends traf er jemanden, der ihm hätte sagen können, wo die Großen Frauen von Dhiurradh wohnten.

Als es dunkel wurde, setzte er sich unter einen großen Baum und zündete ein Feuer an, und als er gerade im Begriff war einzuschlafen, raschelte es wieder, und, siehe da, sein alter Freund, der Fuchs, kam ihn besuchen.

»Also hast du es nicht geschafft, aus dem Haus des Riesen den blauen Falken zu entführen«, sagte der Fuchs zur Begrüßung.

»So ist es leider«, antwortete Ian, »aber der Riese hat mir versprochen, den Falken zu geben, wenn ich ihm das Weiße Schwert des Lichts hole, das den Großen Frauen von Dhiurradh gehört.«

Da schaute der Fuchs Ian voll schlauer Weisheit an und sagte:

»Diese Aufgabe ist schwierig, aber wenn du gut aufpaßt, ist sie nicht unmöglich zu lösen.«

Und während sie ihr Abendessen zusammen verspeisten, erzählte der Fuchs Ian, daß Dhiurradh eine Insel mitten im

Meer sei, und die Großen Frauen seien drei Schwestern, die dort lebten.

»Du mußt zu ihnen gehen«, sagte der Fuchs, »du mußt dich von ihnen anstellen lassen, indem du ihnen erzählst, du könntest besonders gut mit Metallen umgehen und sie putzen. Sie werden dir dann ihre Waffen anvertrauen. Darunter befindet sich auch das Schwert, das du suchst. Wenn sie dann eines Tages nicht zu Hause sind, sollte es dir nicht schwerfallen, mit dem Schwert davonzulaufen. Aber denke immer daran: Du darfst mit dem Schwertblatt nichts in diesem Hause berühren. Sonst könnte es dir sehr übel ergehen.«

Am Morgen gingen die beiden zu einer Stelle, an der der Ozean das Land berührte, und dort sprach der Fuchs:

»Ich werde mich jetzt in ein Boot verwandeln und dich zur Insel Dhiurradh tragen.«

Und nachdem er mit den Augen geblinzelt hatte, wurde er ein enges, braunes Boot, und Ian ruderte darin über die See, bis er an die Klippen eines Eilandes mitten im Ozean kam. Sobald das Boot wieder an Land gezogen war, verwandelte sich der Fuchs wieder in seine wahre Gestalt.

»Viel Glück, Königssohn«, sagte er, als Ian aufbrach, um das Haus der Großen Frauen zu finden.

»An dem Tag, an dem du fliehst, werde ich hier auf dich warten und dich wieder über das Wasser tragen.«

Es war nicht sehr weit bis zu einem Haus, und als Ian an die große Tür klopfte, waren es die drei Schwestern, die ihm öffneten.

»Was ist dein Begehr, Königssohn?« fragten sie.

»Ich könnte euch im Haus helfen«, sprach Ian, »besonders gut zu gebrauchen bin ich, wenn es darum geht, jede Art von Metall zu putzen und zum Glänzen zu bringen.«

»Da kommst du uns gerade recht«, antworteten die drei Großen Frauen, stießen die Tür weit auf und ließen Ian eintreten, »wir suchen schon lange jemand, der unsere Schwerter und Waffen putzt.«

Also trat Ian in den Dienst der Großen Frauen, und tatsächlich befand sich unter den Waffen, die er blank halten mußte, jenes Weiße Schwert des Lichts, das der Riese mit den fünf Köpfen, den fünf Buckeln und den fünf Warzen so gern besessen hätte.

Als die drei Schwestern sahen, wie gewissenhaft Ian seinen Dienst versah, waren sie zufrieden und meinten, sie könnten ihn nun auch ruhig einmal allein lassen und in die Fremde reisen, und an jenem Tag war es, da Ian sich zu fliehen entschloß. Kaum waren die Große, die Häßliche und die Schwarze zur anderen Seite der Insel davongegangen, da hob er vorsichtig das Weiße Schwert des Lichtes von seinem Platz. Er dachte an die Warnung des Fuchses und trug es mit größter Vorsicht bis zur Schwelle. Aber o weh! Gerade, als er durch die Tür wollte, berührte die Schwertspitze den Türbalken, und das gab ein Geräusch, das man über Tausende von Meilen hin hören konnte.

Sofort stürmten die drei Schwestern heran.

»Ha, du hast also versucht, unser Weißes Schwert des Lichtes zu stehlen«, riefen sie, »du wolltest mit etwas davonlaufen, was uns gehört.«

»Vergebt mir!« rief Ian, »aber es war der Riese mit den fünf Köpfen, den fünf Buckeln und den fünf Warzen, der mich hierher geschickt hat. Wenn ich ihm das Schwert nicht bringe, gibt er mir nicht den blauen Falken, und ohne den blauen Falken kann ich nicht zu meiner Stiefmutter, der Königin, heimkommen.«

Da betrachteten die drei Großen Frauen Ian mit einem verschlagenen Blick.

»Wir werden dir das Weiße Schwert des Lichts geben«, sagten sie, »aber dafür mußt du uns das gelbe Füllen beschaffen. Es gehört dem König von Erin.«

Und als Ian versprochen hatte, ihren Auftrag auszuführen und mit großer Hoffnung im Herzen aufbrach, fielen sich die drei Großen Frauen um den Hals und lachten und lachten, denn sie meinten, Ian Direach werde diese Aufgabe nun ganz gewiß nicht erfüllen können.

Als Ian wieder zur Küste kam, traf er dort den Fuchs, der schon auf ihn wartete.

»Du hast es also nicht geschafft, das Weiße Schwert des Lichts aus dem Haus der Großen Frauen von Dhiurradh fortzuschaffen«, meinte er.

»Leider nicht«, antwortete Ian, und er erklärte dem Fuchs, daß er das Schwert nicht bekommen werde, ehe er nicht vom König von Erin das gelbe Füllen bringe.

Da sah der Fuchs Ian wieder voll Weisheit und Schläue an und sagte dann:

»Die Aufgabe ist schwer, aber wenn du acht gibst, ist sie nicht unmöglich zu lösen. Erin ist ein Land, das noch etwas weiter übers Meer hin liegt. Ich will mich in eine Barke verwandeln und dich dorthin tragen. Wenn wir nach Erin kommen, mußt du dich auf den Weg zum Schloß des Königs machen und dich dort als Stallbursche verdingen. Unter den Pferden, die man deiner Fürsorge anvertraut, wird auch jenes sein, das du suchst. Und in der Nacht, wenn alle schlafen, sollte es nicht schwer sein, mit dem gelben Füllen davonzureiten. Nun mußt du aber auch dort aufpassen. Kein Teil des Pferdes, außer seinen Hufen, darf die Innenseite des Stalltores berühren. Andernfalls wird es dir schlecht ergehen, und du wirst wieder, wie schon zuvor, in Schwierigkeiten kommen.«

Sofort wurde der Fuchs zu einer Barke mit rotbraunen Segeln und trug Ian zu Erins grünen Küsten.

Dort nahm er wieder seine ursprüngliche Gestalt an und sprach zu Ian:

»Glück sei mit dir, Königssohn. In der Nacht, in der du fliehst, werde ich auf dich warten und dich über das Wasser zurückbringen.«

Ian spazierte durch die grüne Landschaft und kam bald an das Königsschloß, und als er an die Tür klopfte, tat ihm der König von Erin selbst auf.

»Was willst du von mir, Fremder?« fragte der König, der ein hochgewachsener Mann in schönen Kleidern war.

»Ich möchte dir als Stallbursche dienen«, erwiderte Ian.

»Dann kommst du genau zur rechten Zeit«, sagte der König, »ich brauche gerade einen neuen Stallburschen.«

Also trat Ian seinen Dienst in den Stallungen des Königs an, und wahrlich, eines der Pferde war jenes gelbe Füllen, das die Großen Frauen von Dhiurradh so sehnlich zu besitzen wünschten. Nach einiger Zeit schien es Ian günstig, die Flucht zu versuchen. Er ging zum Stall und band das gelbe Füllen los. Sich an die Warnung des Fuchses erinnernd, führte er das Tier zur Stalltür, wollte aufsitzen und davonreiten. Aber o weh! Gerade als er zur Tür kam, strich der Schweif des Tieres über den Türpfosten. Sofort ertönte ein unerhörtes Gekreisch, das man über ganz Erin hin vernahm. Der ganze königliche Haushalt lief zusammen, allen voran kam der König selbst und sprach:

»Du hast versucht, mir mein gelbes Füllen zu stehlen. Du wolltest mit etwas fliehen, was dir nicht gehört.«

»Vergib mir!« antwortete Ian, »aber es waren die Großen Frauen von Dhiurradh, die mich geschickt haben, um dieses Pferd zu holen. Denn, wenn ich ihnen das Füllen nicht bringe, geben sie mir nicht das Weiße Schwert des Lichts, und wenn ich das Weiße Schwert des Lichts nicht bringe, bekomme ich von dem Riesen mit den fünf Köpfen, den fünf Buckeln und den fünf Warzen nicht den blauen Falken. Ohne den blauen Falken aber darf ich nicht zu meiner Stiefmutter, der Königin, heimkommen.«

Da sah der König von Erin Ian nachdenklich an und sagte:

»Ich gebe dir dann das gelbe Füllen, wenn du mir die Tochter des Königs von Frankreich holst. Ich habe gehört, sie soll das schönste Mädchen auf der ganzen Welt sein, und ich möchte sie heiraten.«

Den Wunsch des Königs zu erfüllen, versprach Ian, und als er fortging, lachte der König so heftig, daß ihm Tränen über die Backen rannen. Er wollte einfach nicht glauben, daß Ian Direach diese schwierige Aufgabe würde lösen können.

An der Küste traf Ian wieder auf den Fuchs.

»Jetzt sag nur nicht, es sei auch diesmal alles wieder schiefgegangen«, rief der Fuchs Ian entgegen.

»Doch, so ist es«, gestand Ian, und er erzählte dem Fuchs, daß er das gelbe Füllen nicht eher bekommen werde, bis er dem König von Erin die Tochter des Königs von Frankreich bringe.

Der Fuchs sah Ian voller Weisheit und Schlauheit an und sagte darauf:

»Das wird nicht leicht sein, aber wenn du gut aufpaßt, läßt es sich schaffen. Ich werde mich in ein Schiff verwandeln und dich über den Ozean nach Frankreich tragen, das noch etwas weiter entfernt liegt. Und wenn wir dort ankommen, mußt du zum König laufen und ihm erzählen, dein Schiff liege als Wrack an der Küste. Dann werden der König und die Königin und ihre Tochter kommen und sich das Schiff ansehen wollen; darauf überlaß alles weitere mir, und alles wird gut ausgehen.«

Auf der Stelle verwandelte sich der Fuchs in ein seetüchtiges Schiff und trug Ian nach Frankreich. Dort lief der junge Mann zum Schloß des Königs, und dieser selbst öffnete ihm die Tür.

»Was willst du von mir, Fremder?« fragte der König, ein gutaussehender Mann mit einem schwarzen Bart.

»Ach Herr, mein Schiff liegt als Wrack vor der Küste«, sagte Ian, »ich bin gekommen, um Hilfe zu suchen.«

»Ich werde kommen und mir dein Schiff anschauen«, antwortete der König, und dann rief er seine Frau und seine Tochter herbei, damit sie ihn auf den Ausflug begleiteten.

Als nun Ian Direach die Tochter des Königs von Frankreich zu Gesicht bekam, schien sie ihm das bezauberndste Geschöpf, das ihm je begegnet war, und er wußte, daß der König von Erin recht gehabt hatte, als er erklärte, sie sei die schönste Frau auf der Welt. Sie hatte langes schwarzes Haar und tiefblaue Augen und ebenmäßige Gesichtszüge. Die drei kamen also mit Ian zur Küste, und als sie das Schiff erblickten, waren sie beeindruckt von seiner Größe. Während Ian da stand und überlegte, was er nun tun solle, hörte man plötzlich vom Schiff her süße Musik über das Wasser dringen. Die Tochter des Königs hörte das auch, und sie klatschte vor Vergnügen in die Hände.

»Kannst du mich nicht auf das Schiff bringen, damit ich die Musikanten kennenlerne?« fragte sie Ian.

»Mit Freuden«, antwortete der, und während der König und die Königin lächelnd dabeistanden, ergriff er ihre weiße Hand und führte sie an Bord.

Während sie sich unter Deck die Kabinen betrachteten, füllte der Wind die Segel, und das Schiff begann, über den Ozean zurückzufahren, so daß, als Ian und die Prinzessin wieder auf Deck kamen, sie sich mitten auf dem Meer befanden und nirgends mehr eine Küste zu sehen war.

»Ach, du hast mich entführt!« rief die Prinzessin.

»Verzeihung«, antwortete Ian, »aber es war der König von Erin, der mich ausgeschickt hat übers Meer, weil er dich zur Frauen haben will …«, und dann erzählte er dem Mädchen all seine Abenteuer und daß er nicht nach Hause zurückkommen dürfe, ehe er nicht den blauen Falken habe, der im Besitz des Riesen mit den fünf Köpfen, den fünf Buckeln und den fünf Warzen sei.

Als er geendet hatte, stöhnte die Prinzessin und sah ihn freundlich aus ihren blauen Augen an.

»Lieber Ian«, sprach sie, »ich würde viel lieber dich heiraten als den König von Erin.«

Ian wurde bei ihren Worten ganz schwer ums Herz, denn auch er hatte sich in die Prinzessin verliebt, und der Gedanke, sich von ihr trennen zu müssen, machte ihn traurig. Aber wieder einmal half ihm der treue Fuchs aus der Patsche. Kaum waren sie an Erins grüner Küste gelandet, da sagte er Ian, wie dieser den König von Erin überlisten und die Prinzessin für sich behalten könne.

»Ich werde mich in ein schönes Mädchen verwandeln«, sagte der Fuchs, »und während die Prinzessin hier an der Küste bleibt, wirst du mich zum König bringen und erklären, ich sei die Tochter des Königs von Frankreich. Und«, so fügte der Fuchs mit einem schlauen Lächeln hinzu, »später werde ich fliehen und zu euch stoßen.«

So geschah es. Die Prinzessin blieb an der Küste zurück. Und Ian lief durch das grüne Land, mit dem Fuchs an seiner Seite, der sich in eine schöne Frau verwandelt hatte, mit blassem Gesicht und rotbraunen Locken. Sie kamen zum Schloß des Königs, und der König selbst empfing sie. Er wunderte sich sehr, seinen Stallburschen wiederzusehen. »Hallo, König von Irland«, sagte Ian, »ich bringe dir die Tochter des Königs von Frankreich zur Braut. Wo ist das gelbe Füllen, das du mir versprochen hast, sofern ich diesen Auftrag ausführe?«

»Schon recht«, erwiderte der König, und er gab Befehl, das gelbe Füllen mit einem goldenen Sattel und silbernen Steigbügeln zu versehen und es aus dem Stall zu führen.

»Nimm das gelbe Füllen«, sagte er zu Ian, »und zieh damit deines Weges.«

Ian ritt auf dem gelben Füllen zur Küste, wo die Prinzessin wartete. Der König von Erin wollte unterdessen seine Braut umarmen, aber kaum hatte er im Bett seine Arme um sie gelegt, als sie sich plötzlich wieder in ein rotbraunes Vieh verwandelte, das ihn in den Arm biß und darauf rasch zur Küste davonlief. Dort verwandelte sich der Fuchs in eine Barke mit rotbraunen Segeln und segelte mit Ian und der Prinzessin und dem gelben Füllen übers Meer zur Insel Dhiurradh.

»Und nun«, sprach der Fuchs, als sie dort gelandet waren, »werde ich dir sagen, wie du die drei Großen Frauen überlisten und das gelbe Füllen für dich behalten kannst. Ich werde mich in ein schönes Pferd verwandeln, und während die Prinzessin mit dem Füllen hier an der Küste bleibt, nimmst du mich zu den Großen Frauen und gibst vor, du hättest das gelbe Füllen bei dir. Ich werde dann schon sehen, wie ich meinen Kopf aus der Schlinge ziehe.«

So geschah es.

Ian bekam das Weiße Schwert des Lichts und ließ den Fuchs, der sich in ein Pferd verwandelt hatte, bei den drei Großen Frauen zurück.

Die drei Großen Frauen waren begierig, sogleich auf dem neuen Pferd einen Ritt zu versuchen, und weil keine von ihnen die andere zuerst reiten lassen wollte, stiegen sie schließlich alle drei auf den Rücken des Tieres. Eine stand auf der Schulter der anderen. Kaum spürte der Fuchs etwas Schweres auf seinem Rücken, da fing er an zu galoppieren, und er preschte bis zum Rand einer hohen Klippe. Dort stemmte er seine Hufe in den Torfboden, beugte seinen Kopf, so daß alle drei Frauen, die Große, die Dunkelhaarige und die Häßliche, vornüber hinab in die See stürzten, wo sie noch bis zum heutigen Tag liegen.

Darauf nahm er wieder seine wahre Gestalt an und trabte eilig zu Ian, der Prinzessin und dem gelben Füllen, die schon auf ihn warteten.

Der Fuchs wurde wieder zu einem Boot mit rotbraunen Segeln und trug sie über das Meer, zurück in das Land, in das Ian Direach zuerst gekommen war.

»Und nun ist unsere Seefahrt vorbei«, sagte der Fuchs, »jetzt werde ich dir erklären, wie du auch den Riesen mit den fünf Köpfen, den fünf Buckeln und den fünf Warzen überlisten kannst, um das Weiße Schwert des Lichts für dich zu behalten. Ich werde mich in diese Waffe verwandeln, und du wirst das Schwert dem Riesen bringen und dafür den blauen Falken bekommen.«

So geschah es. Der Riese erhielt statt des echten Weißen Schwertes des Lichts jene Waffe, in die sich der Fuchs verwandelt hatte, und der Riese gab Ian dafür in einem Weidenkorb den blauen Falken. Darauf ging Ian wieder zur Küste, wo die Prinzessin auf ihn wartete.

Und als er das blaue Gefieder des Vogels durch das Flechtwerk des Korbes sah, kam Freude in sein Herz, daß es ihm endlich gelungen war, den herrlichen Vogel nach so vielen Abenteuern an sich zu bringen. Der Riese wollte daheim sogleich das neue Schwert ausprobieren. Er fuchtelte damit herum, bis es dem Fuchs zuviel wurde, er sich zusammenbog und dann herabstürzte und dem Riesen seine fünf Köpfe abhieb. Dann warf er seine Verkleidung ab und rannte zu Ian und der Prinzessin.

»Jetzt«, sprach der Fuchs, »sind deine Abenteuer fast zu Ende. Nun müssen wir nur noch den bösen Zauber deiner Stiefmutter überwinden. Und dies wird so geschehen: Du sollst auf dem gelben Füllen reiten und die Prinzessin hinten aufsitzen lassen. In der rechten Hand sollst du das Weiße Schwert des Lichts halten, und zwar so, daß die flache Seite der Klinge deine Nase berührt, während der Falke auf deiner Schulter sitzen muß. So mußt du heimreiten. Du wirst deine Stiefmutter auf der Straße treffen. Sie wird dich anschauen und versuchen, dich in eine Made zu verwandeln, aber der Glanz des Schwertes wird dich gegen ihren Zauber schützen.« Ian tat, wie ihm der Fuchs geheißen. Und nachdem er über mehr Berge und Täler geritten war, als je irgendein anderer Mann vor ihm gesehen hatte, kam er in die Nähe des Schlosses seines Vaters.

Die Königin aber schaute aus ihrem Fenster, als Ian über einen Hügel ritt. Sie eilte ans Tor, und als er herankam, warf sie ihm einen tödlichen Blick zu. Hätte er nicht das Schwert vor sich gehabt, um den Zauber abzuhalten, er wäre vom Pferd gesunken. So aber fiel der böse Zauber, abgelenkt durch das Zauberschwert, auf die Königin selbst zurück. Sie fiel zu Boden und wurde eine Made an einem Stück Holz.

Stolz betrat Ian das Schloß seines Vaters. Er führte die Prinzessin an der Hand. Als der König von den Abenteuern seines Sohnes hörte, richtete er eine herrliche Hochzeit aus und befahl, alles Holz, was am Schloßtor lag, auf der Stelle zu verbrennen. So hatte Ian Direach sein Glück gemacht. Er hatte die schönste Frau auf der Welt zum Weibe, in seinem Stall stand das gelbe Füllen, das schnellste Pferd, das je gelebt hat, das sogar den Wind hinter sich lassen konnte, und daheim an der Wand seines Saales hing das Weiße Schwert des Lichts, das unüberwindbar war, für die Jagd aber besaß er den blauen Falken.

Ian vergaß seinen alten Freund, den Fuchs, nicht. Er befahl, daß in seinem Reich nie ein Fuchs gejagt oder behelligt werden dürfe. Als sich aber Ian und der Fuchs wieder einmal trafen, sagte das Tier: »Mach dir keine Sorgen um mich und meinesgleichen. Wir kommen schon allein zurecht.« Und fort war er, den Hang des Berges hinauf, und eine Weile sah man noch seinen roten Schwanz.

Und damit ist meine Geschichte aus.

Märchen aus Wales

Der Traum des
Macsen Wldedig

inmal in jener Zeit, die längst vergangen ist, gab es in Rom einen König, der wurde Macsen Wldedig genannt. Er war ein schöner Mann, bewandert in höfischen Sitten. Eines Tages ging er in einem Flußtal auf die Jagd und nahm zweiunddreißig Könige und all seine Diener mit sich. Der Tag war sehr heiß, und als die Sonne ihren höchsten Punkt erreicht hatte, wurde der König schläfrig. Als dies seine Diener sahen, lehnten sie ihre Schilde gegen die Speere und machten so einen Schutzwall, der Schatten warf. Macsen aber legte sein Haupt auf ein Schild aus Gold und schlief ein.

Kaum hatte er die Augen geschlossen, da kam ihm ein wunderbarer Traum. Er sah sich am Fluß entlang reiten bis zu dessen Quelle in einem sehr hohen Gebirge. Und als er das Gebirge überquert hatte, gelangte er auf der anderen Seite in ein reiches Land. Es gab dort breite Flüsse, die ins Meer mündeten, und an der Mündung eines dieser Flüsse kam er in eine schöne Stadt, dort gab es ein Schloß mit bunten Türmen.

Im Hafen lag eine gewaltige Flotte, und er erkannte ein Schiff, dessen Planken waren aus Gold und Silber, und eine Brücke aus Elfenbein vom Walroß führte an Land.

Er ging über diese Brücke auf das Schiff, und ab fuhr es über den Ozean.

Immer noch schlief der König. Nach einiger Zeit brachte ihn das Schiff in ein herrliches Land. Er ging dort von Bord, wanderte umher und kam in eine Landschaft, die hatte im Westen zerklüftete Gebirge. Hier lag jenseits einer Meeresstraße ein zweites kleineres Eiland, und an einer Flußmündung stand das schönste Schloß, das die Augen eines Sterblichen je gesehen haben. Die Tore standen offen. Er trat ein und ging in die Halle.

Die Decke war mit Blattgold belegt und die Wände mit Edelsteinen geschmückt, die Tür, durch die er eintrat, war aus Gold, und Sofas standen auf einem goldenen Fußboden. Nur die Tische waren aus Silber.

Auf einem Sofa sah er zwei junge Männer mit kastanienfarbenem Haar Schach spielen. Die Figuren waren aus Gold und das Brett aus Silber. Ihre Kleider waren aus schwarzer Brokatseide, und beide trugen sie einen goldenen Haarreif.

Vor einer Säule sah er einen grimmigen Mann, der saß in einem Stuhl aus Elfenbein mit Abbildungen von Adlern aus rotem Gold. Er trug Armspangen und Ringe aus Gold und hatte um den Hals einen goldenen Kragen. Ein Haarreif hielt sein Haar aus der Stirn. Der Mann machte einen majestätischen Eindruck. Vor ihm stand auch ein Schachbrett aus Silber, und offenbar war er damit beschäftigt, aus einem Stück weichen Goldes Schachfiguren zu schnitzen.

Vor ihm, auf einem goldenen Stuhl, saß ein Mädchen. Sie war sehr schön. Sie zu betrachten war, als ob man in die helle Sonne schauen würde. Sie hatte ein Kleid aus weißer Seide an, mit goldenen Spangen an den Brüsten.

Als das Mädchen den Fremden sah, stand sie auf, kam auf ihn zu, fiel ihm um den Hals, und dann zog sie ihn auf den Stuhl, und dort war Platz für zwei. Nie zuvor war der König so glücklich gewesen. Aber als seine Lippen ihre Ohren küßten und seine Finger an ihren Brüsten spielten, da hörte der Schläfer Hunde, die an ihren Leinen rissen, Schilde, die gegeneinanderschlugen, und das Stampfen von Pferden. Da erwachte er.

Wenn er eben noch glücklich gewesen war, so fühlte er sich nun fürchterlich elend und hatte kaum Kraft, um sich auf den Beinen zu halten. Aber seine Diener sprachen:

»Herr, es ist Zeit, daß Ihr euer Fleisch eßt.« Sie halfen ihm in den Sattel und ritten mit ihm nach Rom zurück, und der König war so traurig wie nie zuvor in seinem Leben.

Das blieb so eine Woche. Wann immer sein Gefolge feierte mit Wein und Fleisch aus goldenen Kesseln, wollte er nicht mit ihnen gehen. Wenn sie im königlichen Schloß sich unterhielten und sangen, war er nicht dabei. Stets erklärte er, er wolle nichts als schlafen, denn immer, wenn er schlief, sah er im Traum jenes Mädchen, in das er sich so verliebt hatte. Das schlimmste aber war, daß er nicht wußte, wo in aller Welt er nach ihr suchen sollte.

Eines Tages sprach einer seiner Berater zu ihm. Er mochte nur Berater sein, aber auf seine Art war auch er ein König, deswegen konnte er es wagen, so zu sprechen.

»Mein Herr«, sagte er, »all eure Männer meinen, Ihr wäret krank.«

»Wie das?« fragte der König.

»Ihr sagt nicht ein Wort zu ihnen. Ihr antwortet nicht auf ihre Fragen. Wenn sie Euch grüßen, bleibt Ihr stumm. Ist das nicht Grund genug anzunehmen, Ihr wäret krank?«

»Freund«, sprach der König, »schickt alle weisen Männer von Rom zu mir. Dann werde ich sagen, warum ich so traurig bin.«

Und als die weisen Männer vor ihm standen, sprach er:

»Weise Männer Roms: Dies habe ich euch zu sagen. Ich hatte einen wunderbaren Traum, und im Traum sah ich ein wunderschönes Mädchen. Wenn ich sie nicht finde, weiß ich nicht, ob ich am Leben bleibe.«

Einen Augenblick sahen sich die weisen Männer schweigend an, dann fand der Älteste von ihnen eine Antwort:

»Herr«, sprach er, »da Ihr unserem Rat vertraut, werden wir Euch raten. Schickt Boten für drei Jahre in alle Teile der Welt, um dieses Mädchen aus eurem Traum suchen zu lassen. Wenn Ihr auch nicht wißt, an welchem Tag oder in welcher Nacht sie Euch eine gute Nachricht bringen, wird Euch dennoch vielleicht die Hoffnung wieder gesund werden lassen.«

Da er selbst keinen anderen Rat wußte, ging der König auf diesen Vorschlag ein. Und die Boten ritten aus. Weit mußten sie reisen. Bis ans Ende des ersten Jahres zogen sie durch die Welt und suchten nach etwas, das nur Traum war. Und als sie nach Rom zurückkehrten, waren sie nicht klüger als zuvor, der König wurde noch trauriger, weil er fürchtete, er werde nicht Nachricht von jenem Mädchen erhalten, das er so über alle Maßen liebte.

Da sprach sein Ratgeber:

»Herr, ich bin kein weiser Mann, das ist wahr, aber ich denke mir, vielleicht solltet Ihr wieder einmal in jener Gegend auf die Jagd reiten, in der ihr den Traum zum ersten Mal hattet. Wer weiß, vielleicht kommt Ihr dann ans Ziel.« Neue Hoffnung erfüllte den König, und am nächsten Tag brach er auf. Bald kam er an das Ufer des Flusses, wo er zum ersten Mal den Traum gehabt hatte.

»Ja«, rief er, »hier war es. Und ich bin dem Lauf dieses Flusses gefolgt, bis ich in einem sehr hohen Gebirge zu seiner Quelle gelangte.« Sofort ritten Kundschafter aus, der weise Ratgeber an ihrer Spitze. Sie stiegen das Tal aufwärts, bis sie an das höchste Gebirge kamen, das sie je gesehen hatten. Und als sie das Gebirge überquerten, fanden sie sich auf der anderen Seite im Königreich Frankreich, und dort mündeten die Flüsse ins Meer.

»Nun«, sprachen sie untereinander, »das muß das Land gewesen sein, welches unser Herr sah.«

Sie ritten bis zur Mündung der Flüsse. Sie kamen in eine Stadt mit einem Schloß, das hatte farbige Türme. Sie sahen eine Flotte dort vor Anker liegen, und das größte Schiff hatte Planken aus Gold und Silber.

»Nun«, sprachen sie untereinander, »dies muß wohl das Schiff gewesen sein, welches unser Herr sah.« Sie gingen an Bord des Schiffes über eine Brücke aus Elfenbein. Ein Segel wurde gehißt, und fort ging es über die See und den Ozean zu der Insel Britannien.

Hier durchquerten sie das Land von Osten nach Westen, bis sie Eryri erreichten.

»Sieh da«, sprachen sie zueinander, »dies müssen die zerklüfteten Gebirge sein, die unser Herr im Traum sah.«

Bald erblickten sie Mon, und gegenüber der Meerenge sahen sie Arfon. Da sagten sie:

»Hier also liegt das Land, das unser Herr im Schlaf geschaut hat.«

Und sie sahen ein Schloß an der Mündung des Flusses, das war größer als jedes Gebäude, das je ein Sterblicher gesehen hat. Die Tore standen offen. Sie gingen hinein und traten in die Halle, deren Decken und Fußböden aus Gold waren.

»Das ist auch die Halle, von der unser Herr geträumt hat«, flüsterten sie sich zu.

Und wie im Traum ihres Königs saßen in der Halle zwei junge Männer mit kastanienfarbenem Haar und spielten Schach, und ein dritter Mann saß auf einem Stuhl aus Elfenbein und schnitzte Schachfiguren aus einem Stab aus weichem, rotem Gold. Und dann sahen sie das Mädchen.

Auf die Knie fielen die Kundschafter:

»Du sollst Königin von Rom werden«, riefen sie ihr zu.

Das Mädchen stand auf.

»Ihr Männer«, sagte sie, »ich sehe, daß ihr von edler Herkunft seid und das Zeichen der Kundschafter tragt, warum macht ihr euch dann über mich lustig?«

»Wir machen uns doch nicht über Euch lustig«, sagte der weise Ratgeber des Königs, »der König von Rom hat Euch im Traum gesehen, und bis er Euch nicht wiedersehen kann, kümmert es ihn nicht, ob er lebt oder stirbt. Was befehlt Ihr: Wollt Ihr mit uns kommen und Königin von Rom werden, oder soll der König herkommen und Euch hier zu seinem Weib nehmen?«

»Meine lieben Herren«, sagte das Mädchen, »ich glaube euch schon, daß ihr die Wahrheit sprecht, aber doch mag da vielleicht ein Irrtum vorliegen. Und wenn ich wirklich die Frau bin, die der König liebt, so mag er kommen und mich holen.«

»So sei es«, sprachen die Kundschafter und nahmen Abschied. Heimwärts eilten sie durch den Tag und die Nacht, über Land und Meer, und wenn ihre Pferde erschöpft waren, ließen sie sich neue geben, bis sie endlich Rom erreichten und vor den König traten. »Wenn ihr das Mädchen gefunden habt«, sagte der König, »dann bittet euch eine Belohnung aus. Wenn nicht …«, fuhr er fort und seufzte, »dann laßt mich schlafen.«

»Wir haben sie gefunden, Herr«, sagte der weise Ratgeber, »und wir werden Euch zu ihr führen, über Land und Meer, Tag und Nacht werden wir mit Euch reisen, bis Ihr bei ihr seid. Wir kennen ihren Namen und ihre Familie, und wir könnten uns keine Frau denken, die würdiger wäre, neben Euch auf dem Thron zu sitzen.«

Der König brach sofort mit seinem Gefolge auf, und die Kundschafter ritten mit. Sie überquerten die Alpen, zogen durch Frankreich, setzten nach Britannien über. Sie eroberten die ganze Insel und trieben den König Beli und seine Söhne mit ihm ins Meer. Dann kam der römische König nach Arfon, und in dem Augenblick, als er das Land sah, erkannte er es wieder.

»Dies«, rief er, »ist genau das Schloß, von dem ich geträumt habe.«

Er ging in das Schloß hinein, und dort waren Cyran und Adeon, die Söhne Eudafs, die spielten immer noch Schach, und Eudaf selbst schnitzte neue Schachfiguren aus einem Stück weichen, roten Goldes. Der König sah das Mädchen aus seinem Traum in einem goldenen Stuhl sitzen und rief:

»Königin von Rom. Ich grüße dich!«

Sie stand auf, fiel ihm um den Hals, und noch am selben Tag wurde sie seine Frau.

Am Morgen des nächsten Tages fragte das Mädchen nach ihrer Erbschaft. Von ihrem Vater bekam sie die Insel Britannien von der Nordsee bis zur Irischen See und die drei dazugehörigen Inseln. Es wurde auch bestimmt, daß an drei Plätzen auf der Britischen Insel für sie Paläste gebaut werden sollten. Der schönste davon entstand in Caenarvon, und man brachte Erde von Rom nach dort, damit der König Freude daran hätte. Später wurden die anderen Paläste gebaut, einer in Caerleon und der andere in Carmarthen. Und als sie fertig waren, zog man Straßen, die die Schlösser miteinander verbanden. Sie wurden die Straßen der Königin Elen genannt.

Der König von Rom blieb sieben Jahre auf der Insel mit seiner Königin Elen. Nun war es damals Sitte unter den Römern, daß, wenn einer ihrer Könige fremde Länder eroberte, er dort sieben Jahre bleiben mußte und auf keinen Fall nach Rom zurückkehren durfte.

Die Römer setzten nun einen neuen König ein. Dieser neue König schrieb Macsen einen kurzen, drohenden Brief. Er schrieb nicht mehr als: *Lass es dir nicht einfallen, nach Rom zu kommen! Untersteh Dich.* Der Brief und die Nachricht von seiner Verbannung erreichten Macsen in Caerleon. Das erste, was er tat, war dies: Er schrieb dem Mann, der sich nun König von Rom nannte, seinerseits einen Brief, der war auch sehr kurz und lautete: *Wenn ich nach Rom komme, warte nur, wenn ich komme.*

Noch am selben Tag versammelte Macsen sein Gefolge und brach mit Elen nach Rom auf. Er eroberte rasch Frankreich und Burgund und jedes Land, das auf seinem Weg nach Rom lag, und bald belagerte er auch die Stadt.

Aber nachdem er ein Jahr vor ihren Toren gelegen hatte, war er dem Ziel, sie einzunehmen, noch immer keinen Deut nähergekommen.

Drüben in Britannien hörten die Leute das, und es schien Cyran und Adeon nur recht, ihrer Schwester zu helfen und beizustehen. Also brachen sie mit einem Heer von Briten auf. Es war kein sehr großes Heer, um genau zu sein, aber die Kämpfer waren alle so tapfer, daß jeder von ihnen es mit der doppelten Zahl von Römern aufnehmen konnte. Eines Tages schlugen diese Männer ihre Zelte in der Nähe von Macsens Lager auf.

»Wer mag das sein?« fragte der König besorgt.

»Wer sonst als meine Brüder«, antwortete Elen, »sie sind von Britannien herübergekommen, um uns zu helfen.«

Sie ritt auf einen Hügel und erkannte die Standarte ihrer Brüder. Da war die Freude groß, als die Geschwister sich trafen, und Elen führte ihre Brüder zu ihrem Mann, der sie umarmte und willkommen hieß. Darauf führte er sie zu einer Stelle, von der aus sie sehen konnten, wie die Römer die Verteidigung der Stadt organisiert hatten.

»Bruder«, sprach Cyran zu Adeon, »diese Sache muß man schlauer angehen, als es bisher geschehen ist.« In der Nacht, als es dunkel geworden war, maßen sie die Höhe der Schanzwerke. Dann schickten sie Holzfäller und Schreiner in den Wald und ließen für jeden Mann eine Leiter machen. Sie hatten herausgefunden, daß jeden Tag um die Mittagszeit, wenn die beiden Könige aßen, das Kämpfen fast völlig aufhörte, weil dann auch die Gefolgschaft ihr Essen einnahm.

Am nächsten Morgen aßen und tranken sie früh, hielten die Leitern bereit, und sobald die Könige das Schlachtfeld verließen und auch ihr Gefolge zu Tisch ging, rannten die Briten zu den Schanzwerken und stellten ihre Leitern an.

Im Nu waren sie oben, und ehe noch irgend jemand nach seinem Schwert greifen konnte, hatten sie ihn auch schon getötet. Sie verbrachten drei Tage und drei Nächte damit, die Stadt und ihre Burg zu unterwerfen, und während der ganzen Zeit hatten sie Wachen an den Toren, damit keiner der Verteidiger hinaus, noch Macsens Leute hinein konnten.

Als Macsen hörte, was da geschah, sprach er zu Elen: »Ich finde das seltsam, daß deine Brüder nicht für mich die Stadt erobern, daß sie mir nicht helfen.«

»König, mein Herr«, antwortete Elen, »meine Brüder sind die klügsten jungen Männer auf der ganzen Welt. Ich werde mit dir gehen. Du wirst sie fragen, ob sie dir nicht die Stadt übergeben wollen, und wenn sie es bis dahin geschafft haben, sie zu erobern, werden sie es mit Freuden tun.«

»Ich finde das alles seltsam«, sagte der König, »aber ich will tun, was du mir rätst.«

Also kam der König Macsen mit Elen daher und fragte, warum die Stadt ihm nicht schon übergeben worden sei.

»König und Herr«, antworteten ihm die Brüder, »diese Stadt einzunehmen, war eine Sache, die nur Männer aus Britannien vollbringen konnten. Jetzt haben wir die Stadt voll und ganz unterworfen und übergeben sie dir gern.«

Die Tore wurden geöffnet, der König zog ein, und alle Römer erwiesen ihm ihre Reverenz.

Da sprach der König zu Cyran und Adeon:

»Gute Männer, ich habe jetzt mein gesamtes Reich zurückgewonnen. Ich übergebe euch das Kommando über mein Gefolge. Erobert ihr euch ein Land auf der Welt, das euch gefällt.«

Cyran und Adeon zogen fort. Viele Jahre eroberten sie Länder, Schlösser und Städte, bis sie so grauhaarig geworden waren wie ihr Vater Eudaf. Dann bekam Adeon Sehnsucht nach seiner Heimat und zog nach Britannien, Cyran aber blieb, wo er gerade war, und dieses Land wird seither Bretagne genannt.

Macsen und Elen lebten in Rom bis zum Ende ihrer Tage, und von allen Königen war er der schönste und höflichste, und von allen Königinnen war sie die lieblichste und freundlichste. Und solange sie in Rom regierten, war Friede zwischen diesem Reich und der Insel, auf der wir wohnen.

Wo König Arthur schläft

Es war einmal ein junger Mann im Westen von Wales, der war der Siebente von sieben Söhnen. Von solchen Menschen sagt man, daß auf dem 49. Teil ihrer selbst der Segen der Feen ruhe.

Nun geschah es eines Tages, daß er sich mit seinem Vater stritt, sein Heim verließ und sein Glück in England suchte. Als er durch Wales wanderte, traf er einen reichen Farmer, der ihn einstellte, um eine Viehherde nach London zu bringen.

»In meinen Augen«, sagte der Mann, »bist du ein rechter Kerl, und Glück hast du bestimmt im Leben auch. Mit einem Hund hinter dir und einem Stab in der Hand wärest du der Prinz unter den Rindertreibern. Nun, hier ist ein Hund, aber wo in aller Welt bekommen wir einen Stab für dich her?«

»Überlaß das nur mir«, sagte unser Mann aus Wales, ging zu einem steinigen Hügel und schnitt sich dort den schönsten Haselstecken, den er finden konnte. Der war so lang, daß er ihm bis zur Schulter reichte, biegsam wie eine Forelle und zugleich so hart, daß, als die Stecken seiner Gefährten schon wie zerschlissenes Stroh aussahen, der seine weder einen Riß noch einen Sprung aufwies.

Er zog durch England und lieferte seine Herde in London ab. Etwas später stand er an der London Bridge und fragte sich, was er nun tun solle, als ein Fremder bei ihm stehenblieb und sich erkundigte, woher er komme.

»Aus meinem eigenen Land«, erwiderte er, denn ein Waliser in England ist vorsichtig.

»Und wie heißt du?« fragte der Fremde.

»Ich trage den Namen, den mir mein Vater gab.«

»Und wo stammt dieser Stecken her, Freund?«

»Wohl von einem Baum.«

»Du bist gewiß nicht auf den Kopf gefallen«, sagte der Fremde, »aber was würdest du wohl sagen, wenn ich behauptete, daß du mit diesem Stecken in deiner Hand Gold und Silber machen kannst?«

»Ich würde sagen, Ihr seid ein weiser Mann.«

»In großen Buchstaben geschrieben«, sagte der Fremde, und er erklärte, daß der Haselstecken über einem Platz gewachsen sei, an dem ein großer Schatz verborgen liege, »wenn du dich nur noch daran erinnern kannst, wo du diesen Stecken geschnitten hast und mich dorthin führst, ist dieser Schatz dein.«

»Das kann schon geschehen«, sagte der junge Mann, »denn um mein Glück zu machen, bin ich ja hier.« Ohne weitere Worte brachen sie zusammen nach Wales auf und erreichten schließlich den Felsen der Festung (Craig-y-Dinas), wo der junge Mann dem Weisen (denn das war dieser Mann wirklich) genau die Stelle zeigte, an der er den Stock abgeschnitten hatte. Er war aus dem Wurzelwerk eines alten Haselnußbusches gewachsen, und man konnte noch die Schnittfläche sehen, gelb wie Gold und breit wie eine breite Bohne. Dort gruben sie nach und stießen bald auf einen großen flachen Stein, und als sie den Stein aufhoben, sahen sie einen Gang, in dem irgend etwas in der Ferne leuchtete.

»Du gehst voran«, sagte der weise Mann, denn ein Engländer in Wales tut auch gut daran, vorsichtig zu sein. Also krochen sie in den Gang hinein, immer dem Leuchten nach.

Von der Decke des Ganges hing eine bronzene Glocke herab, die hatte die Form eines Bienenkorbes, und der weise Mann sagte dem Waliser, daran dürfe er um Himmels willen nicht stoßen, sonst gebe es ein Unglück. Bald erreichten sie den Hauptteil der Höhle. Es war ein sehr großer Raum, aber mehr noch erstaunte sie, was sie dort sahen. Er war angefüllt mit Kriegern in strahlender Rüstung, die alle auf dem Boden lagen und schliefen. Es gab einen äußeren Ring von tausend

Männern und einen inneren von hundert, die Köpfe ruhten zur Wand hin, und ihre Füße waren gegen die Mitte hin ausgestreckt, jeder trug ein Schwert, einen Schild, eine Streitaxt und einen Speer, und ganz außen lagen ihre Pferde. Weshalb sie das alles so deutlich erkennen konnten, wird man fragen. Nun, die Waffen und die Rüstungen glitzerten wie Sonnen, und die Hufe der Pferde strahlten ein Licht aus wie der Mond im Herbst. Und ganz in der Mitte lag ein König und Kaiser, den man an der juwelenbesetzten Krone in seiner Hand und an seiner ganzen Erscheinung erkannte. Dann sah der junge Bursche, daß in der Höhle auch zwei große Haufen Gold und Silber lagen. Gierig wollte er sich darauf stürzen, aber der weise Mann riet ihm, einen Augenblick zu warten.

»Nimm von einem Haufen oder vom anderen«, warnte er, »aber hüte dich, von beiden zu nehmen.«

Der Waliser lud sich so viel Gold auf, bis er auch nicht eine Münze mehr hätte tragen können. Zu seinem Erstaunen nahm der weise Mann nichts. »Gold und Silber machen nicht weise«, sagte er. Das erschien dem Waliser mehr angeberisch als klug, aber er sagte nichts, als sie wieder zum Eingang der Höhle zurückkehrten. Wieder warnte ihn der weise Mann, nur nicht an die Glocke zu stoßen.

»Es könnte für uns schlimm ausgehen, wenn einer oder mehrere der Krieger aufwachten und ihren Kopf höben und dann fragten: Ist es Tag? Sollte das geschehen, so mußt du auf der Stelle antworten: Nein, schlaft nur weiter, dann werden sie hoffentlich den Kopf wieder senken, und das bedeutet, wir können entkommen.«

Und so geschah es. Der Waliser hatte sich die Taschen so mit Gold vollgestopft, daß er sich nicht an der Glocke vorbeizwängen konnte, ohne mit dem Arm daran zu stoßen. Sofort weckte der Klang einen der Krieger. Er hob seinen Kopf und fragte:

»Ist es Tag?«

»Nein«, antwortete der junge Mann, »schlaf nur weiter.«

Und prompt senkte der Krieger seinen Kopf wieder und schlief ein. Nicht ohne sich noch einmal nach hinten umzuschauen, erreichten die beiden Männer das Tageslicht und brachten den Stein wieder in seine alte Lage. Der weise Mann verabschiedete sich von dem jungen Burschen und sprach:

»Nütze deinen Reichtum gut, dann wird er für den Rest deines Lebens hinreichen. Wenn du aber noch einmal kommst und noch mehr holen willst, was ich vermute, dann bediene dich von dem Haufen mit Silber. Stoß nicht an die Glocke, aber wenn ein Krieger von ihrem Ton erwacht, wird er fragen: Ist der Cymry in Gefahr? Dann mußt du antworten: Noch nicht, schlaf weiter! Aber auf keinen Fall darfst du ein drittes Mal in die Höhle zurückkehren.«

»Wer sind diese Krieger?« fragte der junge Mann aus Wales, »und wer ist der schlafende König?«

»Es ist König Arthur, und die um ihn sind die Männer von der Insel der Mächtigen. Sie schlafen mit ihren Stuten und Waffen, weil ein Tag kommen wird, an dem Land und Himmel widerhallen vom Lärm einer Heerschar, und die Glocke wird läuten. Dann werden die Krieger ausreiten, Arthur allen voran, um den Feind ins Meer zurückzuwerfen, und von da an wird Friede und Gerechtigkeit unter den Menschen sein, solange die Welt dauert.«

»Vielleicht kommt es dahin«, sagte der junge Mann, »unterdessen habe ich mein Gold.«

Aber bald war es soweit, daß er alles Gold ausgegeben hatte. Zum zweiten Mal betrat er die Höhle, und diesmal nahm er eine große Ladung Silber mit. Ein zweites Mal stieß er mit dem Ellbogen an die Glocke. Drei Krieger hoben ihre Köpfe. »Ist der Cymry in Gefahr?« Die Stimme des einen klang leicht, wie die eines Vogels, die Stimme des zweiten dunkel wie die eines Ochsen, und die Stimme des dritten so drohend, daß man kaum zu antworten wagte.

»Noch nicht«, sagte der junge Mann, »schlaft nur weiter.« Langsam, unter Seufzen und Murmeln, senkten sie ihre

Köpfe, ihre Pferde wieherten und scharrten mit den Hufen, dann war es wieder still in der Höhle.

Für lange Zeit gab sich der junge Mann damit zufrieden, daß er sich sagte: Ein drittes Mal darfst du die Höhle nicht betreten. Aber nach ein, zwei Jahren war das Silber den Weg des Goldes gegangen, fast gegen seinen Willen stand der junge Mann abermals unter dem Haselbusch, eine Hacke in der Hand. Ein drittes Mal betrat er die Höhle, und diesmal nahm er eine große Ladung Gold und Silber mit sich. Ein drittes Mal stieß er mit dem Ellbogen an die Glocke.

Als sie läutete, sprangen alle Krieger auf und die Pferde mit ihnen, und nie hatte man einen solchen Aufruhr erlebt. Dann erklang Arthurs Stimme, und Cei, der einhändige Bewyr, Owein, Trystan und Gwalchmei gingen unter der Mannschaft umher und beruhigten die Pferde.

»Noch ist es nicht Zeit«, sagte Arthur. Er deutete auf den jungen Mann, der mit Gold und Silber beladen war. »Oder wollt ihr etwa wegen dem da ausmarschieren?«

Cei wollte den Eindringling fassen und ihn gegen die Wand schleudern, aber Arthur verbot ihm dies und hieß ihn, den Fremden nur hinauszubefördern. Wie ein Kaninchenfell flog der Bursche durch den Gang und der Verschlußstein hinter ihm drein. Ohne einen Pfennig, bleich vor Schrecken und voller Schrammen kam er wieder ans Tageslicht.

Es dauerte lange, bis man ihn dazu bringen konnte, seine Geschichte zu erzählen, und noch länger dauerte es, bis es ihm wieder besser ging.

Eines Tages aber kehrte er zusammen mit einem Freund nach Craig-y-Dinas zurück.

»Wo ist der Haselstrauch hin?« fragten sie sich, denn er war nirgends zu sehen. »Und wo ist der Stein?« Auch der Stein war nicht mehr zu finden. Als der junge Mann darauf beharrte, seine Erlebnisse in der Höhle seien wahr, wurde er ausgelacht, und als er trotzdem die Geschichte weitererzählte, wurde er mit Schlägen zum Schweigen gebracht. Voller Zorn und Schande ging er außer Landes. Und seit diesem Tag hat niemand, und sei er auch der Siebente unter sieben Söhnen, Arthur mit seinem Hofstaat schlafen gesehen. Und niemand wird ihn auch sehen, bis zu dem Tag, da England und Wales in höchster Gefahr sind.

Griff

In einem Farmhaus im Kirchspiel Llanfabon, nahe der östlichen Grenze von Glamorgan, lebte vor langer, langer Zeit eine junge Witwe mit ihrem kleinen Sohn. Er war drei Winter alt, hieß Griff, war ziemlich groß für sein Alter, und keine Mutter und kein Kind im ganzen Königreich liebten einander mehr als die beiden.

Nun geschah es, daß in das Kirchspiel Feen gezogen kamen. Diese waren berüchtigt für zweierlei: Sie waren ungewöhnlich häßlich und spielten den Menschen gern böse Streiche. Sie führten Männer und Frauen mit Liedern und Musik mit sich, bis sie bis zum Hals im Sumpf steckten oder in einem Teich schwammen, und sie stahlen Kinder aus der Wiege rascher und behender, als unsereiner eine Nuß knackt.

Kein Wunder also, daß die Witwe ihr Söhnchen immer gut im Auge behielt, und daß sie ihn noch mehr liebte, weil ihm so große Gefahren drohten.

Aber was nun kommen soll, das kommt: ob es nun der Wind ist oder Hochwasser.

Eines Tages wärmte sie Griffs Brei in der Küche, als sie ein Stöhnen und Wimmern im Kuhstall vernahm, als sei da eines der Tiere im Begriff zu sterben. Rasch nahm sie den Brei vom Feuer und rannte in den Stall, aber abgesehen davon, daß die Kopfstricke der Kühe zitterten, war, bis sie hinkam, nichts Besonderes mehr zu sehen oder zu vernehmen.

Als sie nun wieder in die Küche zurückkam, war zu ihrem Kummer und Schrecken ihr Söhnchen verschwunden. Keine Seele war dort. Sie suchte im ganzen Haus. Niemand da.

Den ganzen Nachmittag suchte sie die Umgebung der Farm ab – vergebens.

»Griff!« rief sie hier, und »Griff!« rief sie dort, aber wie genau sie auch suchte und wie laut sie auch schrie, sie fand von ihm weder Schuh noch Knopf. Gegen Sonnenuntergang setzte sie sich müde hin und zog sich die Schürze über den Kopf, da hörte sie ein Geräusch an der Tür. Sie fuhr mit einem Schrei hoch und sah einen kleinen Burschen, der sie anschaute.

»Mutter!« sagte er. Nur dieses eine Wort.

Sie betrachtete ihn vom Haar auf seinem Kopf bis zu den Sohlen seiner roten Schuhe. Dann schüttelte sie den Kopf und sagte:

»Du bist nicht mein Griff.«

»Doch«, antwortete er, »ich bin es gewiß.«

Er glich ihrem Griff wie ein Lamm dem anderen (obgleich für jemanden, der Lämmer füttert, nie ein Lamm wie das andere ist).

Um nur keinen Fehler zu machen, nahm sie ihn ins Zimmer und fütterte ihn mit Griffs Brei und behandelte ihn überhaupt so, als ob es ihr Söhnchen sei.

Doch die ganze Zeit war ihr unbehaglich dabei. Denn der kleine Kerl wurde nicht größer, während Griff immer während einer Jahreszeit aus seinen Kleidern herausgewachsen war. Außerdem ward dieser Wicht häßlicher und häßlicher, während Griff so schön wie gemalt gewesen war.

Schließlich entschloß sie sich, den weisen Mann von Castell-y-Nos aufzusuchen und dessen Rat in dieser Angelegenheit einzuholen.

»Du bist vor der rechten Schmiede«, erklärte er ihr, nachdem er ihre Geschichte angehört und ihr einundzwanzig Fragen gestellt hatte, »und wenn du meine Anweisungen befolgst, wird dein Kummer bald vorbei sein. Morgen, Schlag zwölf Uhr mittags, nimmst du ein Hühnerei und schneidest es in der Mitte durch. Die eine Hälfte mußt du fortwerfen, die andere nimmst du in deine linke Hand, und mit der Rechten rührst und schlägst du den Inhalt des Eis eine Weile. Laß den kleinen Kerl nur sehen, was du tust, aber weise ihn nicht ausdrücklich darauf hin. Ich hoffe, er wird dich dann fragen, was du da machst. Sag ihm, du mischtest den Teig für die Hörnchen, und antwortet er darauf etwas, so merk dir das gut, komm wieder her, erzähle es mir, und dann werden wir weitersehen.«

Die Frau ging heim. Am Mittag des folgenden Tages befolgte sie die Anweisungen des weisen Mannes in allen Einzelheiten. Sie merkte, wie der kleine Bursche sie im Auge behielt, als sie das Ei teilte und den Inhalt der einen Hälfte zu rühren begann. Sein Gesichtsausdruck wurde düster.

»Mutter«, fragte er, »was machst du da in der Eierschale?«

»Ich mache einen Teig für Hörnchen, Junge.«

»Oh«, sagte er, »steht es so?« Und dann sprach er einen Vers:

Ich sah die Eichel, ehe aus ihr ein Eichbaum wurde.
Ich sah das Ei, ehe es die Henne legte;
aber ich sah nie eine Frau,
die in einer Eierschale Teig rührte.

Und dabei sah er sie so böse an, daß sie es kaum ertragen konnte.

Am Nachmittag lief die Witwe wieder nach Castell-y-Nos und berichtete dem weisen Mann genau, was geschehen war.

»Kein Zweifel«, sagte er ihr, »der kleine Kerl muß zum Feenvolk gehören. Wenn er die Eichel gesehen hat, ehe daraus ein Eichbaum wurde, muß er wenigstens dreihundert Jahre alt sein. In vier Nächten ist Vollmond. Und nun sag ich dir, was du tun mußt. Um Mitternacht geh zu der Stelle, an der die vier Straßen zusammenlaufen. Wenn du dort bist, mußt du dich so verstecken, daß du alles siehst, was vorgeht, selbst aber nicht gesehen wirst. Es kann durchaus geschehen, daß auf einer der vier Straßen etwas geschieht, wobei du am liebsten hervorspringen oder laut schreien möchtest, aber ich warne dich: Du darfst dich keinesfalls bewegen, denn wenn du entdeckt wirst, ist jede Möglichkeit, deinen Sohn wiederzusehen, vertan.«

Die Frau kehrte voller Kummer heim, weil sie nicht wußte, was der Vollmond bringen werde. Auch hielt sie nicht viel von solchen Zaubereien bei Mitternacht. Da sie aber unbedingt ihr Söhnchen wiedersehen wollte und sie den kleinen Burschen, der seinen Platz eingenommen hatte, nicht ausstehen konnte, wuchs ihre Entschlossenheit.

Zu der festgesetzten Zeit, in der vierten Nacht, ging sie, in einen schwarzen Mantel gehüllt und mit einem Schal um den Kopf, zu der beschriebenen Stelle.

Dort gab es einen großen Busch. Hinter dem versteckte sie sich und wartete bis Mitternacht. Für eine Zeit war alles still, und man hörte nur auf den Hügeln die Füchse bellen. Dann trat wieder eine lange Weile völlige Stille ein, bis am Fluß eine Eule zu rufen begann. Und dann kam durch die Stille das schwache Geräusch von Musik, Fiedeln und Harfen und dünnen Stimmen, die offenbar von weit herdrangen, aber langsam näherkamen.

Die Musik machte die Witwe schläfrig, aber sie kämpfte gegen die Müdigkeit an, und dann sah sie auf der Straße von Norden eine Schar kleiner Männer mit roten Baumwollmützen und Frauen in blauen Röcken herankommen. Einige hüpften umher, und andere hielten Saiteninstrumente in den Händen. Bald waren mindestens hundert dieser Feen an ihr vorbeigezogen. In der Mitte der Prozession aber, von vier der Feen bewacht, schritt niemand anderes als ihr Söhnchen Griff, das verlorengegangene Kind, ein Jahr älter jetzt, auch viel größer geworden, aber dünn und dürr, wie es ihr scheinen wollte.

In diesem Augenblick wollte sie aufspringen, sich unter die Feen stürzen und das Söhnchen befreien, aber ein Eulenruf erinnerte sie an die Warnung des weisen Mannes, und sie kauerte sich wieder hinter den Busch.

Nach ein paar Minuten war der Feenzug vorbeigezogen. Eine Weile sah sie im Mondlicht noch die roten Mützen und blauen Röcke, hörte Musik und Stimmen, dann erstarben die Geräusche gegen Süden hin. Sie stand auf und lief rasch heim in ihre Hütte. Am Morgen mußte sie sich sehr zusammennehmen, um dem kleinen Burschen nicht ihre Wut zu zeigen, als er zum Frühstück kam und sich von ihr die Haare kämmen ließ. Jedesmal, wenn er sie mit »Mutter« anredete, gab es ihr einen Stich ins Herz. Aber zuviel stand auf dem Spiel, und sie nahm sich zusammen. In den Augen des kleinen Burschen schien sie freundlich und nett wie immer. Ehe der Vormittag herum war, lief sie zu dem weisen Mann.

Er wartete schon auf sie.

»Ja«, sprach er, als er ihre Geschichte angehört und ihr einundzwanzig Fragen gestellt hatte, »du bist zu dem rechten Mann gekommen. Ich habe die Zeichen bisher recht gelesen, ich werde sie auch weiter recht lesen. Du mußt das ganze Kirchspiel nach einer Henne absuchen, die nur schwarze Federn hat. Ich nehme an, du hast schon oft ein Huhn gebraten, und zwar immer gerupft. Brat es diesmal mitsamt den Federn. Stell das Huhn, sobald es tot ist, auf einem flachen Teller vor das Feuer und verschließe jedes Fenster und jedes Loch, das aus der Küche nach draußen führt, außer der Stelle, durch die der Rauch entweicht. Laß den kleinen Burschen ruhig sehen, was du tust, aber achte nicht auf ihn. Wenn aber das Huhn gar ist und die Federn auf den Teller fallen, dann behalte ihn gut im Auge!« Das alles klang höchst seltsam für die Witwe, aber da sich zweimal schon alles als richtig erwiesen hatte, dachte sie, wird es wohl auch beim dritten Mal recht herauskommen.

Am nächsten Tag sah sie sich nach einer schwarzen Henne um und war nicht erstaunt, als sie kein solches Tier auf ihrem eigenen Hühnerhof fand. In den nächsten zwei Tagen ging sie nach Süden und Norden durch das Kirchspiel und in den beiden Tagen darauf nach Osten und Westen, aber eine schwarze Henne gab es nirgends.

Es blieb noch eine einzige Farm. Als sie sich dem Haus näherte, sah sie die Hausfrau herein und heraus laufen. Sie hielt ein leeres Sieb in der Hand, und immer, wenn sie ins Haus rannte, hielt sie ihre Schürze über das Sieb, als wolle sie etwas darin festhalten, und drinnen schien sie den Inhalt des Siebes auf den Boden zu schütten.

»Gute Frau?« fragte die Witwe, »was tut ihr da?«

»Ich versuche, etwas Sonnenschein in meine Hütte zu bringen«, rief die Frau zurück, »aber ich schaffe es nicht. Draußen habe ich immer ein Sieb voll davon, aber bis ich in der Hütte bin, ist alles wieder fort. Ich würde dem eine schwarze Henne geben, der es schafft, etwas Sonnenschein in meine Hütte zu bringen.«

Da will sich der weise Mann mit mir wohl einen Spaß erlauben, dachte die Witwe, ging in die Hütte, stieß die Fensterladen auf, und die Sonnenstrahlen drangen in den Raum, und dann machte sie sich rasch mit der schwarzen Henne unter dem Arm auf den Heimweg. In ihrer eigenen Hütte angelangt, machte sie ein Feuer, tötete die Henne, wobei sie merkte, daß die Blicke des kleinen Burschen, der sie nicht aus den Augen ließ, so sauer wurden wie der Geschmack von unreifen Äpfeln. Sie stellte die Henne auf einem Teller vor das Feuer. Wenn das auch seltsam klingt, sie war so gespannt darauf, was mit der Henne geschehen werde, daß sie sich überhaupt nicht um den kleinen Burschen kümmerte, und als die Federn auszufallen begannen, vergaß sie ihn ganz und gar. Plötzlich erfüllte laute Musik die Küche, solche Musik, wie sie sie in der Nacht auf dem Kreuzweg gehört hatte. Sie schaute sich um, aber von dem kleinen Burschen waren weder Schuh noch Knopf mehr zu sehen. Im gleichen Augenblick hörte sie die Stimme ihres Söhnchens rufen:

»Mam, Mam!« Die Stimme kam von draußen.

Sie stürzte zur Tür, riß sie auf, und da stand er im Hof, groß, dünn und mager, gerade so, wie sie ihn im Zug der Feen gesehen hatte.

Er schien über die Leidenschaft, mit der sie ihn begrüßte, erstaunt, und als sie ihn fragte, wo er denn so lange gewesen sei, antwortete er:

»Ich war gar nicht lange fort, Mutter. Nur für eine Minute, um der Musik zuzuhören.«

Und das war alles, was er über seinen Aufenthalt bei den Feen zu erzählen wußte. Und weil davon niemand mehr berichten kann, ist hier unsere Geschichte zu Ende.

Ivan

Es waren einmal ein Mann und eine Frau, die lebten im Kirchspiel von Llanlavan an einem Ort, der Hwrdh genannt wird. Es gab wenig Arbeit, da sprach der Mann zu seiner Frau:

»Ich werde fortgehen und mir Arbeit suchen, du kannst hierbleiben.«

Also nahm er von ihr Abschied und reiste weit nach Osten, bis er schließlich zum Haus eines Farmers kam, wo er um Arbeit vorsprach.

»Was kannst du arbeiten?« fragte der Farmer.

»Alle Arten von Arbeit«, sagte Ivan.

Dann einigten sie sich auf einen Jahreslohn von drei Pfund. Als das Jahr herum war, kam der Herr und hatte die drei Pfund in der Hand.

»Schau Ivan«, sprach er, »hier ist dein Lohn. Aber ich gebe ihn dir nicht. Statt dessen gebe ich dir einen guten Rat.«

»Gib mir meinen Lohn«, sprach Ivan.

»Mit dem Rat wirst du besser fahren«, sagte der Herr, »hör ihn dir erst einmal an.«

»Also dann sag …?« sprach Ivan.

»Verlaß nie eine alte Straße um einer neuen willen«, sagte der Herr.

Und danach wurden sie sich einig, daß Ivan noch einmal ein Jahr für den Mann arbeiten werde, zum gleichen Lohn. Und als das Jahr herum war, bekam Ivan statt Geld wieder einen Rat. Diesmal lautete er:

»Wohne nie bei einem alten Mann, der mit einer jungen Frau verheiratet ist.«

Auch im dritten Jahr ging es nicht anders. Diesmal war der Rat des Herrn: »Ehrlichkeit währt am längsten.«

Ivan wollte darauf nicht länger bleiben. Er hatte Sehnsucht nach seinem Weib.

»Geh nicht heute fort«, sagte sein Herr, »morgen bäckt meine Frau. Sie soll dir einen Kuchen mitgeben für dein Weib.«

Als nun Ivan endlich aufbrach, sprach der Herr:

»Hier ist der Kuchen, und wenn du mit deiner Frau lustig und zufrieden bist, dann schneidet den Kuchen an, aber nicht eher.«

Also wanderte Ivan seiner Heimat entgegen und kam schließlich nach Wayn Her. Dort traf er drei Kaufleute aus Tre Rhyn, seinem eigenen Kirchspiel, die kamen von der Exeter Messe zurück.

»Oho, Ivan«, sagten sie, »komm mit uns. Wir freuen uns, dich zu sehen. Wo hast du denn so lange gesteckt?«

»Ich war als Knecht in Diensten«, sagte Ivan, »und nun bin ich auf dem Heimweg zu meiner Frau.«

»Ach, komm mit uns. Du bist uns willkommen.«

Aber während sie die neue Straße einschlugen, hielt Ivan sich auf der alten. Räuber fielen über sie her, noch ehe sie weit von Ivan entfernt waren, in den Feldern bei den Häusern, die in den Wiesen liegen. Die Kaufleute riefen erschreckt:

»Diebe!«

Und Ivan, etwas entfernt, rief auch:

»Diebe …? Wartet, gleich kommt Hilfe.«

Und als die Diebe Ivans Geschrei hörten, meinten sie, viele Leute kämen herbei, ließen von den Kaufleuten ab und rannten davon.

Die Kaufleute aber zogen die neue Straße weiter. Ivan aber nahm die alte Straße unter seine Füße, bis sie sich in Market-Jew wieder trafen.

»O Ivan«, sagten die Kaufleute, »ohne dich wären wir verloren gewesen. Wir schulden dir etwas. Komm, wohne mit uns. Wir zahlen für dich mit. Du bist uns willkommen.«

Als sie nun zu dem Gasthaus kamen, in dem die Kaufleute gewöhnlich übernachteten, sprach Ivan:

»Zunächst einmal muß ich sehen, wer hier der Wirt ist.«

»Der Wirt«, riefen die Kaufleute, »was willst du denn mit dem Wirt. Hier ist vor allem die Wirtin wichtig. Sie ist jung und hübsch. Der Wirt ist ein alter Knochen. Er steht in der Küche am Herd.«

»Das ist schlecht«, sagte Ivan, »hier bleibe ich nicht. Ich zieh lieber nach nebenan.«

»Ach was«, sagten die Kaufleute, »iß mit uns. Du bist uns willkommen.«

Nun war es aber so, daß sich die hübsche junge Wirtin mit einem Mönch verschworen hatte, ihren alten Mann nachts im Bett zu ermorden und den Verdacht auf die Gäste zu lenken.

Als Ivan im Bett lag, sah er einen Lichtschein, der durch ein Loch fiel, das sich in der Wand zwischen den beiden Häusern befand. Ivan stand auf, schaute und horchte. Da hörte er den Mönch sagen: »Besser, wir verdecken das Loch. Die Leute im Nachbarhaus könnten uns sonst auf die Schliche kommen.«

Darauf stellte er sich mit dem Rücken gegen das Loch, während die Wirtin den alten Mann tötete.

Unterdessen aber hatte sich Ivan ein Messer geholt, war damit durch das Loch gefahren und hatte einen runden Fetzen aus dem Kleidungsstück geschnitten, das der Mönch trug.

Am nächsten Morgen erhob die Wirtin großes Geschrei. Ihr Mann sei ermordet worden. Niemand sei im Haus gewesen außer den Kaufleuten. Die müßten gehängt werden, kreischte sie. Man brachte die Kaufleute also ins Gefängnis, und dort besuchte sie Ivan.

»Das Unglück klebt an unseren Sohlen«, riefen sie, als er vor ihnen stand. »Der Wirt ist in der letzten Nacht ermordet worden, und uns will man dafür hängen.«

»Sagt doch dem Richter, er solle den wahren Mörder festnehmen lassen.«

»Aber wer ist der Mörder? Wer hat dieses scheußliche Verbrechen begangen?« fragten die Kaufleute.

»Ich werde das beweisen, und wenn mir das nicht gelingt, dann will ich statt eurer unter den Galgen treten.«

Er erzählte ihnen also, was er in der Nacht entdeckt hatte, und gab ihnen den Fetzen vom Gewand des Mönchs. Damit konnten sie ihre Unschuld beweisen.

Die Wirtin und den Mönch aber ergriff man und hängte sie an den Galgen.

Gemeinsam verließen Ivan und die Kaufleute Market-Jew, und die Kaufleute sagten:

»Komm mit uns bis Coed Carrn y Wylfa im Kirchspiel Burnam.«

Dort trennten sich ihre Wege, denn Ivan wollte rasch heim zu seinem Weib.

Als seine Frau ihn vor sich sah, rief sie:

»Du kommst gerade recht. Ich habe eben einen Beutel mit Gold gefunden. Der Beutel trägt keinen Namen, aber gewiß gehört er einem großen Herrn. Ich habe mir gerade überlegt, was ich tun solle. Jetzt magst du entscheiden, was mit dem Beutel geschehen soll.«

Ivan bedachte den dritten Rat und sagte:

»Komm, wir wollen dem großen Herrn den Beutel zurückgeben.«

So gingen sie auf das Schloß, aber der große Herr war nicht zu Haus, und sie ließen den Beutel bei einem Diener zurück, der ihnen das Tor aufgetan hatte, gingen wieder heim und lebten glücklich und zufrieden.

Aber eines Tages klopfte der hohe Herr an die Tür ihrer Hütte und bat um einen Schluck Wasser. Da sagte Ivans Frau:

»Ich hoffe, Euer Gnaden haben den Beutel mit all dem Geld bekommen.«

»Von was für einem Beutel sprecht ihr?« fragte der Herr.

»Es muß doch wohl Euer Beutel gewesen sein«, sagte Ivan, »wir haben ihn schon vor einiger Zeit am Schloßtor abgegeben.«

»Kommt mit. Der Sache wollen wir auf den Grund gehen«, sagte der hohe Herr.

Also folgten ihm Ivan und seine Frau zum Schloß, und dort stellte sich heraus, daß der Diener das Geld veruntreut hatte. Er wurde davongejagt. Von Ivan aber war der hohe Herr so angetan, daß er ihn statt des entlarvten Diebs als Diener auf dem Schloß bei sich behielt.

Märchen
aus der Bretagne

Bils, der schlaue Dieb

Bils lebte allein mit seiner Mutter. Als er fünfzehn Jahre alt war, sagte sie zu ihm: »Aus dir wird nie etwas Rechtes werden. Du willst ja nicht arbeiten.«

Ohne sich aus der Ruhe bringen zu lassen, antwortete der Sohn:

»Mutter, du mußt wissen, ich will ein schlauer Dieb werden!«

»Wie stellst du dir das denn vor! Was für eine Schande für mich, wenn sie dich erwischen und du im Gefängnis landest.«

»Keine Sorge, ich werde schon aufpassen, daß man mich nicht schnappt.«

»Also gut«, sagte die Mutter weinend, »wenn du nun unbedingt ein Dieb werden willst, bin ich einverstanden. Aber auf jeden Fall will ich zu dem Heiligen gehen, der dort in der Kapelle wohnt. Er soll entweder versuchen, dir den Gedanken an dieses Handwerk auszutreiben, oder aber ich werde von ihm erfahren, an welchem Tag du am besten mit deiner Tätigkeit beginnst.«

Damit sie von dem Heiligen gut empfangen werde, buk die Alte Krapfen für ihn. Bils aber, der ja um das Vorhaben seiner Mutter wußte, eilte ihr in die Kapelle voraus und versteckte sich hinter der Statue des Heiligen.

Schließlich erschien die Mutter und begann zu beten. Dann wandte sie sich an den Heiligen und fragte ihn:

»Welchen Beruf wird mein Sohn ergreifen?«

»Er wird ein schlauer Dieb werden«, antwortete eine Stimme.

Die Alte betete wieder eine Weile, und dann fragte sie abermals:

»Welchen Beruf wird mein Sohn ergreifen?«

»Er wird ein schlauer Dieb werden«, sagte die Stimme zum zweiten Mal.

Da nahm die gute Frau einen Krapfen und legte ihn zu Füßen der Statue nieder. Und wieder stellte sie ihre Frage:

»Welchen Beruf wird mein Sohn ergreifen?«

»Er wird ein schlauer Dieb werden«, sagte die Stimme zum dritten Mal.

Voller Zorn warf die gute Frau dem Heiligen ihre Krapfen an den Kopf. Bils aber, der sich hinter der Statue versteckt hielt, las sie alle auf.

Als die Alte ihren Zorn losgeworden war, nahm sie den Korb, in dem die Krapfen gelegen hatten, auf. Doch ehe sie die Kapelle verließ, wandte sie sich noch einmal zu dem Heiligen um und fragte:

»Und an welchem Tag soll mein Sohn seinen Beruf beginnen?«

»An dem Tag«, sprach die Stimme, »an dem es Krapfen regnen wird.«

Während sich seine Mutter umwandte, um langsam heimzugehen, war Bils schon davon. Er rannte ihr voraus, schnitt alle Krapfen in Stücke und streute diese auf den Weg.

Als die Alte daheim anlangte, fand sie Bils am Tisch sitzen.

Er war damit beschäftigt, sich allerlei zurechtzulegen. Wie er nun seine Mutter sah, hob er den Kopf und fragte:

»Nun, was hat der Heilige gesagt?«

»Das sage ich dir nicht.«

»Du kannst es mir schon sagen. Ich bin ohnehin fest entschlossen, ein Dieb zu werden.«

»Nun gut«, sprach die Alte, »auch der Heilige ist der Meinung, daß du ein Dieb werden wirst.«

»Der Heilige meint es wirklich gut mit mir. Hat er auch etwas davon gesagt, an welchem Tag ich meinen Beruf aufnehmen soll?«

»Er sagte: ›An dem Tag, an dem es Krapfen regnen wird.‹ Und denk dir nur«, fügte die Mutter traurig hinzu, »auf dem Heimweg regnete es Krapfen.«

»Das wird ja immer besser!« rief Bils aus. »Dieser Heilige ist ein braver Mann. Er läßt keinen lange warten.«

Nicht weit vom Haus der Mutter erhob sich ein Schloß. Dort unternahm Bils seine ersten Einbrüche. Immer, wenn er wieder etwas gestohlen hatte, kam der Schloßherr zur Hütte, um den Dieb dort zu überraschen. Aber er mochte kommen, wann er wollte, nie traf er Bils im Haus an, immer nur dessen alte Mutter. Bils hielt sich stets in einem Faß versteckt, wenn der Schloßherr schnüffeln kam. Damit seine Mutter sich nicht verplappere, hatte Bils mit ihr Zeichen ausgemacht, mit denen er ihr zu verstehen gab, was sie antworten solle.

Wenn Bils seinen Finger durch das Spundloch steckte, sollte die Mutter dem Herrn mit »ja« antworten, wenn sich Bils aber im Faß nicht rührte, bedeutete das ein Nein.

Bei seinem ersten Einbruch hatte Bils aus dem Ofen der Schloßküche eine Pastete gestohlen.

Wütend stürmte darauf der Schloßherr zur Hütte.

»Bils hat mir eine Pastete gestohlen!« Die Mutter schielte zum Faß hin, der kleine Finger ragte aus dem Spundloch. Wie ihr Sohn sie angewiesen hatte, antwortete sie darauf:

»Ja.«

»Wird er mich wieder bestehlen?«

Wieder zeigte sich der Finger.

»Ja!« sagte die Mutter, ohne mit der Wimper zu zucken.

»Ha, das wollen wir doch sehen. Beim zweiten Mal werde ich ihn bestimmt erwischen. Auf jeden Fall wird es ihm nicht gelingen, mir mein Pferd zu stehlen!«

Der Schloßherr besaß nämlich sehr schöne Pferde, und darunter war eines, welches ihm besonders ans Herz gewachsen war. Bils hatte sich schon entschlossen, es ihm zu entwenden.

Der Schloßherr stellte zwei Männer als Wache vor den Stall. Gegen Mitternacht schlich sich Bils an. In dieser Nacht fand ein großer Ball statt; einer der Stallburschen wußte, daß sein Mädchen dort mittanzen würde.

»Es ist doch wohl nicht nötig, daß wir zu zweit auf dieses Pferd aufpassen«, sagte sein Kamerad zu ihm, »geh du nur ruhig auf den Ball und tanze mit deiner Freundin. Ich kann hier auch allein Wache halten.«

Bils, der auf der Lauer lag, hörte dies. Geraume Zeit später ging er in den Stall hinein und sprach zu dem Knecht, der allein Wache hielt:

»Es tanzen heute gar zu hübsche Mädchen auf dem Ball. Jetzt bin ich ja hier. Geh doch eine Weile hin und schau dich auf dem Ball um.«

Bils hatte seine Stimme verstellt. Also ging der Pferdeknecht auf den Vorschlag ein. Er verließ den Stall und trollte sich zum Ballsaal davon.

Kaum war der Bursche fort, da begann Bils ein falsches Pferd herzurichten. Er nahm eine große Pferdedecke, stopfte sie aus, setzte ihr einen Kopf aus Stroh auf, und am anderen Ende befestigte er einen Schwanz aus Flachs. Die Attrappe ließ er im Stall zurück, und mit dem echten Tier machte er sich fort.

Indessen war der zweite Knecht auf dem Ball angekommen. Als er dort seinen Kameraden sah, erschrak er nicht schlecht.

»Was?« sagte er, »du hier?«

»Du hast mir doch selbst vorgeschlagen, auf den Ball zu gehen …!«

»O weh. Jetzt begreife ich, was gespielt wird. Bils hat uns hereingelegt. Er muß es gewesen sein.«

Die beiden Burschen nahmen ihre Beine unter den Arm, aber Bils war doch schneller als sie.

Die Knechte schauten im Stall nach. Gott sei Dank, das Pferd stand noch da.

»Das ist noch einmal gutgegangen«, sagte der eine.

»Jetzt sollten wir das Tier bis zum Morgen aber nicht mehr aus den Augen lassen«, sagte der andere.

Am Morgen kam der Schloßherr.

»Irgendwelche besonderen Vorkommnisse in der letzten Nacht?« fragte er die Knechte.

»Bils muß dagewesen sein, aber das Pferd hat er nicht mitgenommen«, antworteten sie.

Der Schloßherr trat auf das Pferd zu, und da er einen klareren Blick hatte als die Knechte, erkannte er sogleich, daß er nur noch eine Attrappe vor sich hatte. Er hob eine Handvoll Flachs aus dem Schwanz des Pferdes.

»Soll das vielleicht mein Pferd sein, ihr Dummköpfe«, schrie er sie an.

Wie es zu dieser Zeit üblich war, ließ er sie mit zehn Stockschlägen bestrafen.

Wutentbrannt eilte der Schloßherr darauf wieder zu Bils' Mutter.

»Dein Sohn war wieder bei mir!«

Die Alte wandte langsam ihren Kopf in die Richtung des Fasses, wo ihr Sohn versteckt saß und das Zeichen der Bestätigung machte.

»Ja«, sagte sie schließlich und wandte dem Herrn ihr Gesicht zu.

»Hat er vor, mich auch weiterhin zu bestehlen?«

»Ja.«

Das ist das Ende der Geschichte. Ich weiß nicht zu sagen, ob Bils seinem Herrn alles gestohlen hat. Immerhin soll es ihm gelungen sein, ihm seine Frau und seine Tochter zu stehlen.

Der Winter
und der Zaunkönig

or langer Zeit entstand ein Streit zwischen dem Winter und dem Zaunkönig. Über den Anlaß ist nichts bekannt.

»Ich werde dich besiegen, Kleiner!« sagte der Winter.

»Kann sein, wir werden ja sehen«, antwortete der Zaunkönig. In der Nacht darauf fror es Stein und Bein.

Am anderen Morgen war der Winter sehr erstaunt, den Zaunkönig lustig und vergnügt wie eh und je anzutreffen. Er fragte ihn:

»Wo warst du in der letzten Nacht?«

»In der Waschküche, wo die Wäscherinnen waschen«, antwortete der Zaunkönig.

»Gut. Diese Nacht aber werde ich dich zu finden wissen.«

Und in dieser Nacht wurde es so kalt, daß das Wasser zu Feuer gefror, und als der Winter den Zaunkönig am anderen Morgen immer noch lustig trällernd antraf, fragte er ihn:

»Wo warst du denn in der letzten Nacht?«

»Im Stall bei den Ochsen«, antwortete der Zaunkönig.

»Gut. In der nächsten Nacht wirst du an mich denken, dessen kannst du sicher sein.«

Und es wurde so kalt und fror so sehr in jener Nacht, daß die Schwänze der Ochsen an ihren Hintern festklebten. Am anderen Morgen aber hüpfte der Zaunkönig immer noch herum und sang wie im Mai.

»Wie, du lebst noch?« fragte ihn der Winter erstaunt, »wo warst du denn in der letzten Nacht?«

»Bei einem jungvermählten Paar im Bett!«

»Wer hätte gedacht, daß du dich dorthin verkriechst«, sagte der Winter, »aber warte nur, in der nächsten Nacht will ich bestimmt mit dir fertig werden!«

»Wollen sehen«, sagte der Zaunkönig. Und er begann zu singen.

Diese Nacht wurde es so kalt, daß man Mann und Frau am anderen Morgen erfroren in ihrem Bett fand. Der Zaunkönig aber hatte sich in ein Loch neben dem Backofen geflüchtet, und die Kälte hatte ihm nichts anhaben können.

Er traf aber dort eine Maus, die auch die Wärme suchte, und sie bekamen sich in die Haare. Und als sie sich nicht einigen konnten, vereinbarten sie, daß in acht Tagen eine große Schlacht auf dem Berg von Bré zwischen den gefiederten und den behaarten Tieren ausgetragen werden solle.

Nach allen Himmelsrichtungen wurden Befehle ausgeschickt, und am vereinbarten Tag sah man alle gefiederten Tiere auf dem Flug zum Berg Bré: die Gänse, die Enten, die Truthähne, die Pfauen, die Hühner, die Elstern, die Krähen, die Eichelhäher, die Amseln. Sie alle zogen in langen Reihen dorthin.

Aber auch die behaarten Tiere marschierten an: die Pferde, die Esel, die Ochsen, die Kühe, die Schafe, die Ziegen, die Hunde, die Katzen, die Ratten und die Mäuse.

Der Kampf wurde verbissen geführt. Federn wirbelten durch die Luft. Haare bedeckten die Erde. Schreie hörte man überall. Muhen, Gebrüll, Gewieher, Miauen und Pfeifen.

Die behaarten Tiere standen schon kurz vor dem Sieg, als der Adler erschien, der sich etwas verspätet hatte. Er stürzte sich ins Getümmel, und wo er hinkam, schlug er alles nieder und schlitzte den Tieren die Bäuche auf. Sogleich wendete sich das Blatt zugunsten der Seinen.

Der Sohn des Königs schaute vom Fenster seines Palastes dem Kampf zu. Er sah, wie der Adler alle vernichtete, und als dieser nahe am Fenster vorbeiflog, packte der Prinz sein Schwert und schlug ihm einen Flügel ab, so daß der Vogel zur

Erde stürzte. So siegten schließlich doch noch die behaarten Tiere, und der Zaunkönig, der wie ein Held gestritten hatte, ließ seinen Triumphgesang von der Spitze des Turmes der Kapelle des heiligen Hervé erschallen.

Der Adler, der nicht mehr fliegen konnte, sagte zum Königssohn:

»Du mußt mich jetzt neun Monate mit dem Fleisch von Rebhühnern und Hasen füttern.«

»Das werde ich tun«, sagte der Prinz.

Als der Adler nun nach neun Monaten geheilt war, sagte er zum Königssohn:

»Ich will jetzt zu meiner Mutter heimkehren, und ich wünsche, daß du mich begleitest und mein Schloß siehst.«

»Gern«, antwortete der Prinz, »aber wie kommen wir dorthin?«

»Steig auf meinen Rücken«, sagte der Adler, und als der Prinz dort Platz genommen hatte, stieg er auf, und sie glitten über Wälder, Ebenen, Berge und Meer dahin.

»Guten Tag, Mutter«, sagte der Adler, als sie angelangt waren.

»Bist du's, mein Sohn. Du warst dieses Mal sehr lange fort. Ich fürchtete schon, dich nie wiederzusehen.«

»Ich war sehr krank, liebe Mutter. Es dauerte seine Zeit, bis ich wieder genas. Hier bringe ich den Sohn des Königs der Basse-Bretagne mit. Er will Euch besuchen.«

»Ein Königssohn!« schrie die Alte, »was für ein Leckerbissen. Wollen wir ihn nicht gleich verzehren?«

»Nein, Mutter, Ihr werdet ihm kein Leid zufügen. Er hat mich neun Monate lang gepflegt, und ich habe ihn gebeten, auf unser Schloß zu kommen. Wir wollen ihm einen guten Empfang bereiten.«

Nun hatte der Adler eine Schwester, die war sehr schön, und der Prinz verliebte sich sogleich in sie. Das gefiel dem Adler nicht, und seiner Mutter gefiel es noch weniger.

Ein Monat, zwei Monate, drei Monate, sechs Monate vergingen, und der Prinz verlor nie ein Wort über seine Heimkehr.

Die Alte war sehr aufgebracht, und sie erklärte ihrem Sohn:

»Falls dein Freund nun nicht bald abreist, müssen wir ihn doch auffressen.«

Daraufhin schlug der Adler dem Prinzen eine Partie Boules vor. Verlor der Prinz, so verlor er auch sein Leben, gewann er, so sollte er die Tochter des Adlerweibes zur Frau erhalten.

»Einverstanden«, sagte der Prinz, »wo sind die Kugeln?«

Auf einer mit sehr alten Eichen bestandenen Allee sollte das Spiel stattfinden.

Aber ach, was waren das nur für Kugeln. Aus Eisen waren sie, und eine jede wog fünfhundert Pfund. Der Adler griff sich eine und warf sie hoch in die Luft und fing sie wieder auf, als sei es ein Apfel. Der arme Prinz konnte die seine nicht einmal vom Fleck bewegen.

»Verloren«, rief der Adler, »dein Leben gehört uns.«

»Ich verlange Revanche«, antwortete der Prinz.

»Einverstanden, morgen kannst du deine Revanche haben.«

Traurig ging der Prinz zu der Schwester des Adlers und erzählte ihr alles.

»Wirst du mir treu sein?« fragte sie ihn.

»Bis zu meinem Tod«, antwortete er.

»Gut, dann werde ich dir sagen, was zu tun ist. Ich habe hier zwei weiße Blasen, die ich schwarz färben werde, so daß sie Boulekugeln ähnlich sehen. Ich lege sie dann zwischen die Kugeln meines Bruders. Wenn ihr nun morgen spielt, so gib acht, daß du als erster deine Kugeln aufnimmst und die Blasen erwischst. Wenn du zu ihnen sagst:

›Ziege, erhebe dich in die Luft, ganz hoch, geh nach Ägypten. Du bist schon sieben Jahre hier, ohne je Eisen gefressen zu haben‹, werden sie sich sogleich erheben, so hoch, daß man sie nicht mehr sehen kann. Mein Bruder wird meinen, du hättest sie so hoch in die Luft geworfen, und wird sich für besiegt erklären.«

Nun waren sie am anderen Tag wieder in der Allee. Der Prinz nahm seine Kugeln, d. h. die beiden Blasen, und fing an, mit ihnen zu jonglieren und sie in die Luft zu werfen, als wären sie mit Kleie gefüllt, sehr zum Erstaunen des Adlers.

»Was soll das heißen?« fragte der Adler beunruhigt.

Er warf als erster seine Kugel in die Luft, und es dauerte eine Viertelstunde, bis sie wieder zu Boden fiel.

»Nicht schlecht«, sagte der Prinz. Er war nun an der Reihe und murmelte leise seinen Vers:

Ziege, erhebe dich in die Luft,
ganz hoch
geh nach Ägypten.
Du bist schon sieben Jahre hier,
ohne je Eisen gefressen zu haben.
Gavr, kers s'as bro,
Ez out aman seiz bloaz 'zo,
Tan houarn ne t'eus da zebri!

Sofort erhob sich die Kugel in die Luft, so hoch, daß sie nicht mehr zu sehen war, und man mußte lange warten – sie kehrte nicht mehr zur Erde zurück.

»Ich habe gewonnen. Das ist doch wohl klar«, sagte der Prinz.

»Jeder hat eine Partie gewonnen. Morgen spielen wir noch einmal«, sagte der Adler. Darauf kehrte er nach Haus zurück und berichtete alles seiner Mutter.

»Wir wollen ihn töten und auffressen«, sagte sie, »worauf warten wir eigentlich noch?«

»Ich habe ihn noch nicht besiegt, liebe Mutter. Morgen ist noch ein Spiel. Wollen schauen, wie er sich dabei hält.«

»Inzwischen könnt ihr schon mal Wasser holen. Wir haben keinen Tropfen mehr im Haus.«

»Gut, Mutter. Morgen früh werden wir beide Wasser holen, und ich werde mit dem Prinzen darum wetten, wer von uns beiden mehr Wasser in die Tonne füllen kann.«

Der Adler ging zum Prinzen und sprach:

»Morgen früh werden wir zum Brunnen gehen und für meine Mutter Wasser holen. Wollen sehen, wer von uns beiden mehr heranschleppt.«

»Einverstanden«, sagte der Prinz, »aber zeige mir erst den Eimer.«

Und der Adler zeigte ihm zwei Tonnen, von denen jede fünf Fässer faßte. Er trug mit Leichtigkeit je eine mit Wasser gefüllt auf der flachen Hand, denn er konnte Adler oder Mensch sein, gerade wie er es sich wünschte.

Der Prinz lief besorgt zur Schwester des Adlers.

»Wirst du mir auch treu bleiben?« fragte sie wieder.

»Bis zu meinem Tod«, antwortete der Prinz.

»Also gut. Morgen früh, wenn es so weit ist, daß mein Bruder seine Tonne nimmt, um zum Brunnen zu gehen, sagst du zu ihm: ›Bah, wozu soll dieser Eimer gut sein. Laß mich machen. Gib mir eine Hacke, eine Schaufel und eine Tragbahre.‹ ›Wozu?‹ wird er dich fragen. ›Wozu …! Ich will den Brunnen versetzen, näher ans Haus, dann kann man Wasser schöpfen, wann man will und wie man will.‹ Wenn er das hört, wird er allein zum Brunnen gehen, denn er wird nicht zulassen wollen, daß der Brunnen zerstört wird.«

Am anderen Morgen sagte der Adler zum Prinzen:

»Wir wollen Wasser holen gehen für meine Mutter.«

»Ja, gehen wir«, antwortete der Prinz.

»Nimm du diesen Eimer, ich nehme den anderen«, sagte der Adler und deutete auf zwei riesige Gefäße.

»Diesen Eimer. Damit verschwenden wir nur unsere Zeit!«

»Wie willst du denn Wasser holen?«

»Gib mir eine Hacke, eine Schaufel und eine Tragbahre.«

»Wozu?«

»Wozu? Du Dummkopf. Um den Brunnen hierher zu bringen, direkt neben die Küchentür. Das erspart uns lange Wege.«

»Ein Mordskerl«, dachte der Adler bei sich, dann sprach er:

»Bleib hier. Ich hole allein Wasser für meine Mutter.«

Am anderen Tag, als die Adlermutter abermals vorschlug, man solle den Prinzen am Spieß braten und auffressen, um ihn endlich loszuwerden, antwortete ihr Sohn, der Prinz habe ihn damals sehr gut behandelt, und er wolle sich nicht als undankbar erweisen. Besser sei es, ihm andere Proben vorzuschlagen, denen er sich nicht entziehen könne.

So sagte er also zum Prinzen:

»Gestern habe ich die Arbeit allein getan, morgen bist du an der Reihe.«

»Was soll ich denn morgen tun?« fragte der Prinz.

»Meine Mutter braucht Feuerholz. Du wirst eine ganze Eichenallee einschlagen, das Holz in den Hof schaffen, und noch vor Sonnenuntergang sollst du damit fertig sein.«

»Schon gut«, antwortete der Prinz und tat recht ungerührt, obwohl er sich Sorgen machte. Er ging wieder zu der Schwester des Adlers.

»Wirst du mir auch immer treu sein?« fragte sie ihn wieder.

»Bis zu meinem Tode«, antwortete er.

»Gut. Morgen wird man dir eine Axt aus Holz geben. Wenn du im Wald ankommst, zieh deine Jacke aus, wirf sie auf einen alten Eichenstumpf, dann schlage mit deiner Axt auf den nächstbesten Baumstamm ein und warte ab, was dann geschieht.«

Der Prinz machte sich am frühen Morgen auf in den Wald, die Axt über der Schulter. Er schlüpfte aus seiner Jacke und warf sie über den Baumstumpf, dann hieb er seine Axt in den nächstbesten Stamm, der sogleich unter lautem Krachen umfiel.

»Na schön«, sagte er sich, »wenn das so leicht geht, dann habe ich die Sache bald erledigt.«

Er schlug noch einen zweiten Baum, einen dritten, und auch sie fielen auf den ersten Streich. Und so ging es weiter, bis in der Allee kein einziger Baum mehr stand. Darauf kehrte der Prinz gelassen ins Haus des Adlers zurück.

»Was, schon fertig?« fragte ihn der Adler.

»Ja, fertig«, antwortete der Prinz.

Der Adler eilte in die Allee, und als er all seine schönen Eichen am Boden liegen sah, fing er an zu weinen und rannte zu seiner Mutter.

»Ach, jetzt bin ich geschlagen. All meine schönen Eichen hat er umgehauen. Ich kann gegen diesen Dämon nicht ankommen. Eine geheime Macht beschützt ihn, dessen bin ich sicher.« Während er sich so bei seiner Mutter beklagte, kam der Prinz daher und sagte:

»Ich habe dich dreimal besiegt. Deine Schwester gehört mir.«

»Nimm sie und verschwinde«, sagte der Adler.

Also nahm der Prinz die Schwester des Adlers mit in sein Land. Aber das Mädchen hatte noch keine Lust zum Heiraten und wollte den Prinzen nicht einmal zu seinem Vater begleiten. Sie sprach:

»Wir werden uns jetzt für einige Zeit trennen. Aber bleib mir treu, was immer geschehen mag. Wenn die rechte Zeit gekommen ist, werden wir uns wiederfinden. Hier ist die Hälfte meines Ringes und die Hälfte meines Taschentuches. Hüte beides gut. Es wird dir helfen, mich später wiederzuerkennen.«

Der Prinz war traurig. Er nahm die Hälfte des Ringes und die Hälfte des Taschentuches und kehrte in den Palast seines Vaters zurück, wo man sich freute, ihn nach so langer Abwesenheit wiederzusehen. Die Tochter des Adlerweibes aber trat in den Dienst eines Goldschmiedes, der auch für den königlichen Hof arbeitete.

Indessen, der Prinz hatte bald seine Verlobte vergessen. Er verliebte sich in eine Prinzessin, die auf dem Schloß seines Vaters auf Besuch war. Sie kam aus einem benachbarten Königreich, und der Tag der Hochzeit wurde festgesetzt. Man traf große Vorbereitungen und verschickte viele Einladungen. Der königliche Goldschmiedemeister, der die Ringe und andere Schmuckstücke angefertigt hatte, wurde auch eingeladen, ebenso seine Frau und deren Dienerin.

Die Dienerin aber war keine andere als die Schwester des Adlers.

Sie ließ sich von ihrem Herrn einen kleinen Hahn und eine kleine Henne aus Gold anfertigen und nahm sie in der Tasche mit zum Hochzeitsfest. Dort wurde sie auf einen Platz gegenüber dem Brautpaar gesetzt.

Sie legte die Hälfte des Ringes, dessen andere Hälfte der Prinz besaß, vor sich auf den Teller.

Die Braut bemerkte das und sprach:

»Ich besitze eine ganz ähnliche Ringhälfte.«

(Der Prinz hatte sie ihr geschenkt.)

Man fügte die beiden Hälften zusammen, und sieh da, sie ergaben einen Ring.

Dasselbe geschah mit den beiden Taschentuchhälften. Die anwesenden Gäste waren sehr erstaunt. Nur der Prinz blieb gleichgültig und schien nicht zu begreifen. Darauf legte die Schwester des Adlers den kleinen Hahn und die kleine Henne vor sich auf den Tisch und warf ihnen eine kleine Erbse zu. Der Hahn pickte sie sogleich auf.

»Hast du sie schon verschlungen, du Freßsack«, sagte die Henne zu ihm.

»Schweig!« sagte der Hahn, »die nächste ist für dich.«

»Ja, der Sohn des Königs hat mir auch versprochen, daß er mir treu bleibe bis zum Tod, als er Boule spielen sollte mit meinem Bruder, dem Adler.«

Die Prinzessin spitzte die Ohren. Die Schwester des Adlers warf eine zweite Erbse hin, und der Hahn pickte sie wieder auf.

»Da sieht man, wie es mit den Versprechen geht. Jetzt hast du sie wieder genommen, du Freßsack«, sagte die Henne.

»Schweig, mein Hühnchen, du bekommst die nächste.«

»Der Sohn des Königs hat mir auch versprochen, daß er mir treu bleibt bis in den Tod, als er Wasser aus dem Brunnen schöpfen sollte.«

Jetzt sahen alle zu der Schwester des Adlers hin. Auch der Prinz war aufmerksam geworden. Die Schwester des Adlers warf eine dritte Erbse, und der Hahn pickte sie auf, wie zuvor die beiden anderen.

»Jetzt hast du sie wieder genommen, du Freßsack!« sagte die Henne.

»Schweig, du bekommst die nächste!«

»Ich glaube nicht mehr an Versprechen«, sagte die Henne, »der Sohn des Königs hat mir auch versprochen, daß er mir treu bleibe bis zum Tod, als mein Bruder, der Adler, ihn Holz hacken schickte mit einer Axt aus Holz.«

Da endlich begriff der Prinz. Er erhob sich, wandte sich an seinen Schwiegervater und sprach zu ihm:

»Schwiegervater, ich brauche Euren Rat. Ich besaß einst eine goldene Schatulle, in der ich meine Schätze verwahrte. Ich verlor sie und ließ mir eine neue anfertigen. Nun habe ich die erste wieder gefunden und besitze jetzt zwei. Welche soll ich behalten?«

»Das Alte sollte man immer mehr achten«, sagte der Greis.

»Das ist auch meine Meinung«, antwortete der Prinz, »ich liebte eine andere vor Eurer Tochter und hatte mich mit ihr verlobt. Hier ist sie!«

Und er trat zur Dienerin des Goldschmiedes, die die Schwester des Adlers war, und nahm sie zum großen Erstaunen aller Anwesenden bei der Hand.

Die andere Braut, ihre Eltern, Verwandten und Freunde zogen sich gekränkt zurück. Die Festlichkeiten, die Spiele und der Tanz aber gingen weiter, und der Prinz heiratete die Schwester des Adlers und wurde mit ihr glücklich.

Die heilige Gemahlin
des Königs Blaubart

or langer Zeit lebte einmal ein mächtiger König, der hieß Conomor. Er regierte über die beiden Landstriche, die man früher »die Große Bretagne«, heute aber Devon nennt, und über Armorika, was heute den Regionen um Léon, Trégo, Guelo und Penthieve entspricht. Er hatte seinem Reich das Land um Poher einverleibt und Carhaix zu seiner Hauptstadt bestimmt. Sein Nachbar war der König Childebert, der über die Franken herrschte, doch verglichen mit Conomors Macht war der nur ein armer Wicht, kümmerlich wie ein Straßensänger, der auf der Harmonika spielt neben einem kräftigen Pfeifer mit einem Dudelsack mit drei Bässen.

Conomor war ein schreckeneinflößender Kämpe mit der Statur eines Riesen. Er kämpfte wie der Teufel, und sein Wort war Gesetz. In der ersten Hälfte seines Lebens regierte er gerecht und zum Wohl seiner Vasallen. Er beschützte die Verfolgten und heiratete die Witwe des Königs Iona, der auf geheimnisvolle Weise ums Leben gekommen war. Die Frau hatte einen Sohn aus erster Ehe, der hieß Judual. Conomor war wie ein Vater zu ihm und ließ ihm an seinem Hofe die beste Erziehung angedeihen. All dies änderte sich mit einem Schlag, nachdem der König einen Traum gehabt hatte, der ihm offenbarte, daß er von seinem Sohn getötet werden würde. Er sah im Traum, wie sich dieser Sohn auf seinen, Conomors Leichnam setzte, der auf dem Gipfel eines Berges hingestreckt lag, um dort die Huldigung aller Fürsten des Landes entgegenzunehmen. Er redete sich ein, daß Judual dieser Mörder sei, und erzählte seiner Frau diesen schrecklichen Traum.

Tief betroffen erklärte er ihr, er sehe keine andere Lösung, um dieses Unglück zu verhindern, als das Kind auf der Stelle zu töten. Er hieß seine Frau, den Knaben herbeizuholen. Die entsetzte Mutter eilte zu ihrem Kind, aber nicht, um es dem Henker auszuliefern, vielmehr floh sie mit ihm nach Frankreich und bat den König Childebert um Asyl.

Conomor heiratete wieder, aber sein Sinn wurde düster. Er wurde ungerecht und grausam. Nach wenigen Monaten starb seine junge Frau plötzlich, und keiner wußte, was ihr gefehlt hatte. Conomor zögerte nicht lange. Wieder heiratete er, und wieder starb diese Frau bald, ohne daß man sich die Ursache ihres Todes erklären konnte.

Conomor heiratete noch dreimal, und auch diese Frauen verschwanden bald ins Grab. Im Volke begann man zu tuscheln.

Zu dieser Zeit herrschte über Vannes ein ruhmreicher König, der edle Kämpfer Waroc, der den Franken eine Niederlage beigebracht hatte, bei der gar viele von ihnen hatten ihr Leben lassen müssen.

Waroc hatte eine Tochter, die als die schönste Prinzessin auf Erden galt. Sie war fromm und gut, und alle Untertanen ihres Vaters liebten sie.

Conomor hatte es sich in den Kopf gesetzt, sein Reich durch eine Verbindung mit diesem Mädchen um die Gebiete von Vannes zu vergrößern. Er sandte also einen Boten zu Waroc und bat diesen um die Hand seiner Tochter. Aber Waroc dachte nicht daran, sein Kind einem Mann mit so schlechtem Ruf zur Frau zu geben. Er lehnte kurz und entschieden ab. Da nahm der Anführer der Boten eine Handvoll Stroh, zündete das Stroh an und warf es in den Wind. Der Zorn seines Herrn werde über das Land kommen, verkündete er. Dies war eine Kriegserklärung, in guter und gültiger Form vorgebracht.

Bald darauf drangen die Krieger Conomors ins Land, es kam zu blutigen Kämpfen zwischen den Bretonen der beiden Landstriche.

Der Bruderkrieg rief Gildas, einen Eremiten, auf den Plan. Er bot an, zwischen den streitenden Fürsten zu vermitteln. Trifina, der Tochter des Waroc, hielt er vor Augen, daß sie ihr Volk und Tausende von Christenmenschen retten könne, wenn sie Conomors Frau werde.

»Ach«, seufzte sie, »so verlangt also Gott von mir, daß es mit meiner heiteren und glücklichen Jugendzeit zu Ende ist. Der Riese Conomor flößt mir Angst und Schrecken ein. Man sagt doch, daß er seine anderen Frauen alle umgebracht hat. Gewiß wird er auch mich töten. Aber wenn dieses Opfer zum Wohle meiner Mitbürger nötig ist, werde ich nach Gottes Willen handeln.«

»Fürchtet Euch nicht, Prinzessin«, sagte Gildas. »Hier ist ein silberner Ring, steckt ihn an euren Finger, und sollte euch Conomor nach dem Leben trachten, wird er seinen hellen Glanz verlieren und schwarz werden wie die Flügel eines Raben.«

Als Waroc vom Entschluß seiner Tochter hörte, wurde er sehr betrübt, aber er widersprach ihr nicht. Die Hochzeit wurde festlich begangen, und es flossen dabei Ströme von Honigwasser.

Das neuvermählte Paar bezog das Schloß Kastell-Finans, nahe der Grenze von Vannes.

Die ersten Monate verstrichen in ungetrübtem Glück.

Conomor schien durch seine Liebe zu Trifina verwandelt. Seine düsteren Gedanken waren verflogen, und er wurde wieder wie früher: weise und gerecht.

Dann kam der Augenblick, da er seine junge Frau verlassen mußte, um in den Krieg gegen die Franken zu ziehen. Ehe er davonritt, übergab er seiner Frau die Schlüssel zu allen Räumen des Schlosses. Der kleinste von allen Schlüsseln, so erklärte er ihr, gehöre zum Schloß der Krypta, in der die Särge seiner fünf Frauen standen.

Während der Zeit, da er kämpfte, waren seine Gedanken bei Trifina. Nach fünf Monaten kehrte er heim, und er hatte solche Eile, sie wiederzusehen, daß er in ihr Zimmer eilte, ohne daß er sich vorher hatte anmelden lassen. Als er eintrat, blickte sie von ihrer Handarbeit auf, und ein Lächeln lag auf ihrem Gesicht. Er nahm sie in die Arme, begrüßte sie freundlich, und dann fragte er sie, woran sie gerade gearbeitet habe. Sie zeigte ihm voller Stolz eine kleine Mütze.

»Seht«, sagte sie, »ich arbeite an der Wäsche für mein und Euer Kind.«

Conomor erblaßte, schaute Trifina erschreckt und angstgequält an, stürmte aus dem Zimmer und schlug die Tür hinter sich zu.

Trifina war ratlos. Sie verstand diesen Stimmungsumschwung bei ihrem Mann nicht zu deuten. Sie drehte die kleine Mütze ratlos in ihren Händen, und dabei fiel ihr Blick auf den silbernen Ring an ihrem Finger. Er war schwarz geworden. Sie wußte nun, daß sie in Todesgefahr schwebte, und wollte fliehen. Aber sie konnte das Schloß nicht verlassen, ohne daß es Conomor oder die Wächter bemerkt hätten. Da kam ihr der Gedanke, sich in der Krypta zu verstecken, zu der sie den Schlüssel ja noch besaß.

Dort warf sie sich vor dem Kruzifix auf die Knie, betete mit Inbrunst, bis es Mitternacht schlug. Da vernahm sie unter dem Gewölbe der Krypta ein gedämpftes Grollen und Seufzen, das aus dem Erdinnern zu kommen schien, und darauf folgten Schreie, die sie vor Schreck erstarren ließen. Die fünf Gräber der anderen Frauen öffneten sich langsam, und die Toten, in ihre Leichentücher gehüllt, kamen heraus. Trifina wollte fliehen. Doch die Geister sprachen warnend zu ihr:

»Gib acht, arme Trifina. Conomor wird dich töten, wie er auch uns getötet hat.«

»Aber warum?« fragte die Prinzessin mit schwacher Stimme, »was habe ich denn getan?«

»Du hast ihm angekündigt, daß du ein Kind bekommen wirst. Er aber weiß, daß er durch die Hand seines Sohnes fallen wird. Deshalb hat er auch uns umgebracht, als wir meinten, ihm ein freudiges Ereignis mitteilen zu können.«

»Ach Gott! Wie kann er nur so grausam sein! Wenn ich nur von hier fortgehen könnte, um das Kind in meinem Leib zu retten. Ich fürchte, ich bin verloren und das ungeborene Kind mit mir.«

»Stelle dich unter den Schutz deines Vaters in Vannes.«

»Aber ich komme doch nicht fort von hier. Conomors riesige Hunde bewachen das Schloß.«

»Gib ihnen von dem Gift, das auch mich getötet. Hier ist es«, sagte die erste Tote.

»Aber wie komme ich dann über die hohe Mauer?«

»Mit Hilfe dieses Strickes, der mir das Genick brach«, sagte die zweite Tote.

»Und wie soll ich den Weg durch die Nacht finden?«

»Mit dieser Flamme, die mich verbrannt hat«, sagte die Dritte.

»Ohne mich auf etwas zu stützen, werde ich nicht weit laufen können.«

»Nimm diesen Stock, mit dem er mir den Schädel eingeschlagen hat«, sprach die Vierte.

»Sträucher und Dornen werden mir den Weg versperren.«

»Du wirst dir den Weg freihauen mit diesem Dolch, der mein Herz durchbohrt hat«, sagte die Letzte.

Trifina gab das Gift den Hunden, ließ sich an dem Seil herab über die Mauer, fand den Weg durch die Dunkelheit dank der Flamme. Sie stützte sich auf den Stock und hieb sich den Weg frei mit dem Dolch. So lief sie durch den Wald zu Quénécan in Richtung auf Vannes.

Unterdessen suchte Conomor seine Frau im ganzen Schloß. In der Hand hielt er eine Fackel. Erst gegen Morgen meldete ihm ein Diener, die Hunde seien tot, und ein altes Seil hänge über der Mauer. Es dauerte eine Weile, bis der König begriff, was das zu bedeuten hatte. Darauf bestieg er den höchsten Turm, um den Horizont abzusuchen.

Gegen Westen entdeckte er eine segelnde Silbermöwe, im Norden einen Raben, im Osten eine Schwalbe und im Süden eine fliehende Taube. Nun wußte er, daß Trifina nach Süden entflohen war. Er warf sich auf sein feuerfarbenes Pferd, und, gefolgt von seinen wilden Bluthunden, machte er sich auf die Jagd nach der Entflohenen.

Trifina war die ganze Nacht und den ganzen Morgen gelaufen. Als sie in die Gegend von Pontivy kam, bemerkte sie, daß sich ihr silberner Ring wieder schwarz verfärbt hatte. Conomor mußte schon in der Nähe sein.

Keuchend stürzte sie sich in einen Strauch am Wegrand. Da sah sie einen Falken niederstoßen und erkannte, daß dies ein Vogel war, der ihrem Vater gehörte. Sie gab ihm den Ring und befahl dem Vogel, damit zu seinem Herrn zurückzukehren. Der Falke flog ab, aber schon war es zu spät. Man hörte schon das Gebell der wilden Spürhunde Conomors. Trifina hatte keine Hoffnung, einem solchen Jäger zu entkommen. Sie warf sich auf die Knie und betete.

Einer der Hunde stürzte sich auf sie. Conomor folgte dem Tier, riß sein Schwert aus der Scheide und schlug Trifina den Kopf ab. Dann stieg er gelassen wieder auf sein Pferd und ritt nach Kastell-Finans zurück.

Als Waroc den silbernen Ring erkannte, wurde er bleich wie der Tod. Er machte Gildas bittere Vorwürfe. Es sei sein Fehler, daß seine Tochter von ihm in ihr Unglück gestoßen worden sei. Aber der Mönch antwortete ihm, dieses Unglück sei nur geschehen, um die Macht und Ehre Gottes in noch hellerem Licht erscheinen zu lassen. Er wolle sich mit seinen Begleitern rasch auf den Weg machen zu dem Ort, an dem der Falke den Ring aufgenommen habe.

Als Waroc sein Kind mit abgeschlagenem Haupt im Gras liegen fand, stieß er ein solches Wehgeschrei aus, daß sich alle Tiere in der Umgebung von drei Meilen verkrochen, daß die Türme der Schlösser einstürzten und die Wasser des Blavet über die Ufer traten. Aber Gildas gebot ihm Schweigen und befahl ihm, zu Gott zu beten, dessen Macht bekanntlich unendlich groß ist. Dann hob er den Kopf der armen Trifina auf, setzte ihn ihr auf die Schultern und sagte:

»Trifina, im Namen der Heiligen Dreifaltigkeit, erhebe dich und sei wieder lebendig.«

Trifina kam wieder zu sich und berichtete, daß die Engel ihrer Seele schon einen Platz im Paradies hatten zuweisen wollen, als sie auf Geheiß Gildas die Seele ihrem Körper wiedergaben.

Die von den Toten auferstandene Prinzessin folgte ihrem Vater nach Vannes, und einige Zeit später gebar sie einen Sohn, der Trémeur genannte wurde, das heißt: der Große Sieg.

Als das Kind fünf Jahre alt war, übergab es die Mutter Gildas in seiner Abtei zu Rhuys und zog sich in ein Kloster zurück. Bald darauf starb sie, von allen als Heilige verehrt.

Inzwischen hatte Gildas alles versucht, damit Conomor für seine Untaten bestraft werde. Es ist nicht leicht, einen Herrscher der Justiz zu überantworten, aber mit Beharrlichkeit war es ihm endlich dennoch gelungen, daß die sieben Bischöfe der Bretagne alle weltlichen und geistlichen Fürsten zusammenriefen, vor denen der König sich wegen seiner Verbrechen verantworten sollte.

Als die Verhandlung beginnen sollte, bemerkte man, daß der blinde Mönchs-Barde Hervé fehlte. So groß war sein Ansehen, daß Gildas sagte, man könne ohne ihn nicht anfangen. Wahrscheinlich habe seine Gebrechlichkeit dazu geführt, daß er noch nicht zur Stelle sei. Man müsse auf ihn warten. Endlich erschien er. Barfuß war er über die Berge gekommen, bekleidet nur mit einem Ziegenfell.

»Was, wegen dieses armseligen Teufelsaustreibers haben wir hier unsere Zeit vergeudet!« rief ein Bischof aus.

Kaum hatte er diesen Satz beendet, als er spürte, wie das Blut ihm aus den Augen trat und er nicht mehr sehen konnte. Alle waren der Meinung, daß nur der heilige Hervé ihn wieder heilen könne. Aber zur Heilung brauchte man geweihtes Wasser, und in dieser öden Berggegend war es weit bis zur nächsten Quelle. Deshalb stieß Hervé mit seinem Stab in die Erde, und schon sprudelte ein Wasserstrahl hervor. Nachdem er ein paar segnende Worte gesprochen hatte, wusch er dem Bischof mit dem Wasser die blutenden Augen, und augenblicklich gewann dieser sein Sehvermögen wieder.

Nun begann die Verhandlung. Gildas zählte alle Verbrechen Conomors auf. Niemand fand sich, der den König verteidigt hätte. Einstimmig beschlossen die Vertreter der Bretonen seine Absetzung, seine Exkommunikation und die Einziehung seiner Güter.

Als er den Urteilsspruch vernahm, begann Conomor zu lachen. Er wußte wohl, daß keiner die Macht besaß, dieses Urteil auch zu vollstrecken. Also fuhr er fort mit seinen schändlichen Taten.

Viele Jahre später ritt er durch die Gegend an der Grenze von Vannes und sah dort einige Kinder spielen.

Er hörte, wie einer der Knaben von den anderen Trémeur gerufen wurde. Er näherte sich dem Kind und fragte es, wie alt es sei und von wem es abstamme.

»Ich bin neun Jahre«, sagte der Junge. »Ich lebe im Kloster von Rhuys beim heiligen Abt Gildas. Meine Mutter ist tot. Sie hieß Trifina. Mein Großvater ist der König Waroc.«

Conomor grinste hämisch und fügte hinzu:

»Und dein Vater ist der Riese Conomor, der dich seit Jahren sucht, um dich zu töten.«

Bei diesen Worten zog er sein Schwert und hieb dem Jungen den Kopf ab.

Trémeur wartete, bis Conomor fortgeritten war. Dann hob er seinen Kopf auf und trug ihn zu jener Kapelle, in der seine Mutter begraben lag. Dort legte er den Kopf auf die Grabplatte nieder. Dann verließ seine Seele den Körper.

Conomor aber erreichte darauf doch noch die gerechte Strafe.

Eine Delegation der Heiligen, Samson, Magloire und Malo, zogen an den Hof des Königs Childebert, um den jungen Judual zu bitten, seine Rechte auf den Thron der Bretagne geltend zu machen. Judual sammelte unter den Bretonen ein großes Heer und trat damit gegen Conomor an. Die Schlacht fand bei Plounéor-Ménez statt, und Judual selbst stieß schließlich sein Schwert in den Leib des Tyrannen. So erfüllte sich Conomors Traum. Judual aber wurde König, und alle Bretonen waren zufrieden.

Freundesdienst

Jean-René Brélivet, ein Bauer aus Trégarvan, am Fuß des Ménez Hom, und sein Nachbar – man könnte auch sagen, sie seien Vettern gewesen, denn so sagt man in der Bretagne in einem solchen Fall – lebten in guter Freundschaft. Nicht nur, daß sie sich gegenseitig bei den schweren Arbeiten halfen, also beim Dreschen und beim Holzfahren, das tut jeder; auch wenn die Mähmaschine von François in Reparatur war, konnte er darauf zählen, daß er die von Jean-René benutzen durfte, und wenn Jean-René keinen Hafer mehr hatte bis zur neuen Ernte, wußte er, daß François es ihm nicht abschlagen würde, ihm etwas von seinem Vorrat abzugeben.

Deshalb war René auch sehr traurig, als er hörte, daß François gestorben war. Der Freund und Nachbar würde ihm fehlen. Die Erinnerung an die gemeinsam verbrachten gemütlichen Stunden beim Wein oder bei der Arbeit, Seite an Seite, erfüllten ihn mit Melancholie. Er beschloß, zur Beerdigung zu gehen, die am übernächsten Tag um neun Uhr stattfinden sollte.

Aber auf dem Land kann man nicht immer das tun, was man sich vorgenommen hat. Zu jener Zeit pflanzte man in dieser Gegend noch Hanf an, und wenn die Pflanze einmal geschnitten war, durfte sie nicht naß werden.

Nun standen aber am Tag der Beerdigung große weiße Wolken am Himmel, vom Westen her zog es grau herauf.

»Es wird Regen geben, der Wind hat gedreht«, sagte Jean-René Brélivet zu seiner Frau, »ich muß mich beeilen, daß der Hanf unter Dach kommt. Ich kann nicht zur Beerdigung des armen François mitkommen. Du mußt allein gehen und mich bei seiner Familie entschuldigen.« Ohne Zeit zu verlieren, begab er sich auf sein Hanffeld, das gerade an den Obstgarten seines verstorbenen Nachbarn François Quenquis grenzte. Nur eine Böschung, von Bäumen und Gestrüpp bestanden, trennte die Grundstücke voneinander.

Während er nun die Bündel der getrockneten Hanfstengel einsammelte, waren seine Gedanken bei jenem, den man nun auf den Friedhof trug, und er bedachte die guten Eigenschaften seines hilfsbereiten Nachbarn.

»Es sind doch immer die Besten, die gehen müssen«, seufzte er.

Gegen neun Uhr, als die Totenglocke im Kirchturm zu läuten begann, blickte er zu dem Trauerhaus hinüber und unterbrach eine Weile seine Arbeit.

Wie erschrak er aber, als er auf der Böschung, die die Felder abgrenzte, plötzlich François Quenquis erblickte, in seinen gewöhnlichen Arbeitskleidern, mit Holzschuhen und dem verblichenen Hut auf dem Kopf.

Er schlich um seine Obstbäume herum, prüfte jeden einzelnen, befühlte sie manchmal mit dem Finger, und es schien, als suche er etwas.

Die Erscheinung eines Toten ist immer sehr beunruhigend. Es gibt Auferstandene, die Böses im Schilde führen, und man muß sich vor ihnen in acht nehmen. Jean-René machte das Zeichen des Kreuzes und murmelte:

»Gott sei den verstorbenen Seelen gnädig.«

(Doue da bardono an Anaon.)

Er schüttelte sich, weil er hoffte, so werde diese Erscheinung verschwinden, oder es möge nicht François sein. Oder war die Todesbotschaft ein Irrtum, und der Nachbar lebte noch?

Aber dann war er davon überzeugt: Dieser Mann, der mit so merkwürdigem Gebaren die Böschung durchstreifte, war François. Was ihn nur dennoch wieder zweifeln ließ, war, daß sich nun der Trauerzug vom Hof des Nachbarn fortbewegte und er den Gesang der Priester hören konnte.

Nun war François vor einer alten Weide stehengeblieben. Man hatte alle dicken Äste des Baumes entfernt und nur die jungen Schosse stehenlassen.

Er betrachtete sie lange und schüttelte den Kopf. Er fuhr mit der Hand über die Rinde und lehnte einen Moment gegen den Stamm. Es schien Jean-René, als habe er nun gefunden, was er gesucht hatte.

Plötzlich, ohne daß Jean-René bemerkt hätte, wie das zugegangen war, saß François fünf Fuß über dem Boden in der Weide, auf einem Ast, der nicht dicker als ein Bleistift war, der sich aber unter dem Gewicht des Mannes auch nicht zu biegen schien.

Wie er nun so zu ihm hinblickte mit einem milden Ausdruck, faßte Jean-René sich ein Herz und ging ein paar Schritte auf ihn zu. Mit schwacher Stimme fragte er ihn:

»Was tust du denn hier, mein armer Fanch? Warum hast du dich denn ausgerechnet auf ein Ästchen gesetzt, das kaum einen Zaunkönig tragen könnte, statt dir einen kräftigen Eichenast auszusuchen? Es gibt doch davon genug?«

François schüttelte sanft den Kopf.

»Das habe ich nicht so bestimmt«, antwortete er, »Gott weist einem jeden den Ort seiner Strafe zu. Und mir hat er eben diesen kleinen Ast bestimmt und nichts anderes.«

»Mußt du lange da oben bleiben?«

»Ach ja! So lange, bis er groß und dick genug geworden ist, um als Griff oder Stiel für ein Werkzeug dienen zu können.«

Die Stimme des Toten klang so hoffnungslos traurig, daß es Jean-René das Herz zusammenzog. Er gab keine Antwort und dachte mit gesenktem Kopf nach. Das war eine harte und lange Buße, fand er!

Plötzlich hob Jean-René den Kopf. Sein Gesicht strahlte. Er lächelt den Toten an.

»Wart mal, Fanch. Es soll mir keiner nachsagen, daß ich einen Freund und Nachbarn im Stich gelassen hätte. Ich muß nur schnell einmal nach Hause, aber ich bin gleich wieder da!«

Er nahm seine Holzschuhe in die Hand, um schneller laufen zu können. Als er wieder zurückkam, zeigte er mit listiger Miene vor, was er im Haus geholt hatte: den Teigschaber seiner Frau, dieses kleine Gerät, das sie immer benutzte, wenn sie Pfannkuchen buk. Zu dem Toten sagte er:

»Du wirst gleich befreit werden. Meine Frau sagte mir kürzlich, daß der Griff des Teigschabers zerbrochen sei und daß ich ihn ersetzen solle. Es kann keiner bestreiten, daß dies ein Werkzeug ist, oder?«

Und ohne lange zu warten, kletterte er auf die Weide, zog sein Messer aus der Tasche und schnitt den kleinen Ast ab, der François als Hühnerstange gedient hatte.

Und dann machte er sich daran, ihn als Griff für den Teigschaber zurechtzuschnitzen. Kaum war das geschehen, da hörte er ein fröhliches »Danke!«. Der Tote war nicht mehr zu sehen, und ein lieblicher Duft von Geißblatt und Veilchen hing in der Luft. Es kam Jean-René so vor, als erklinge in den Wolken die Melodie des Te Deum.

Das zwölfte Fohlen

Kleine und Große, Junge und Alte.
Hört mir zu mit beiden Augen.
Schaut mir zu mit beiden Ohren.
Schaut und ihr werdet hören,
hört und ihr werdet sehen
die seltsame Geschichte
von dem Fohlen, das reden konnte:

Es war einmal ein junger Mann namens Tag, der hatte zwölf Stuten auf seiner Weide. Diese schenkten elf hübschen fuchsroten Fohlenstuten das Leben und dazu noch einem gräßlichen Wicht von Hengst, der hatte ein blaues Fell. Als Tag sie sich auf der Weide ansehen ging, war er untröstlich über das häßliche Hengstfohlen, aber dieses kam auf ihn zugetrottet und sprach:

»Meister, wenn Ihr tut, was ich Euch rate, wird es Euch Glück bringen.«

»Sapperlot! Wer spricht denn hier? Bist du das?«

»Ja, ich bin's!« sagte das Hengstfohlen.

»Das ist mir auch noch nicht vorgekommen«, rief Tag.

»Ihr werdet noch ganz andere Dinge erleben, von denen Ihr bisher keine Ahnung hattet«, sagte das Pferd, »wollt Ihr meinem Rat folgen?«

»Was muß ich denn tun?«

»Du mußt die anderen elf Fohlen töten, damit ich die Milch der elf Stuten trinken kann, dann werde ich so stark wie zwölf Pferde.«

Tag brach es fast das Herz, die elf hübschen Füllen zu töten, aber ein Pferd, das reden kann, ist so außergewöhnlich, daß man nicht zögern sollte, sich an seine Anweisungen zu halten.

Er opferte also die elf Füllen, und der Hengst trank sechs Monate lang die Milch von den zwölf Stuten. Da wurde er groß und stark wie zwölf Pferde.

»Pferd«, sagte Tag zu ihm, »du wärest wirklich das schönste Pferd weit und breit, wenn du nur nicht dieses häßliche blaue Fell tragen würdest.«

»Ob das so bleibt mit dem Fell, hängt nur von Euch ab, Meister«, antwortete das Pferd, »wenn sich das ändern soll, so verkauft einen Teil Eurer Habe und laßt Euch einen silbernen Striegel machen. Damit sollt Ihr mich striegeln, und mein Kleid wird so schön werden, wie Ihr noch nie ein Pferdefell gesehen habt. Ihr werdet es nicht bedauern.«

Tag verkaufte also einen Teil seiner Habe und gab das Geld für einen silbernen Striegel aus. Er striegelte sein Pferd, und je mehr er es mit dem silbernen Striegel putzte, desto mehr blaue Haare fielen ihm aus, und es erschienen statt dessen solche, die von strahlendem Weiß waren. Als er mit dieser Arbeit fertig war, besaß er wahrlich das schönste Pferd, das es je gegeben hatte.

»Und jetzt, Meister«, sagte das Pferd, »verkauft einen weiteren Teil Eurer Habe und laßt Euch ein Zaumzeug und einen Sattel aus goldenem Leder machen mit silbernen Beschlägen.«

Tag verkaufte also einen weiteren Teil seines Besitzes, und ein kunstfertiger Handwerker machte die gewünschten Gegenstände. Als das Pferd gezäumt und gesattelt dastand, sagte es zu seinem Herrn:

»Steigt auf meinen Rücken, mein Meister. Wir reiten an den Hof des Königs.«

Tag mußte auf eine Böschung klettern, um auf den Rücken des großen Pferdes zu gelangen, aber als er im Sattel saß, kam er sich nicht wenig stolz vor. Überall, wo er vorbeikam, liefen die Leute herbei, um ihn und sein Pferd zu bewundern. Neun

Stunden lang blieb ihnen der Mund offen stehen von diesem Anblick.

Das Pferd machte so weite Sprünge und zeigte solchen Eifer, daß sie schon am anderen Tag das Schloß in Nantes erreichten. Tag hörte, daß der König in großer Bedrängnis sei. Neun seiner edelsten Hengste waren krank geworden. Keiner wußte, was ihnen fehlte. Niemand konnte sie heilen.

»Ich weiß, wie man sie heilen kann«, sagte der weiße Hengst zu seinem Herrn, »stellt Euch dem König vor und ratet ihm, er solle jedem Pferd drei Scheffel Hafer vorschütten lassen. ·Dann würden die Tiere wieder gesund werden. Sobald aber der Hafer bereit steht, gebt Ihr ihn mir. Die Hengste des Königs aber peitscht aus, bis sie mit Schaum bedeckt sind. Trocknet mit einem Tuch den Schaum ab und reibt mir damit Schultern und Kruppe ab. Meine Kraft wird auf die neun Pferde des Königs überspringen, und sie werden mit einem Schlag gesund sein.«

Tag ging zum König.

»Guten Tag, Herr König.«

»Guten Tag, junger Mann, was willst du von mir?«

»Ich bin der Mann, der Eure Pferde wieder gesund machen könnte.«

»Wenn dir das wirklich gelingt, bekommst du von mir, was du dir wünschst.«

»Gut. Geben Sie mir nur drei Scheffel Hafer für jedes Tier, lassen Sie mir freie Hand, und Ihre Pferde sollen bald wieder gesund sein.«

Als er die siebenundzwanzig Scheffel Hafer erhalten hatte, gab er sie seinem Pferd zum Fressen, dann nahm er eine Peitsche und schlug damit auf die kranken Tiere ein, bis ihnen das Wasser von Brust, Flanken und Hals troff.

Den Schaum fing er mit einem Tuch auf und rieb sein Pferd damit ab. So wurde es noch kraftvoller und geschmeidiger. Und schon waren auch die Pferde des Königs gesund und feurig wie eh und je.

Der König war darüber so erfreut, daß er Tag bat, bei ihm am Hofe zu bleiben, und ihn zum Ritter schlug. Er überreichte ihm ein Schwert und eine Lanze. Er überreichte ihm die Sporen und den Orden der Hermine, und zu seinen Ehren wurde ein Fest gegeben.

Nun befand sich unter den Hofdamen der Königinmutter eine Spionin des Königs von Frankreich. Sie war eine Hexe und hatte über die Pferde des Königs einen Zauber gesprochen. Nun war sie wütend auf den neuen Ritter, der es verstanden hatte, den bösen Bann zu brechen, und schmiedete Pläne, um ihn loszuwerden.

»Eure Majestät«, sagte sie zum König, »Sie halten wohl Ihre Pferde für die schönsten auf der Welt. Aber das kommt nur daher, weil Sie das Weltpferd noch nie gesehen haben. Das ist ein Pferd! Neben ihm wirken Ihre besten Renner, Seiz-Avel und Tri-mil-Kurun, wie alte Klepper. Verzeihung, aber es ist die Wahrheit.«

»Seiz-Avel und Tri-mil-Kurun alte Klepper? Das nehmen Sie sofort zurück, Madame!«

»Hören Sie, Majestät, wenn ich diese Bemerkung machte, so nur deshalb, weil ich meinte, daß ein König wie Sie in seinem Stall dieses Weltpferd haben sollte. Sie sind das Ihrem Ruf schuldig.«

»Aber wie komme ich zu diesem Pferd?«

»Dieser neue Ritter, der zu seiner Würde dadurch gekommen ist, daß er Ihre Pferde kuriert hat, müßte doch wohl in der Lage sein, Ihnen dieses Pferd zu beschaffen. Sonst wäre er der Sporen, die Sie ihm verliehen haben, nicht würdig. An Ihrer Stelle würde ich ihm sofort befehlen, dieses Weltpferd herbeizuschaffen.

Der König ließ Tag rufen.

»Ritter Tag«, sprach er, »ich weiß, daß Ihr ein Mann seid, zu dem ich Vertrauen haben kann. Ich wünsche mir für meine Stallungen das Weltpferd. Macht Euch also auf den Weg und schafft es herbei.«

»Das Weltpferd? Aber mein Herr, wie wollen Sie denn …«

»Keine Diskussionen. Ich liebe das nicht. Das ist ein Befehl: das Weltpferd, oder ich lasse Euch auf dem Platz von Bouffay den Kopf abschlagen!«

Tag ging niedergeschlagen zu seinem weißen Hengst.

»Was ist Euch zugestoßen, Meister?« fragte das Pferd, »Ihr macht ein Gesicht wie zu einer Beerdigung.«

»Ach, ich bin verloren. Was mir der König jetzt wieder aufgetragen hat, werde ich nie vollbringen können.«

»Was hat Euch der König denn befohlen?«

»Er will, daß ich ihm das Weltpferd beschaffe.«

»Oho! Das ist nun wirklich nicht so einfach. Aber wir haben noch weit schwierigere Aufgaben vor uns. Laßt mich mit vier 500 Pfund schweren Hufeisen beschlagen. Sagt dem König, er müsse 99 Ochsen schlachten und laßt Euch dann deren Häute geben.«

Nachdem die Hufeisen angebracht und die 99 Ochsenhäute auf Packesel verladen worden waren, machten sich Tag und sein Hengst auf den Weg. Tag um Tag durchquerten sie Ebenen, ritten über Berge und durch Täler, bis sie schließlich zu dem Schloß kamen, das das Weltpferd beherbergte.

»Springt von meinem Rücken und hängt mir die 99 Ochsenhäute um. Sie sollen mich vor dem Ausschlagen des Pferdes schützen. Steigt auf die Mauer des Schlosses. Ihr müßt dazu nur dort an jenem Baum hochklettern. Dann werdet Ihr einem nicht alltäglichen Schauspiel beiwohnen.«

Tag kletterte also auf die Mauer, und das weiße Pferd drang in das Schloß ein, dessen Pforten weit offen standen. Sofort kam das Weltpferd wiehernd angerannt, den Schweif hoch erhoben. Es war ein herrliches Tier mit feurigem Blick und glänzendem Fell, größer und kräftiger noch als der weiße Hengst. Das Weltpferd schien erstaunt, einen fast ebenbürtigen Gegner vor sich zu sehen, und vor Überraschung stand es für einen Augenblick ganz starr da. Dann warf es die Lippen auf, zeigte die Zähne, legte die Ohren an, stampfte und stieg plötzlich hoch. Es ging zu einem so heftigen Angriff über, daß kurz darauf schon einige Häute völlig zerfetzt am Boden lagen. Aber der weiße Hengst ließ sich nicht überrumpeln und schlug seinem Gegner mit seinen schweren Hufeisen Fetzen von Fleisch aus den Flanken. Von beiden Seiten hagelte es schwere Schläge. Die Erde zitterte, und in den Schloßmauern zeigten sich Risse. Jeder Angriff des Weltpferdes kostete mehrere Ochsenhäute, aber das Weltpferd steckte dabei auch immer neue Wunden ein. Der Kampf zog sich über drei Stunden hin.

Tag auf der Mauer wurde unruhig. Er bangte um sein Pferd. Aber als nur noch vier oder fünf Ochsenhäute an ihm hingen, gab das Weltpferd geschwächt nach, schlug mit den Hufen in die Luft und bat um Gnade. Tag sprang rasch von der Mauer herab, um ihm ein Halfter anzulegen. Das Tier ließ es geschehen, und gehorsam folgte es dem Sieger an einer Leine nach.

Als der kleine Zug in Nantes eintraf, wurde es ein Triumph. Die Leute kamen von allen Seiten herbeigelaufen, um Tag mit den Pferden vorbeiziehen zu sehen. Noch nie hatte man zwei Pferde von dieser Größe und solchem Wuchs zusammen erblickt. Der König bereitete Tag einen großartigen Empfang und drückte ihn an sein Herz. Er jubelte und war außer sich vor Stolz, nun das Weltpferd in seinen Ställen zu wissen.

Die Spionin des Königs von Frankreich aber erstickte fast vor Wut.

Einige Tage später trat die schlechte Person, die es nicht lassen konnte, immer neue Ränke zu spinnen, wieder vor den König.

»Wissen Sie, Sire, was mir der Ritter Tag erzählt hat?«

»Was hat er gesagt?«

»Er gibt vor, er könne die Prinzessin mit den goldenen Haaren, die im silbernen Schloß wohnt, herbeischaffen.«

Der König ließ Tag rufen.

»Ihr seid also fähig, mein Ritter, die Prinzessin mit den goldenen Haaren vom silbernen Schloß zu holen?«

»Ich? Wer hat Euch denn das erzählt. Dergleichen habe ich nie behauptet.«

»Doch, doch. Das habt Ihr gesagt. Ich weiß es aus zuverlässiger Quelle. Und weil Ihr Euch dessen gerühmt habt, müßt Ihr es nun auch tun. Macht Euch auf den Weg und laßt Euch nicht eher wieder hier blicken, bis Ihr die Prinzessin habt, sonst wird man Euch auf dem Platz von Bouffay den Kopf abschlagen.«

Niedergeschlagen ging Tag zu seinem Pferd.

»Was ist Euch zugestoßen, mein Herr? So traurig habe ich Euch noch nie gesehen.«

»Das hat seinen Grund. Der König verlangt, daß ich ihm die Prinzessin mit den goldenen Haaren aus dem silbernen Schloß herbeischaffe. Ich habe noch nie etwas von dieser Prinzessin gehört, und ich habe auch keine Ahnung, wo das silberne Schloß sich befindet.«

»Bah! Wir haben das Weltpferd herbeigeschafft. Wir werden auch die Prinzessin mit den goldenen Haaren finden. Vertraut mir nur. Und nehmt genügend Proviant mit. Es ist ein langer Weg.«

Und sie ritten lange, lange. Als sie nun einmal am Ufer eines Weihers vorbeikamen, bemerkten sie einen Trupp wilder Gänse. Einige lagen matt auf der Erde, andere versuchten mit Mühe, ein paar Schritte zu tun.

»Die armen Tiere sind dem Tode nahe«, sagte das Pferd, »gebt ihnen etwas von unserer Nahrung, damit sie wieder zu Kräften kommen.«

Tag griff in die Satteltaschen nach einem Brot und einem Stück Kuchen, brach beides in Stücke und warf es den Gänsen vor. Die Tiere stürzten sich darauf und stärkten sich. Dann kam eines von ihnen herangewatschelt.

»Danke, mein Ritter«, sprach es. »Du hast mich und mein Volk gerettet. Ich bin die Königin der Wildgänse. Wenn du mich je brauchst, so rufe mich. Ich werde dir dann helfen.«

Nach einem Monat kamen Tag und sein Pferd an das Ufer eines riesigen Sees.

In der Mitte des Sees bemerkten sie eine Insel und darauf etwas, das hell in der Sonne glänzte.

»Das, was dort glänzt«, erklärte das Pferd, »ist das silberne Schloß der Prinzessin mit den goldenen Haaren. Aber ich weiß nicht, wie wir dahin kommen sollen. Bis jetzt ist es noch niemandem gelungen, den See zu überqueren. In diesem See verlaufen so heftige Strömungen, daß man weder mit Segel noch Ruder vorankommt. Auch gibt es eine Unzahl von Felsenriffen.«

Tag rieb sich ratlos die Stirn und betrachtete die spiegelnde Oberfläche des Wassers. In der Ferne lag unerreichbar die Insel mit dem schimmernden Schloß. Schließlich sagte er:

»Das wäre wohl ein Anlaß, um die Königin der Wildgänse um ihre Hilfe zu bitten.«

»Da habt Ihr recht, Herr. Ich weiß auch keinen anderen Ausweg. Aber schaut vorher noch dieses kleine Fischchen dort an! Es liegt auf dem Trockenen und wird gleich sterben, wenn Ihr es nicht schnell ins Wasser werft.«

Tag sah jetzt den kleinen Fisch auch. Er hatte das Maul aufgerissen und schnappte nach Luft. Tag sprang vom Pferd und warf den Fisch ins Wasser.

Kurz darauf kam er wieder zur Oberfläche und rief:

»Danke, mein Ritter. Ihr habt mir das Leben gerettet. Wenn Ihr jemals Hilfe braucht, so ruft nur nach mir.«

Für den Augenblick aber brauchte Tag die Hilfe der Wildgänse. Er rief ihre Königin herbei, und bald kam sie aus den Wolken herab und setzte sich ihm vor die Füße.

»Was kann ich für dich tun?« fragte sie.

»Ich muß unbedingt über den See zu jener Insel mit dem silbernen Schloß, aber ich weiß nicht, wie ich da hinübergelangen soll.«

»Das ist ganz einfach«, sagte die Königin der Wildgänse, »ich werde hundert von meinen Gänsen herbeirufen, um sie vor eine Barke zu spannen. Sie sind stärker als die Strömung, und du wirst sicher hinüberkommen.«

Sie machte ein paar Flügelschläge, und schon sah man die Wildgänse, die ein Boot herbeischleppten. Ein so hübsches Boot hatte Tag noch nie gesehen. Es war mit vergoldeten Schnitzereien geschmückt. Ein seidenes Dach wölbte sich über den Sitzbänken, die mit Kissen aus rotem Samt gepolstert waren. Tag stieg ein, und die Tiere hatten ihn bald zu der Insel gezogen.

Ehe er noch aussteigen konnte, öffnete sich das Tor des Schlosses, und ein Mädchen, schön wie der Tag und in kostbaren Kleidern, erschien auf der Treppe, die zum Ufer hinunterführte. Sie kam zu ihm herab.

»Guten Tag, Prinzessin mit den goldenen Haaren«, sagte Tag.

»Ich bin nicht die Prinzessin. Ich bin die Pförtnerin dieses Schlosses. Meine Herrin schickt mich, um Euch zu fragen, ob sie Euer Schiff besichtigen dürfe. Sie ist deswegen so begierig, es zu sehen, weil noch nie ein Schiff an unserer Küste festgemacht hat.«

»Sie auf dem Schiff begrüßen zu dürfen wird mir eine große Ehre sein«, antwortete Tag, und er dachte:

»Wenn die Pförtnerin schon so schön ist, wie schön muß dann erst die Prinzessin sein.«

Tatsächlich erschien kurz darauf auf der Treppe eine Frau, die war noch zehnmal schöner als die erste.

»Der Himmel beschütze Euch, Prinzessin mit den goldenen Haaren«, sagte Tag.

»Ich bin nicht die Prinzessin. Ich bin ihre Ehrendame. Meine Herrin läßt fragen, ob sie auch das Innere des Schiffes betreten darf.«

»Ihre Wünsche sollen mir Befehl sein«, antwortete Tag, der sich fragte, wie schön wohl die Prinzessin sein werde, wenn sie schon eine solch schöne Ehrendame habe. Da erschien schon oben auf der Steintreppe eine andere junge Frau, hundertmal schöner als die Ehrendame. Tag war ganz geblendet. Es gibt keine Worte, um die Ebenmäßigkeit ihrer Züge zu beschreiben, die von goldenen Haaren eingerahmt waren. Ihre Kleider schimmerten, als ob sie von Sternen besetzt seien. Auf der Stirn trug sie ein Diadem, aus dem tausend Feuer sprangen. Sie stieg langsam die Treppe hinab und lächelte dabei.

»Ich danke Euch, hoher Herr«, sagte sie, »daß Ihr mich auf Eurem Schiff empfangen wollt. Entschuldigt meine Neugierde.«

Er reichte ihr die Hand, um ihr an Bord zu helfen. Dann gab er den Wildgänsen ein Zeichen, daß sie abfahren sollten.

»Wohin führt Ihr mich, mein Herr?« fragte die Prinzessin, deren Augen vor Glück leuchteten, und sie lehnte sich bequem in ein Kissen zurück.

»Ich bin gekommen, um Euch zum König der Bretagne zu bringen. Er ist mein Gebieter, wenn ich ohne Euch zurückkäme, würde er mir auf dem Platz von Bouffay den Kopf abschlagen lassen.«

Das Gesicht der Prinzessin verfinsterte sich. Es wäre ihr lieber gewesen, wenn Tag selbst sie hätte heiraten wollen. Sie sagte aber nichts, weil sie nicht wollte, daß Tag ihretwegen sein Leben lassen sollte. Aber sie nahm aus ihrem Gürtel einen kleinen Schlüssel, der zu ihren Gemächern paßte, und ließ ihn ins Wasser fallen. Als sie am Ufer des Sees angelangt waren, wartete dort das weiße Pferd auf sie. Tag stieg auf und setzte die Prinzessin hinter sich, und heimwärts ging's!

Ihre Ankunft im Schloß des Königs war eine Sensation. Als der König die schöne Prinzessin entdeckte, verlor er vollständig den Kopf. Er wollte sie auf der Stelle heiraten.

»Nur sachte!« sagte die Prinzessin, »ich heirate nicht ohne mein Brautkleid, meinen Schmuck und meine Aussteuer, die sich in einer Truhe in meinem Zimmer im silbernen Schloß befinden.«

»Wenn's weiter nichts ist«, sagte der König. »Ich werde meine Diener hinschicken. Sie sollen die Sachen holen.«

»Das ist unmöglich, Herr. Meine Zimmer sind abgeschlossen.«

»Ja und? Dann geben Sie mir doch einfach die Schlüssel.«

»Das kann ich nicht. Der Schlüssel zu meinem Zimmer ist bei der Überfahrt in den See gefallen.«

Da war nun der König in arger Verlegenheit. Seine Freude war mit einem Schlag dahin. Aber die Spionin aus Frankreich, die sich kein Wort der Unterhaltung hatte entgehen lassen, kam böse lächelnd herbei und sagte:

»Darf ich einen Vorschlag machen, mein Herr? Der tapfere Ritter, der es geschafft hat, die Prinzessin hierher zu bringen, wird doch wohl auch fähig sein, den Schlüssel auf dem Grund des Sees zu finden.«

»Das klingt sehr gescheit«, sagte der König. »Sie haben es gehört, mein Ritter! Also, suchen Sie den Schlüssel zu dem Zimmer der Prinzessin und bringen Sie die Truhen herbei, die dort stehen. Sonst wäre es meine traurige Pflicht, Ihnen auf dem Platz von Bouffay den Kopf abschlagen zu lassen.«

Vollkommen entmutigt ging Tag zu seinem Pferd.

»Hast du schon wieder Schwierigkeiten?« fragte das Tier.

»Diesmal werden wir nicht davonkommen. Der König verlangt Unmögliches von mir: Ich soll den Schlüssel finden, den die Prinzessin ins Wasser fallen ließ.«

»Das ist wirklich keine Kleinigkeit, aber wir wollen uns aufmachen. Es gab doch da diesen kleinen Fisch, der versprochen hat, uns zu helfen, wenn wir es nötig hätten. Ich meine, jetzt kann er zeigen, ob auf sein Wort Verlaß ist.«

Sie kamen wieder ans Ufer des Sees. Tag rief den König der Fische. Und bald streckte dieser den Kopf aus dem Wasser.

»Womit kann ich dir helfen, Ritter?«

»Der König hat mir befohlen, den Schlüssel zu finden, den die Prinzessin mit dem goldenen Haar hier verloren hat. Finde ich ihn nicht, so läßt er mir auf dem Platz von Bouffay den Kopf abschlagen.«

»Gut, ich werde meine Fische fragen, ob einer von ihnen diesen Schlüssel gesehen hat.«

Ein Flossenschlag, und schon schwärmten Boten des Fischkönigs bis zu allen Enden des Sees aus, um alle Untertanen herbeizurufen zu einer großen Versammlung: die Forellen, die Hechte, die Rotaugen und Grünlinge, die Schleien, Elritzen, die Karpfen und Barben. Alle kamen herbei, bis auf den kleinen Weißfisch.

»Wo steckt er bloß«, sagte der König, »immer ist er der letzte. Ach, macht nichts. Fangen wir an. Wer von euch weiß, wo der Schlüssel der Prinzessin mit dem goldenen Haar hingefallen ist?«

Keiner antwortete. Keiner wußte etwas davon. Da kam schließlich der kleine Weißfisch an. Sein Kopf steckte im Ring eines Schlüssels.

»Entschuldigt meine Verspätung«, sagte er, »ich wollte gerade zur Versammlung kommen, da sah ich am Grund diesen hübschen Schlüssel funkeln. Ich dachte, er würde Euch gefallen. Also tauchte ich, holte ihn und brachte ihn mit.«

Der König der Fische beeilte sich, Tag den Schlüssel zu übergeben, und dieser ließ sich sogleich von den Wildgänsen zum Schloß fahren, um die Truhen der Prinzessin zu holen und sie nach Nantes zu bringen. Dort freute der König sich sehr, ihn wiederzusehen, und sagte zu der Prinzessin:

»Und jetzt, meine Liebe, werden wir Hochzeit feiern.«

»Einverstanden«, sagte die Prinzessin, »nur hätte ich noch einen Wunsch. Der Altersunterschied zwischen uns beiden scheint mir etwas groß. Es würde mich sehr freuen, wenn mein Gemahl etwa zwanzig Jahre jünger würde.«

»Was sagt Ihr da, Prinzessin? Ich soll mich verjüngen. Das ist doch unmöglich.«

»Nichts ist unmöglich. In diesem Fall ist es sogar sehr leicht. Man braucht dazu nur etwas Todeswasser und etwas Lebenswasser.«

»Ach ja? Und wo findet man diese Wässer?«

»Nicht jeder bekommt sie. Aber ich glaube, unser junger Ritter, der ja auch den verlorenen Schlüssel beschafft hat, könnte wohl auch das Wasser des Lebens und das Wasser des Todes auftreiben.«

»Mein lieber Ritter«, sprach der König, »macht Euch gleich auf die Suche. Eine Flasche mit Lebenswasser und eine Flasche mit Todeswasser muß her, oder …, nun Ihr wißt schon … auf dem Platz von Bouffay!«

Und wieder einmal kam Tag sehr bedrückt zu seinem Pferd.

»Geht es wieder einmal nicht, wie Ihr wollt, mein Herr?« fragte das Tier.

»Diesmal ist es der Gipfel! Die Prinzessin hat dem König eingeredet, daß er mich nach dem Wasser des Lebens und dem Wasser des Todes ausschicken soll. Das hätte ich ihr nicht zugetraut. Diese Frauen!«

»Ich glaube, sie weiß schon, was sie tut: Doch diese Prüfung ist wirklich die härteste, wohl aber auch die letzte. Wir haben nur eine kleine Chance, lebendig davonzukommen, aber wer nicht wagt, der nicht gewinnt. Sattle mich. Wir wollen uns auf den Weg machen!«

Drei Monate ritten sie dahin, bis sie an einen finsteren Wald kamen, etwa drei Meilen vor den beiden Quellen.

»Nun, mein Herr, wirst du mich töten müssen«, sagte das Pferd.

»Dich töten«, rief Tag, »niemals. Dazu habe ich nicht das Herz.«

»Es muß sein, mein Herr. Ich verlange es von dir. Wenn du mich getötet hast, mußt du mir den Bauch aufschlitzen und dich darin verstecken. Zwei Raben werden kommen, um meinen Kadaver zu fressen. Packe einen, aber paß gut auf. Wenn du ihn nicht erwischst, sind wir verloren. Der Vogel wird herzzerreißend kreischen, und das andere Tier wird versuchen, den Gefangenen zu retten. Dann sage ihm, daß du deinen Gefangenen nicht eher freigibst, ehe der andere nicht mit je einer Flasche Lebenswasser und einer Flasche Todeswasser zurückkommt. Sobald du das Lebenswasser hast, schütte ein paar Tropfen über meinen Kadaver. Dann werde ich wieder lebendig.

Tag tötete sein Pferd und versteckte sich in dem Kadaver. Kurz darauf stürzten die beiden Raben vom Himmel. Als der eine nahe bei ihm war, packte ihn Tag bei den Beinen. Der Vogel stieß ein jämmerliches Gekreisch aus, und der andere Vogel bettelte:

»Gib mir meine Gefährtin zurück.«

Tag hatte also das Weibchen gefangen. Zum Männchen aber sagte er:

»Ich werde sie freilassen, wenn du mir die beiden Flaschen hier gefüllt mit dem Wasser des Todes und dem Wasser des Lebens zurückbringst.«

Nach drei Stunden kam der Rabe zurück. Er war halb-tot. Seine Federn waren angesengt. Die Flaschen waren leer.

»Ach«, schluchzte er, »es ist mir nicht gelungen! Neben jedem Brunnen sind zwei Schlangen mit sieben Köpfen, die Feuer speien. Im Umkreis von einer Meile verbrennt alles. Schaut nur, wie ich aussehe.«

»Nun gut«, sagte Tag zu ihm, »tausche den Platz mit deiner Gefährtin. Sie wird versuchen, das Wasser für mich zu holen.«

Da ließ das Männchen sich fangen, und das Weibchen flog mit den Flaschen davon.

Es hatte mehr Glück und kam mit Lebenswasser und Todeswasser zurück. Der Ritter ließ ein paar Tropfen auf das tote Pferd fallen. Da verwandelte es sich in einen jungen Prinzen.

»Danke, Tag«, sagte der Prinz. »Du hast mich von einem bösen Zauber erlöst. Ich bin der Bruder der Prinzessin mit dem goldenen Haar. Sie wird glücklich sein, wenn sie mich wiedersieht. Auch über deine Heimkehr wird sie sich freuen. Wir wollen uns beeilen, zu ihr zu kommen.«

Das war leichter gesagt als getan, denn sie hatten ja nun kein Pferd mehr. Sie mußten unterwegs Kutschen anhalten und sich von diesen immer ein Stück des Weges mitnehmen lassen. So dauerte es über vier Monate, bis sie wieder in Nantes eintrafen.

Die Prinzessin war vor Ungeduld fast umgekommen. Sie freute sich, ihren Bruder und den jungen Ritter wiederzusehen. Sie nahm Tag die beiden Fläschchen ab und sagte zum König:

»Ich will Euch zeigen, wie die beiden Wasser wirken. Wir machen mit Eurem Hund ein Experiment.«

Sie schüttete drei Tropfen Todeswasser über den alten Hund, und er starb. Dann schüttete sie drei Tropfen Lebenswasser über ihn, und er stand jung und munter vor ihnen.

»Seht Ihr, wie jung der Hund jetzt ist? Möchtet Ihr nicht auch, daß ich einige Tropfen von diesem Wasser über Euch sprenge?«

»Aber gewiß möchte ich das«, rief der König, »mir ist viel daran gelegen, so jung zu werden, denn dann können wir doch gleich heiraten.«

Die Prinzessin goß Todeswasser über ihn, aber sie dachte nicht daran, ihn auch mit Lebenswasser zu besprengen. Sie schickte die Herolde aus und ließ verkünden:

»Der König von Nantes ist tot, es lebe der neue König!« Alle Adligen des Reiches, die um Tags Heldentaten wußten, waren damit einverstanden, daß er König sein sollte. Das freute Tag, und es freute die Prinzessin mit dem goldenen Haar, die seine Frau werden wollte.

Die Hochzeit wurde mit großer Pracht gefeiert. Der Ur-Ur-Urahn des Ur-Urahns meines Großvaters war damals der Bratspießdreher, und so blieb die Geschichte in meiner Familie erhalten. Ihr könnt sicher sein, daß auch nicht ein Wort davon erlogen ist.

Yann ar Youd

Es war einmal – so beginnt man immer, wenn man eine Geschichte ohne Umschweife erzählen will. Es war einmal ein braver Bauer, der in einem »penn-ti«, einer strohgedeckten Hütte, wohnte.

Das Häuschen hatte nur einen Raum und weiß gekalkte Wände. Ein winziger Stall lehnte sich daran. Davor stand ein knirschender Ziehbrunnen. Dahinter lag ein Stück Feld und ein Gärtchen. Yann Dévézour, das war der Name des Bauern, besaß als einziges Vermögen eine Frau, eine Kuh und ein Schwein. Die Frau hieß Margodig, die Kuh Lourenn und das Schwein, tja, falls das Schwein einen Namen gehabt hat, so habe ich ihn vergessen …

Ich weiß nicht, welcher traurige Wicht es war, der das Schießpulver erfunden hat, aber ich weiß bestimmt, daß es nicht Yann Dévézour war, und gewiß war es auch nicht seine Frau Margodig gewesen.

Eines Tages, als Yann die Felder seines Herrn gepflügt hatte, auf der anderen Seite des Hügels, noch jenseits des Kastanienwaldes, kam er zu spät zum Essen nach Haus, und die Suppe auf dem Tisch war schon kalt geworden.

Margodig war außer sich und beschimpfte ihren Mann:

»Schämst du dich nicht? Trödelst herum und läßt dir Zeit! Jesusmariaundjosef! Was hat mich nur dazu gebracht, dich Nichtsnutz zu heiraten. Es ist ein Elend. Es ist dir wohl völlig gleichgültig, wenn ich mich abrackere für dich. Du tust, was dir gefällt. Du Faulenzer! Du Säufer! Du Nichtsnutz! Ich habe mir solche Mühe gegeben, damit das Essen zur Zeit auf dem Tisch steht, und was tut der Herr? Er läßt auf sich warten, bis schließlich die Suppe kalt geworden ist.

Du verdienst es, daß ich meinen Besenstiel auf deinem Rücken zerbreche!«

»Beruhige dich doch, Margodig«, antwortete Yann eingeschüchtert, »du weißt doch auch, daß die Felder von Mein'ar Vein am anderen Ende des Gutes unseres Herrn liegen. Das ist ein schönes Stück Weg. Und ich konnte doch nicht heimkommen, ehe meine Arbeit fertig war.«

»Du hättest ja schneller damit fertig werden können, gehörnter Esel, der du bist. Ich kenne keinen, der so bummelt wie du.«

»Nein, der Fehler liegt wirklich nicht bei mir. Erinnere dich doch, daß du es warst, die mir vor zwei Jahren mit einem Muslöffel ein Bein gebrochen hat.«

»Du hattest diese Strafe wohl verdient, du Kalb. Bist du nicht, wenn Markt war, von einem Bistro ins andere gezogen mit einem ganzen Haufen deiner Sorte?«

»Mag sein, aber seither schleppe ich ein Bein nach, und die Arbeit geht mir viel schwerer von der Hand.«

»Um Ausreden warst du nie verlegen. O Jesus. Was für eine Plage ist dieser Mann. Von dieser Sorte brauchte es zehn, um einen einzigen rechten daraus zu machen.«

So ging die Litanei noch eine ganze Weile weiter, eine Litanei, wie sie in keinem Meßbuch zu finden ist, und schließlich verlor Yann die Geduld.

»Jetzt reicht's mir aber! Schließlich mache ich mich kaputt, um das Stückchen trockenes Brot zu verdienen. Da muß ich mich doch nicht auch noch beschimpfen lassen. Du jammerst mir die Ohren voll dafür, daß ich meine Arbeit so gut tue, wie ich es eben kann. Wenn du dir einbildest, daß es so einfach ist, pünktlich nach Hause zu kommen, genau in dem Moment, da du die Suppe vom Feuer nimmst, und keine Sekunde später, dann kannst du ja mal meine Arbeit tun, und ich tu deine.«

»Gut, einverstanden. Ab morgen wollen wir es so halten.«

»Der Klee muß im Park von Tri-C'horn geschnitten werden.«

»Das mach ich. Aber du mußt das Zimmer kehren, Wasser holen, Staub wischen, das Schwein füttern, die Kuh melken, die Butter schlagen und das Mittagessen kochen.«

»Wenn das alles ist. Das sind doch Lappalien!«

Am anderen Morgen, mit dem ersten Hahnenschrei, band Yann sich die Schürze seiner Frau um, zündete das Feuer an und setzte den Kaffee auf. Margodig schlüpfte in die Jacke ihres lieben Mannes und setzte sich dessen alten Hut auf. Nachdem sie schnell das Frühstück heruntergeschlungen hatte, sagte sie mit wichtigtuerischer Miene im Hinausgehen:

»Und daß mir ja das Essen auf dem Tisch steht, wenn ich von der Arbeit heimkomme!«

Dann nahm sie eine Sichel von der Wand und machte sich auf den Weg zum Park von Tri-C'horn.

Aber, so werdet ihr nun sagen, falls ihr auch nur ein bißchen etwas von Landarbeit versteht, man nimmt doch keine Sichel, um Klee zu schneiden. Ich kann nichts dafür, aber es war so. Margodig nahm nicht die Sense, weil sie nicht mit ihr umzugehen verstand.

Unterdessen machte Yann sich zuversichtlich an die Reinigung des einzigen Zimmers. Er wußte nicht recht, was er mit dem zusammengekehrten Dreck anfangen sollte. Er entschied sich schließlich, ihn zum Schweinefutter zu werfen. Da gerade machte das Biest von Schwein einen Lärm wie tausend Teufel, denn gewöhnlich hatte Margodig zu dieser Zeit schon immer längst seinen Trog gefüllt und ihm die Tür geöffnet, damit es sich vor dem Haus suhlen könne. Yann beeilte sich, um seinen Pflichten nachzukommen, und er überlegte, was es nun noch zu tun gäbe.

»Margodig sagte doch etwas von Buttern. Das wird es wohl sein, was jetzt dran ist. Also los. Ich werde ihr schon zeigen, was ich alles kann.«

Er goß Sahne ins Butterfaß, packte den Stößel, und los ging's! Wenn er auch nicht den rechten Takt herausbekam – er ersetzte das durch Kraft. Noch nie war die Sahne mit solchem Kraftaufwand geschlagen worden. Große Schweißtropfen liefen ihm übers Gesicht.

»Sapristi … da wird's einem aber warm. Und durstig wird einem auch. Ich glaube, ein Glas Cidre würde mir jetzt guttun.«

Er stellte das Butterfaß hin und stieg in den Keller hinunter, um etwas gegen seine trockene Kehle zu tun.

Als er aber zurückkam, welches Schauspiel bot sich ihm da! Das Butterfaß war umgekippt und ausgelaufen, und das Biest mit dem Korkenzieherschwanz saß mittendrin und grunzte zufrieden.

Bei diesem Anblick ergriff unseren Yann ein gerechter Zorn. Er packte ein Taburett und zerbrach es auf dem Kopf des Schweines. Das Tier brach, ohne einen Laut von sich zu geben, tot zusammen. Es rührte sich nicht mehr. Es war so tot, wie nur ein Schwein tot sein kann.

Yann betrachtete nachdenklich die Szene. Die Bilanz war leicht zu ziehen: keine Butter mehr, kein Schwein mehr, kein Stuhl mehr. Margodig würde bei ihrer Heimkehr kaum großes Lob spenden.

In diesem Augenblick erscholl aus dem Stall ein langes klagendes Muhen.

»Zum Kuckuck!« sagte Yann, »die arme Lourenn habe ich ja ganz vergessen. Sie brüllt vor Hunger. Das arme Vieh! Ich muß ihr helfen.«

Er ging in den Stall und band die Kuh los. Aber es war schon zu spät, um sie auf die Weide zu bringen.

»Ich weiß, was ich mache«, sagte sich Yann, »wächst nicht auf unserem Dach genug Gras! Es sprießt ja nur so aus dem halbverfaulten Stroh hervor. Ich lasse Lourenn einfach auf dem Dach grasen.«

Es war nicht schwierig, die Kuh auf das Dach zu hieven, denn das Dach reichte auf der Gartenseite bis auf den Boden herab. Es mißfiel der Kuh nicht einmal, auf dem Dach zu weiden, und sie begann sogleich, das Gras abzuraufen. Unter ihren Vorfahren schien es Kühe aus den Pyrenäen oder aus den Schweizer Alpen gegeben zu haben, die so steile Hänge gewohnt waren. Trotzdem stieß sie von Zeit zu Zeit ein trauriges Muhen aus, aber es fiel Yann überhaupt nicht auf, daß er vergessen hatte, sie zu melken. Er dachte nur daran, daß sie vielleicht ausreißen könnte, und er sprach bei sich:

»Das fehlte noch, daß ich dich auch noch verliere. Aber nur Ruhe. Ich weiß schon, wie ich auf dich aufpassen kann, während ich die Suppe aufsetze. Ich bin schließlich nicht auf den Kopf gefallen. Ich werde jetzt ein Seil holen, ziehe es durch den Rauchfang und binde es mir am Bein fest. So werde ich jede deiner Bewegungen spüren. Solltest du versuchen fortzulaufen, so kann mir das nicht verborgen bleiben, und ich zerre dich einfach am Strick wieder zurück.«

Gesagt, getan. Er ließ das Seil durch den Kamin herab, zog es durch das Zimmer und setzte den Kessel mit der Hafersuppe aufs Feuer.

Bevor er die Suppe umzurühren begann, band er sich das Seil um den Knöchel.

»Was bin ich doch für ein Schlaumeier«, sprach er zu sich, während er eifrig im Topf rührte. »So etwas wäre Margodig nie in den Sinn gekommen!«

Er rührte und rührte. Die Suppe begann zu kochen. Ein angenehmer Geruch stieg aus dem Kessel. Da plötzlich brach auf dem Dach ein Höllenlärm los, und Yann wurde, ehe er noch recht begriffen hatte, wie ihm geschah, in die Höhe gezogen. Mit dem Kopf nach unten hing er im Kamin, gerade über der kochenden Suppe.

Was war geschehen?

Nachdem die gute Lourenn auf dem Dach die eine Seite abgeweidet hatte, verspürte sie Lust, über den First auf die andere Seite zu steigen. Dabei war sie ausgerutscht und hatte mit ihrem Gewicht ihren Herrn, der an dem anderen Ende des Seiles hing, in die Höhe gehoben. Hätte nicht der Kesselhaken im Weg gestanden, so wäre Yann durch den ganzen Kamin hochgezogen worden.

So hing nun an beiden Enden des Seiles ein verschrecktes, schreiendes Wesen.

Yann, mit seinem starken Blutandrang im Kopf, konnte sich recht gut vorstellen, was geschehen werde, falls das Seil riß. Die Aussicht, in die kochende Suppe zu fallen, erheiterte ihn nicht gerade.

Glücklicherweise kam bald darauf Margodig heim. Es wurde ihr ganz schwach, als sie ihre Kuh auf dem Dachfirst sah, aber sie nahm sich zusammen und eilte ins Haus, um zu schauen, wo das Seil festhing. Mit Mühe gelang es ihr, Yann aus seiner mißlichen Lage zu befreien. Das erlaubte andererseits auch der armen Kuh, wieder mit der Erde in Berührung zu kommen.

Um niemanden zu schockieren, verzichte ich darauf, hier jene Beschimpfungen aufzuzählen, die Margodig für ihren Mann bereit hatte. Von all den Ausdrücken, mit denen sie ihn bedachte, blieb doch einer für immer an ihm hängen:

Yann ar Youd, Suppen-Yann. Aber Margodig bekam auch nichts geschenkt. Die Leute nannten nämlich sie hinfort Margodig Yann ar Youd, Suppen-Yann Margodig.

Vielleicht wollt ihr noch hören, ob Margodig mit der Feldarbeit besser fertig geworden ist als ihr Mann mit der Arbeit im Haus. Nun, bei ihr kam es nicht zu einer Kette von Katastrophen. Aber was den Klee angeht …, den ganzen Morgen arbeitete sie und bekam nicht einmal einen halben Schubkarren voll zusammen. Aber das war nicht ihr Fehler. Sie hatte keinen Schleifstein mitgenommen für die Sichel, weil sie überhaupt gar nicht wußte, wie man damit umgehen muß.

Nachwort

Keltische Märchen – Keltisches Erzählen

> Then he heard it,
> High up in the air.
> A piper piping away,
> And never was piping so sad.
> And never was piping so gay.
>
> Und dann hörte er es,
> hoch in der Luft –
> Ein Pfeifer blies dort sein Lied,
> und nie klang Pfeifen so traurig.
> Und nie klang Pfeifen so froh.
>
> *The Host of the Air*
> *William Butler Yeats*

Für einen Band, der den Untertitel ›Keltische Märchen‹ trägt und Stoffe aus Irland, Schottland, Wales und der Bretagne vereinigt, scheint es mir wichtig, zwei Fragen zu erörtern, die sich vielleicht jenen Lesern, welche diese Länder von Ferien oder Urlaubsreisen her kennen, auch schon gestellt haben mögen:

Was heißt eigentlich »keltisch«? Gibt es so etwas wie eine gemeinsame Kulturtradition der keltischen Länder? Wie hat sie sich entwickelt, und lassen sich ihre Spuren auch in den Märchen nachweisen? Ergeben sich also bei Stoffen aus Irland, Schottland, Wales und der Bretagne neben ähnlichen Motiven, wie sie sich in den Märchen aller Völker aufspüren lassen, gewisse spezifisch keltische Züge?

Läßt sich für die Tatsache, daß sich in den keltischen Sprachgebieten bis in unsere Tage besonders viele Märchen erhalten haben und dort, selbst bei der Darstellung ganz realer Tatbestände, heute noch eine phantasmagorisch-märchenhafte Art des Erzählens weit verbreitet ist, eine plausible Erklärung finden?

Der Herausgeber wird nun den Leser um etwas Geduld bitten müssen. Bei der Erörterung dieser beiden Fragen werde ich ziemlich weit ausholen. Ein solches Von-der-Erde-durch-Himmel-und-Hölle-wieder-zurück-auf-die-Erde entspricht aber, wie sich Besucher keltischer Länder erinnern werden, durchaus der dort üblichen, die Dinge sprunghaft, assoziativ einkreisenden Betrachtungsweise. Beginnen wir mit einem Rückblick in die Geschichte: »Kelten«, so schreibt und definiert Julius Pokorny (Julius Pokorny, Altkeltische Dichtungen, Bern 1944) »nennen wir jene Völkerschaften, die sich der keltischen Sprache zu bedienen pflegten. Darunter versteht man den nordwestlichen Zweig der großen indogermanischen Sprachenfamilie, zu der bekanntlich noch die germanischen, italischen und baltisch-slawischen Sprachen, das Illyro-Venetische, das Griechische, das Armenische, das Indo-Iranische, Hethitische, Tocharische, Thrakische und Phrygische gehören ...

Als Urheimat der Kelten kann man Südwestdeutschland, die Nord- und Mittelschweiz, die Rheinlande nördlich bis Köln, das Elsaß und Ostfrankreich bezeichnen, wo sich nach Einschmelzung der veneto-illyrischen Einwanderer das eigentliche Keltentum herausbildete, das dann als Träger der westlichen Hälfte der Hallstattkultur, der älteren Eisenkultur Mitteleuropas, erscheint. Die östliche Hälfte des hallstättischen Kulturgebietes blieb bis zur Mitte des 5. Jahrhunderts vor Christus veneto-illyrisch.

Unter dem Druck der langsam nach Westen an den Rhein vordringenden Germanen zogen die ersten Kelten, und zwar dem gälischen Sprachzweig angehörende, schon im 6. Jahrhundert v. Chr. teils quer durch Südwestfrankreich nach Spanien, teils über den Niederrhein und in die Bretagne nach den Britischen Inseln.«

Es war schließlich auch auf jenen am Rand von Europa gelegenen Inseln des Nordwestens, in England und Irland, wo sich nach dem Untergang der Kelten auf dem Kontinent keltische Sprache und Kultur bis in historische Zeit hinein erhielten, ja sogar noch einmal eine Wiederbelebung erfuhren.

T. G. W. Powell (T. G. W. Powell, The Celts, London 1958), einer der besten Kenner keltischer Geschichte, erklärt, daß sich eben dort zwischen dem 5. und 6. Jahrhundert n. Chr. jene Muster der linguistischen und politischen Geographie herausbildeten, die bis heute ihre – wenn auch untergründige – Wirkung nicht verloren haben. Die verschiedenen Stadien der römischen Feldzüge in Britannien und die Ereignisse an der nördlichen Grenze des Römerreichs zwischen Forth und Clyde (Mauer des Antonius) oder zwischen Tyne und Solway (Hadriansmauer) spielen dabei keine so wichtige Rolle. Es gilt vielmehr jene Gebiete, Stämme und Dynastien zu betrachten, die vorübergehend dazu beitrugen, daß sich die keltische Lebensart erhielt und sich neue, kleinere Gruppen keltischer Nationalität in der nach-römischen Zeit herausbildeten.

Ein mächtiger Einfluß in der Zeit der römischen Eroberung nach der claudinischen Invasion ging von der aus Belgien herstammenden Dynastie von Catuvellauni aus.

Vertrieben aus ihren Territorien auf dem europäischen Festland, trugen sie den Willen zum Widerstand gegen die Römer, personifiziert in ihrem Anführer Caratacus, nach Westen bis zu den Silures und Ordovices im heutigen Wales.

Caratacus fiel durch Verrat. In den westlichen Gebirgen der britischen Inseln gibt es zahlreiche archäologische Hinweise dafür, daß dort belgisch-keltische Flüchtlinge Zuflucht suchten.

So ist es auch nicht erstaunlich, daß sich in Wales bis ins Mittelalter eine Genealogie des catuvellaunischen Königshauses erhalten hat.

Das Schicksal dieser Stämme im westlichen Britannien, in dem gebirgigen Land jenseits der Flüsse Severn und Dee, wurde überschattet von der strengen Überwachung der Grenzländer durch die Römer. Im Gegensatz zum Flachland kam es hier nicht zur Entstehung von Städten. Hügelforts mußten aufgegeben werden, in einigen Fällen wurden sie sogar geschliffen. Die großen Legionärslager in Chester und Caeleon riegelten die Flanken dieses Gebietes ab.

Wenn keltische Tradition trotz der Romanisierung im östlichen und südlichen Britannien fortbestand, so litt sie doch unter dem Verfall und der Verarmung im Stammesleben der Bergvölker im Westen.

So ist es kein Wunder, daß die überlebende keltische Tradition nicht so sehr von diesen einheimischen Stämmen in West-Britannien herrührt, sondern aus anderen keltischen Quellen, die sich in Wales zur Zeit des Niedergangs der militärischen Macht der Römer auftaten.

Diese keltischen Einflüsse kamen aus Irland mit Siedlern und Plünderern und aus Nord-Britannien als gezielte Kolonisation, die wahrscheinlich im Zuge der römischen Verteidigungsabsichten befohlen wurde.

Schon gegen Ende des 3. Jahrhunderts hatten irische Siedler im Südwesten von Wales Land genommen. Im Osten drangen sie bis an die Mündung der Severn vor, wie das Heiligtum bei Ldney beweist.

Im Südwesten von Wales besetzten diese irischen Kolonisten, die Desí, das alte britische Stammesgebiet von Demetae, und aus diesem Wort leitet sich der später weitgehend benutzte Name Dyfed her, der sich auch mit einer Märchengestalt verbindet.

Wie sich die Beziehungen zwischen den Demetae und den Desí einspielten, wissen wir nicht. Tatsache aber ist, daß diese

Iren die Dynastie in Dyfed begründeten, die sich über 5. Jahrhunderte hielt, und die Erkenntnis, daß die Iren viel zu der sich dann entwickelnden waliser Literatur beisteuerten, wird so gedeutet, daß es sich bei dieser Kolonisation nicht um eine bloße Invasion handelte.

Im nördlichen Wales war die Situation ganz anders. Hier kamen die Iren als Plünderer. Sie versuchten, mit Siedlungen in einem Streifen Land Fuß zu fassen, der seit den Feldzügen des Agricola militärisches Gebiet war.

Die Philologie des Namens der nördlichen Region Gwynedd zeigt, daß diese Iren Leute waren, die auf der grünen Insel »Fení« genannt wurden, eine machtvolle, zur Expansion neigende Gruppe aus Mittel-Irland.

Es ist möglich, daß die Unterdrückung durch eine Dynastie der Fení die Abwanderung der Desí von Südirland auslöste und zu ihren Fahrten übers Meer führte. Im Gegensatz zu den Gruppen in Dyfed, erging es den Iren im Nordwesten ziemlich übel. Sie wurden aufgerieben. Es blieb von ihnen nicht viel mehr als ihr Name in britannisierter Form. Dazu kam es, weil dieses Gebiet von den Römern einem Stamm aus Nord-Britannien übereignet wurde, der beträchtliche Kampfesqualitäten besaß. Wie auch anderswo, übergaben auch hier die Römer ihnen freundlich gesinnten, starken Stämmen Land an der Grenze mit der Auflage, diese Gebiete vor Einfällen zu schützen.

Aus Überlieferungen in Wales und aus Eigennamen geht hervor, daß die Votadini (walisisch: Gododdin), deren Heimat zwischen Tyne und Forth lag, den Auftrag erhielten, eine Kolonie im nordwestlichen Wales zu gründen. Das genaue Datum ist umstritten, aber es muß um die Wende zwischen dem 4. und 5. Jahrhundert n. Chr. gelegen haben.

Dies waren die Söhne der Cunedda, von denen sich die Königshäuser des frühmittelalterlichen Wales herleiten. Für die Kontinuität der britischen Sprache, die Formen der Literatur und für die Wissensvermittlung war die Wanderung der Söhne von Cunedda von entscheidender Bedeutung. Hier war ein britischer Stamm, dessen keltische Sozialstruktur intakt blieb, dessen Politik sich aber mit den Interessen Roms deckte.

Soviel über die Besiedlung von Wales vor dem Zusammenbruch der römischen Herrschaft.

Da hier die Bezeichnung »Wales« ständig in geographischem Zusammenhang gebraucht wird, scheint es angebracht, kurz etwas über die Herkunft dieses Wortes zu sagen. »Welsh« und »Wales« waren Worte teutonischen Ursprungs, die im 5. Jahrhundert von den Engländern übernommen wurden.

Es ist ein seltsamer Zufall, daß das angelsächsische Wort »Wales«, das »Fremde« und besonders »Briten« bedeutet, wahrscheinlich aus dem Kontakt des großen keltischen Stammes der Volcae in Mitteleuropa mit teutonisch sprechenden Gruppen herleitet.

Die Votadini und andere britische Stämme nördlich der Hadrian-Mauer, die den Römern tributpflichtig geworden waren, hatten sich unter anderem deshalb dazu bereit erklärt, um so Bundesgenossen gegen ihre Nachbarn im Gebiet jenseits von Forth und Clyde zu gewinnen. Bei Agricolas Feldzug durch diese Gebiete war ihm nachhaltiger Widerstand aus dem Stamm der Caledonii entgegengeschlagen. Später erwies sich sogar das Verteidigungssystem des Antonius als zu schwach. Die Lösung bestand für die Römer in der Anerkennung eines autonomen britischen Stammesstaates, der eine Pufferzone bilden sollte.

Die Caledonier, die von römischen Autoren seit dem 2. Jahrhundert nach Chr. erwähnt werden, wurden später als Pikten (Picti) bezeichnet. Von diesen wiederum leitet sich das historische piktische Königreich her, das zwischen dem 7. und 9. Jahrhundert bestand. Es spielt eine entscheidende Rolle bei der Entstehung des historischen Schottland. Picti, d. h. bemalte Menschen, nannten die Römer Barbaren, die sich ihre Haut bemalten oder tätowierten.

Betrachtet werden müssen schließlich noch irische Eindringlinge und Siedler im nördlichen Britannien, die Scotti genannt wurden und zum ersten Mal im 4. Jahrhundert Erwähnung finden. Zusammen mit den Pikten und etwas später mit den Sachsen verwüsteten sie die römische Provinz. Der Name »Scotti« ist mit Sicherheit aus einem irischen Verbum hervorgegangen, das »überfallen« oder »plündern« bedeutet. Es war also kein Stammesname, sondern eine Bezeichnung für eine Gruppe von Abenteurern, und durch sie kam Irland zu seiner frühen lateinischen Bezeichnung »Scotia«. Erst im 11. Jahrhundert ging dann dieser Name auf das Tochter-Königreich über, das im nördlichen Britannien errichtet worden war. Im 5. Jahrhundert, als das Königreich von Dalriada in Argyll und den benachbarten Inseln aufgerichtet wurde, waren Siedlungsversuche an die Stelle von Raubzügen getreten.

Die Unternehmen wurden ausgeführt von Söhnen aus dem Fürstengeschlecht der Dal Riada im nordöstlichen Irland, und auf diese Weise breitete sich im 4. und 5. Jahrhundert die gälische Sprache in Nord-England aus.

Durch den Zusammenschluß des dalriadischen und des piktischen Königshauses 843 geriet das gesamte Gebiet nördlich des Cheviot unter irisch-gälischen Kultureinfluß. Dabei darf man aber nicht vergessen, daß es daneben auch britische Sprachgruppen gab, was schließlich in Schottland zu der Trennung führte, die sich grob etwa so umreißen läßt: Highland-Gälisch, Lowland-Englisch.

Der letzte Zweig der sich damals in einer »Reviva-Epoche« noch einmal ausbreitenden keltischen Kultur, wucherte in eine ganz andere Richtung: fort von der britischen und der irischen Insel.

Es kam zu Auswanderungen von der Süd- und Südwestküste Englands über das Meer in die gallo-romanische Provinz Armorica (ein Ereignis, das James Joyce in einer der Anfangszeilen von »Finnegans Wake« so besingt: »Sir Tristram, violer d'amores, fr'over the short sea, had passen core rearrived from North Armorica ....«). Dieses Land wurde von daher nach seinen Bewohnern nur »Britanny« oder »Bretagne« genannt.

Studien der Geschichte und Sprache dieser Bevölkerungsgruppen haben ergeben, daß sich diese Wanderbewegung zwischen der Mitte des 5. bis ins frühe 7. Jahrhundert hinein abgespielt haben muß.

In der ersten Phase kamen die Einwanderer aus dem südlichen Küstengebiet Englands. Wahrscheinlich wichen sie vor dem Druck sächsischer Stämme aus.

Bei der zweiten Welle waren es Stämme aus Devon und Cornwall.

Für die Kontinuität keltischer Kultur sind die britischen Siedlungen in Armorica nur für die Sprachgeschichte von Bedeutung, denn diese Menschen hatten lange unter römischer Verwaltung gelebt und kamen in ein Land, in dem das römische System fortbestand.

Für unser Thema – die Märchen – ist nun, was die Kontinuität der keltischen Tradition angeht, folgendes wichtig:

In den folgenden Jahrhunderten, durch die Expansion der Engländer, Wikinger und Normannen, wird die Geschichte der Kelten zur Geschichte kleinerer Königreiche, zur Geschichte deren Auseinandersetzungen untereinander und mit den fremden Eindringlingen: Dies gilt für Wales wie für Irland und Schottland. Neue Einflüsse schlagen Wurzeln. Die ursprüngliche Struktur der keltischen Gesellschaft löst sich auf. Die Sprachkultur überlebt schließlich vor allem in den Reihen der Bauernbevölkerung.

Das Ende der traditionellen keltischen Lebensformen und jener literarischen Produkte, die mit ihnen Hand in Hand gingen, spielt sich jedoch in Wales und Irland höchst verschieden ab.

Die Waliser – und das bedeutet hier die Stämme im Westen und Norden der britischen Insel – erleben zunächst in ihrem Kampf gegen die Angeln und Sachsen noch ein neues Heldenzeitalter, das zu einer Blüte der Vers- und Prosadichtung führt, bei der weiter zurückreichende literarische Überlieferungen weitgehend zugeschüttet oder überdeckt werden.

Die ältesten Fragmente aus dieser Blütezeit stammen von Dichtern des 6. Jahrhunderts (Taliesin und Aneirin), die in der keltischen Tradition ihre königlichen Schutzpatrone und prominenten Krieger wie Rheged und Gododdin verherrlichen.

Die Kontinuität der keltischen Literaturtradition wurde in Wales über viele Jahrhunderte hin aufrechterhalten, nämlich so lange, wie es einen Waliser Adel gab, der die Dichter und Hofbarden freihielt. Selbst noch im 8. Jahrhundert war die Erinnerung an höfische Verse lebendig, so daß ein Poet auf dem Land einen Richter oder Grundbesitzer in eben der Art besang, wie seine Vorläufer das in den zwölf Jahrhunderten zuvor getan hatten.

In Irland führte die Tatsache, daß es zu keiner Invasion der Römer oder Sachsen kam, dazu, daß sich die kulturellen Einrichtungen und die keltische Lebensart lange erhielten. Auch Christianisierung, Wikinger-Einfälle und die Landung der Anglo-Normannen brachten hier keinen Wandel. Zwar trat die Kirche manchmal als Zensor auf, aber sie war auch darum bemüht, geschriebene Dokumente zu erhalten.

Die neuen Einflüsse, die durch die christlichen Missionare ins Land kamen, führten zu einer wahren Explosion literarischer und manueller Künste, die dem frühen christlichen Irland eine besondere Rolle in der europäischen Zivilisation sicherte.

Wenn die Iren auf ihr heroisches Zeitalter zurückblicken, wie es sich in den Epen um aristokratische Krieger in Ulster und Connacht oder in den Taten des Fionn mac Cumhail mit seinen Mannen spiegelt, so war das Goldene Zeitalter Irlands immer das seiner Heiligen und Gelehrten, seiner Evangelienbücher, der kostbaren Metallarbeiten und seiner mit Skulpturen verzierten Steinkreuze.

Das keltische Erbe erhielt sich in der »neuen« irischen Kunst zwar nur als Unterströmung, aber sonst blieben in vielen Lebensbereichen keltische Traditionen lebendig.

Bei der großen Zusammenkunft von Drium Ceat 575 bestätigte beispielsweise St. Columcille die filii (Druiden) in ihrem angestammten Platz im irischen Leben. So wurde eine tausendjährige Tradition mündlicher Überlieferung noch einmal prolongiert.

Erst viel später, mit der Schlacht von Kinsale 1601 und der Flucht des irischen Adels aus dem Land vor den Engländern, ging die keltische poetische Tradition unter – oder genauer in den Untergrund, denn unter dem Strohdach der Bauernhütte lebte sie auch dann, zumindest in gewissen Gebieten weiter.

Ist damit wenigstens in Umrissen jenes kulturelle Wurzelgeflecht sichtbar geworden, aus dem die Zusammenfassung von Stoffen aus Irland, Wales, Schottland und der Bretagne seine Berechtigung herleitet, so muß nun abschließend noch ein Wort zu den zwei Zweigen der keltischen Sprache gesagt werden. Den einen Zweig bezeichnet man als »*goidelisch*«, den anderen als »*brythonisch*«. Der brythonische Typ des Keltischen, der sich aus Gallien herleitet, hat einen P-Laut in der Sprache, der goidelische Typ, wie er in Irland, den schottischen Highlands und der Isle of Man verbreitet ist, hat statt dem »P« ein »Q«, das heute als »C« geschrieben wird. Die Sprache von Wales gehört, durch die Einflüsse aus Gallien, zu der »P«-Form. Beispiel: »Sohn« heißt im Walisischen »map«, es tritt als »ap« in den Familiennamen von Wales auf – ap Rhys oder Price ap Howell, die goidelische oder gälische Wortform, wie sie in irischen und schottischen Namen vorkommt, ist »mac«. Die P-Form ist kontinental, die »q«(C)-Form insular.

Wenden wir uns nun der zweiten der beiden anfangs aufgeworfenen Fragen zu:

Wer sich mit der Eigenart keltischen Erzählens beschäftigt und eine Erklärung für den Reichtum an überkommenen Märchenstoffen sucht, muß zurückblicken auf zwei Typen von Sängern, Dichtern und Erzählern, die es in Wales wie in Irland in der Feudalzeit gab. Da waren zunächst die Hofsänger, die aus der Kaste der Druiden (irisch filii, walisisch = derwydd) hervorgingen. In ganz früher Zeit waren das Magier, die Weissagungen abgaben, später entwickelten sich daraus Dichter, die den Ruhm der Herrscher besangen, und zwar nach sehr strengen, oft pedantisch gehandhabten poetischen Regeln.

Die Bezeichnung »bard« (Barde) hatte in Wales und Irland eine unterschiedliche Bedeutung. Im Wales des Mittelalters bezeichnet sie einen »Meisterpoeten«, in Irland hingegen einen Dichter minderen Ranges, der nicht »die sieben Stufen der Weisheit durchlaufen hatte«, die er in einem zwölfjährigen Kurs absolvieren mußte, wollte er zu einem »ollave« werden.

Der Kaste der das bestehende System im strengen Kanon verherrlichenden Hofsänger stand aber von jeher noch ein anderer Dichter- und Erzählertyp gegenüber.

Sein Status war vom Gesetz nicht geregelt. Ihm stand es frei, Diktion, Thema und Versmaß so zu wählen, wie es ihm beliebte.

»Über die Organisation (dieser Sänger) ist wenig bekannt, doch da man ihnen im Volksglauben prophetische Kräfte beimaß und sie auch häufig höchst beißende Satiren verfaßten, ist anzunehmen, daß sie in Wales aus der Kaste der Meisterpoeten hervorgingen, daß es Leute waren, denen der Hof das Patronat verweigerte, oder die sich nach dem Einfall der Stämme aus dem Norden nicht mehr einem Patron unterstellen wollten.« Diese Sänger gingen von Dorf zu Dorf, von Farmhaus zu Farmhaus, sangen und erzählten unter einem Baum oder in der Kaminecke, je nach der Jahreszeit.

Sie waren es, durch die sich eine sehr alte literarische Tradition erhielt: meist populäre Geschichten, die von Mythen-

Fragmenten herrührten, die bis auf die Steinzeit zurückgehen dürften. Ihre poetischen Prinzipien sind in einem Vers im Llyfr Coch Hergest (dem »Roten Buch von Hergest«) zusammengefaßt:

Drei Dinge bereichern den Dichter:
Mythen, poetische Kraft und ein
Vorrat alter Geschichten und Verse.

Die beiden poetischen Schulen kamen nicht miteinander in Berührung. Der dickbäuchige, gutgekleidete Hofsänger durfte nicht im »freien Stil« der fahrenden Sänger komponieren; die fahrenden Sänger waren bei Hofe nicht zugelassen, noch darin geübt, sich in den komplizierten Versformen der Hofdichter auszudrücken.

Im 13. Jahrhundert wurden die fahrenden Sänger von den normannisch-französischen Eindringlingen in Wales angestellt, offenbar durch den Einfluß der bretonischen Ritter, die Walisisch verstanden und in einigen der Geschichten besser ausgebaute Versionen jener Märchen erkannten, die sie auch daheim gehört hatten.

Die »trovers« oder »finder« übersetzten sie in zeitgenössisches Französisch und paßten sie dem provenzalischen Verhaltenskodex des Rittertums an, und in diesem neuen Gewand eroberten sie Europa.

Waliser und normannische Familien heirateten untereinander, und es war jetzt nicht mehr so einfach, die fahrenden Sänger von den Höfen fernzuhalten.

Im frühen 13. Jahrhundert berichtet ein Gedicht eines gewissen Phylip Bryddyd von einem Wettkampf zwischen ihm und einem »vulgären Reimer«. Im 14. Jahrhundert zeigte sich der Einfluß der fahrenden Sänger in der höfischen Dichtung von Wales schon ganz offen. Aber es dauerte bis zum 15. Jahrhundert, ehe ein Dichter (Davydd ap Gwilym) für eine neue Form, in der sich höfische und »vulgäre« Einflüsse vereinigten, allgemeine Anerkennung fand.

Die Hof-Dichter blieben immer eifersüchtig und wütend auf die »Verkünder der Unwahrheit«, wie sie die fahrenden Sänger beschimpften. Ihre Stellung geriet endgültig ins Wanken, als Wales im englischen Bürgerkrieg auf der Seite der Verlierer stand. Dies war kurz vor dem Einfall Cromwells in Irland, durch den die Machtstellung der »ollaves« dort erschüttert wurde.

Von nun an lebte in beiden keltischen Sprachgebieten Dichtung – und das heißt auch die Märchen – im Untergrund, in der Bauernhütte, weiter.

Wichtig ist, daß diese Erzählungen in einer offiziell verbotenen oder unterdrückten Sprache (Gälisch in Irland, Walisisch in Wales) vorgetragen wurden, und somit die Sache auch noch einen politischen und kulturkämpferischen Aspekt bekam.

Diese Linie setzt sich fort bis hin zur Bewegung der »Irish Revival« in der 2. Hälfte des 19. Jahrhunderts, wo die Belebung der gälischen Sprachtradition als zunächst einzig mögliches politisches Kampfmittel gegen die Engländer verstanden wurde. Sie läßt sich verlängern bis in unsere Tage, wenn man an die Autonomiebestrebungen der Bretonen denkt.

Die Verknüpfung von einer ausgearbeiteten Tradition populären, mündlichen Erzählens mit der Sehnsucht nach Sprachautonomie und nationaler Unabhängigkeit dürfte für die Beliebtheit von Märchen im keltischen Sprachraum mit eine wichtige Rolle gespielt haben. Hinzu kommt, daß es sich bei allen keltischen Ländern um ziemlich isolierte, bäuerliche Gegenden handelt, die erst in unserem Jahrhundert, und auch dann nur peripher, von der Industrialisierung und später vom Einfluß der Massenmedien berührt worden sind.

Nach Robert Graves ist »das einzige poetische Thema die Frage, was von der Geliebten überlebt«.

Für ihn ist alle wahre Poesie an die »Weiße Göttin« gerichtet und durch sie mit einem vorchristlichen Hexenkult verknüpft, der wiederum mit dem Wechsel, dem Werden und Vergehen der Jahreszeiten, zusammenhängt. In ›The White Goddess‹ schreibt er:

»Das Thema ist kurz gesagt die uralte Geschichte, die in dreizehn Kapitel und einen Epilog zerfällt, von Geburt, Leben, Tod und Wiederauferstehung des Gottes vom Neuen Jahr handelt, und bei der das zentrale Kapitel den Kampf dieses Gottes mit dem Gott des Vergehenden Jahres um die Liebe einer kapriziösen und allmächtigen, dreifaltigen Göttin, ihrer Mutter und Braut darstellt. Der Dichter (oder Erzähler) identifiziert sich mit dem Gott des Neuen Jahres und mit seiner Muse, der Göttin; der Rivale ist der Blutsbruder dieses Gottes, sein anderes Selbst, das Unheimliche in ihm. Alle wahre Dichtung feiert irgendeinen Vorfall oder eine Szene dieser sehr alten Geschichte, und die drei Hauptcharaktere sind in solchem Maße verinnerlicht, daß sie nicht nur in der Dichtung auftreten, sondern bei emotionaler Anspannung auch in Form von Träumen, paranoiden Visionen und Täuschungen.

Das Unheimliche, oder personifiziert: der Rivale, erscheint als Schreckgespenst, als großer, dürrer Geist, als Prinz der Luft, der den Träumer durch das Fenster entführt, so daß er, wenn er zurückblickt, seinen eigenen Körper starr im Bett liegen sieht, aber es nimmt auch andere, bösartige, teuflische oder schlangenhafte Gestalt an.

Die Göttin ist eine schöne schlanke Frau mit einer Hakennase, tödlich blassem Gesicht, Lippen rot wie Vogelbeeren, aufregenden blauen Augen und langem blondem Haar. Sie kann sich verwandeln in eine Sau, ein Pferd, eine Hündin, eine Füchsin, eine Eselsstute, in ein Wiesel, eine Schlange, eine Eule, eine Wölfin, eine Seejungfrau oder in eine alte Hexe.

Ihre Namen und Titel sind unzählig. In Geistergeschichten figuriert sie oft als Weiße Dame, und alte Religionen, von der britischen Insel bis an den Kaukasus, kennen sie als die

Weiße Göttin. Der Maßstab für die Gültigkeit der Vision des Poeten ist die Deutlichkeit, mit der er ihr Porträt malt, und von der Insel, auf der sie lebt, zu berichten weiß. Der Grund, weshalb sich einem die Haare sträuben, die Augen feucht werden, man Gänsehaut bekommt, wenn man wahre Dichtung liest, liegt darin, daß sie immer eine Anrufung der Weißen Göttin, der Muse, der Mutter alles Lebens, der alten Kraft von Angst und Lust, darstellt. «

Man kann finden, daß Robert Graves – vor allem, was die Universalerklärung von »wahrer Dichtung« angeht – in seiner Theorie den Bogen überspannt.

Andererseits fällt bei der Lektüre keltischer Märchen auf, daß in ihnen immer wieder und kaum verdeckt jene Handlung variiert wird, die Graves als »das Thema« bezeichnet.

Auffällig ist weiterhin, daß die Weiße Göttin in sehr vielen keltischen Märchen eine dominierende Rolle spielt (›Wünschegold‹, ›Baranor‹, ›Thomas der Reimer‹).

Mir scheint, daß die keltische »Anderswelt«, das Feenreich, eine mythopoetische Darstellung der Insel beziehungsweise des Reiches der Weißen Göttin ist.

Wahrscheinlich berühren wir in diesen Märchen direkt und so unverstellt wie sonst nur noch angesichts von archäologischen Ausgrabungen aus der Bronzezeit einen Bewußtseinszustand, der zu einer frühen Epoche der Menschheit einmal beherrschend war.

Es läßt sich mit einiger sozialhistorischer Phantasie bei den einzelnen Märchen auch relativ leicht entscheiden, wo diese Schicht direkt und unverändert zu Tage tritt, und wo sie durch Zutaten, die aus späteren Epochen stammen, überlagert worden ist. Dabei hat der mündliche Erzähler, der die Märchen weitergebend veränderte, nicht selten eine Ironie walten lassen, die nur unter dieser Perspektive überhaupt erkenntlich wird.

Was den Erzählstil angeht, so schlägt häufig die auch in anderen Kunstgattungen des keltischen Kulturkreises zu beobachtende Vorliebe für das Ornament, das Verschlungen-Labyrinthische, durch. (Ein Märchen wie ›Teig O'Kane‹ wirkt wie ein sich immer wieder repetierender Angsttraum; Wünschegold und Baranor erstaunen durch eine Aktions-häufung und eine solche Verschlungenheit der Handlung, daß der Verdacht naheliegt, man habe hier die Kurzfassung oder geraffte Inhaltsangabe eines ganzen Epos vor sich.)

Formal gibt es Geschichten, die auf der Grenze von Mär-chen und Sage stehen (›Thomas der Reimer‹), oder in denen man offenbar die Darstellung tatsächlicher historischer Vor-gänge nur mit einigen Märchenornamenten drapiert hat (›Der Traum des Macsen Wldedig‹). Bei den bretonischen Märchen gerät die märchenhafte Geschichte nicht selten in die Nähe der Heiligenlegende, bei der klar wird, daß zu einer bestimmten Zeit eine heftige Auseinandersetzung zwischen Christentum und heidnischen Vorstellungen stattgefunden haben muß.

Abschließend noch eine Bemerkung zur Auswahl: Bei der Fülle des Materials war es unmöglich, auch nur annähernd alle Typen von Märchen der einzelnen Gegenden einzube-ziehen.

Bewußt ausgespart wurden die märchenepischen Zyklen aus Irland und Wales (Táin Bo Cualng, Fianna, die Geschichte der vier Zweige, Arthus).

Im übrigen habe ich ausgewählt, was mir als enthusiasti-schem Leser von Märchen und Bewunderer keltischer Erzähllust besonders gefiel. Ich danke Monsieur Yves Le Gallo, Bohars, Prof. F. Morvannou, Brest, und Monsieur Donatien Laurent von der C.N.R.S. Brest (franz. Zentrale für wissenschaftliche Forschung) für ihre freundliche Hilfe bei der Beschaffung und ihrem Rat bei der Auswahl typischer bretonischer Stoffe. Ich danke meiner Frau, die diese Texte nach den französischen Notierungen übersetzt hat.

Frederik Hetmann

Anhang

Die Prüfung

Zu Pferde in die Anderswelt
Die Nebelfrauen lassen den Tag zur Nacht werden[*]

Etwas Bestürzendes geschah. Madru verlor sein Erinnerungsvermögen. Alissa, Ase, der Fürst des Waldes – zuerst wurden alle zu Schemen, dann sah er nur noch Fragmente, wenn er sich zu erinnern versuchte – eine Gesichtshälfte, eine Hand, eine Hüfte, das Lächeln, das um einen Mund spielt, dann gar nichts mehr. Es war, als würden von einer unbekannten Macht auch bestimmte Gefühle in ihm ausgelöscht.

Einmal fiel sein Blick auf die Schiefertafel, auf der er – bis zum Besuch des Boten und des Zwerges – jeden Tag, den er schon in der Wildnis war, mit einem Strich markiert hatte. Welche Empfindungen hatten sich einmal mit diesen Strichen verbunden? Er wußte noch vage, daß sie ihm wichtig gewesen waren, aber das Warum konnte er in seinen Gedanken nicht mehr aufspüren.

Es war gut jetzt, daß es die alltäglichen Beschäftigungen gab, die er verrichten mußte, um sich ernähren zu können. Er fischte, sah nach, ob Kaninchen in seine Schlingen gegangen waren. Einmal blieb er stehen, schaute den Wolken nach und dachte: Jemand hat geträumt, daß sie dahintreiben. Ja, warum nicht? Er heizte mit Birkenscheiten die

[*] Leseprobe aus: Frederik Hetmann: *Madru oder der Große Wald.*
Krummwisch bei Kiel 2000, S. 134–140.

Schwitzstube. Er schwamm im See, und wieder fiel ihm ein: Jemand hat geträumt, daß ich schwimme. Er bereitete sein Abendessen und holte von der Quelle Wasser. Er schlief und träumte von nichts anderem als vom Träumer, der diese Welt geträumt hat.

Tage vergingen. Er sammelte Kräuter für den Salat, den er sich mittags zubereitete, für den Kessel Tee, den er am Morgen kochte. Es ging ihm durch den Kopf, was Allwiss gesagt hatte. Wenn Träume solche Macht haben, dachte er, will ich lernen, selbst die Welt zu träumen.

Er dachte an das Bilderspiel. Er wußte nicht mehr, wo er es liegengelassen hatte. Eigentlich, überlegte er, sind die Karten ein Lehrbuch für Träumer. Wenn die Welt unterginge oder der Wald, und man hätte vorher einen mächtigen Traum geträumt … das wäre auch eine Rettung. Einen Traum, in den sich alle flüchten konnten, einen Traum, der die Katastrophen nicht kennt.

Dann überkam ihn eine merkwürdige Unrast. Er ging wieder zu dem Haselstrauch, in dem der Zwerg verschwunden war und untersuchte das Gebüsch noch einmal genau danach, ob es dort einen Zugang zur Anderswelt gäbe. Außer einem lächerlichem Mäuselöchlein fand er nichts. Er verfiel ins Grübeln darüber, wo solche Stellen liegen mochten. Hohle Bäume, Gegenden, in denen die Waldblumen merkwürdige Muster bildeten, Erhebungen, unter denen sich vielleicht uralte Gräber verbargen, das Quellenloch, in dem man das Wasser aus dem Erdinnern aufsteigen sah? Ein Ufer, ein Dickicht, der Grund des Sees, über dem ein goldenes, rostbraunes Licht stand? Er lief umher, beobachtete, kletterte, tauchte im See. Wie ein Spürhund kam er sich vor und wußte zugleich, daß alles vergeblich war. Nachts wachte er auf mit der Frage, wo er am nächsten Tag suchen solle und geriet in einen Zustand nahe dem Wahnsinn. Er aß nicht mehr. Zufällig sah er sein Spiegelbild im Wasser und erkannte, daß ihm ein struppiger Bart gewachsen war.

Zum Schluß saß er auf dem Strand, zusammengekauert, auf den Fersen hockend, das Kinn auf den Knien und starrte auf die Wasserfläche hin. Kleine Wellen brachen sich am Strand. Einmal meinte er, in ihrem Aufblitzen den Zugang zur Anderswelt gefunden zu haben. Bei einem Sturm waren Algen angespült worden. Die angetrockneten Fäden und Büschel, waren sie ein Spruch, eine Mitteilung? Er fühlte sich leer und erschöpft. Er unternahm eine letzte, verzweifelte Anstrengung, Erinnerungen in sich aufzuspüren. Er wußte jetzt nicht einmal mehr, wo er geboren war, alle Bilder aus seiner Kindheit waren in ihm verschwunden. Er kam sich vor wie jemand, der langsam den Boden, auf dem er steht, zerbröckeln spürt. Gleich würde er ins Nichts stürzen.

Etwas zwang ihn aufzublicken. Es war ein klarer Abend. Die Silhouette der Bäume rings um den See stand schwarz und scharfumrissen da. In dem wolkenleeren, türkisfarbenen Himmel zeigte sich eine schmale Mondsichel, die etwas Grausames hatte. Vom anderen Ende des Sees rollte eine Nebelbank heran. Das geschah häufig um diese Jahreszeit. Es bedurfte dann nur eines Windstoßes, und der Nebel löste sich sofort wieder auf. Jetzt aber wurde er dichter und dichter, und bald war von der Landschaft vor ihm, von dem Haus in seinem Rücken, ja selbst von dem Boot, das nur einen Steinwurf zu seiner Linken auf den Strand gezogen lag, nichts mehr zu sehen. Die wabernde wattige Weiße blieb. Er hörte ein Wiehern und Schnauben. Dann hoben sich, zunächst nur für Augenblicke, später ganz deutlich, die Umrisse von zwei Reiterinnen aus dem Nebel. Die eine zog an einem kurzen Strick ein drittes Pferd, das ungesattelt war, hinter sich her.

Beide Frauen hatten kurzes Haar, das schwarzbläulich wie Rabengefieder schimmerte, während ihre bloßen Arme und ihre Gesichter so aussahen, als seien sie mit kreidigem Schlamm bestrichen.

»Da sitzt er!« rief die eine, deutete auf ihn, und beide lenkten jetzt ihre Pferde hinab zur Erde. Als die Hufe die Kiesel des Strandes berührten, sprangen zwar einige Steine auf, aber es gab keinen Laut. Die Frauen ließen ihre Pferde frei. Das eine schüttelte den Kopf, als wolle es etwas abstreifen. Gleich darauf waren alle Tiere im Nebel verschwunden.

Madru musterte die Frauen, die näher kamen. Langsam, als hemme etwas den Lauf der Zeit.

Die eine war groß und hager, und in der Mitte ihrer Unterlippe stand ein riesiger grüner Zahn vor. Die andere war eher fällig und gedrungen. Beide trugen lange graue Röcke aus Spinnweben und Blusen, die aus Mohnblättern zusammengenäht waren.

»Ein hübscher Bursche«, sagte die Dicke, »sie hat keinen üblen Geschmack, wenn es darum geht, ihre Ritter zu wählen.«

»Erinnere dich daran, liebe Schwester«, sagte die Hagere, »was sie befohlen hat. Wir sollen ihn zu ihr bringen, so rasch wie möglich und ohne Umweg und Aufenthalt.«

»Den Lohn ist auch er uns schuldig. Und ich gedenke, ihn einzumahnen. In einer Nacht schaffen wir die Reise ohnehin nicht«, sagte die Dicke, »laß uns also bis zu unserem Haus reiten und den Tag über dort rasten.« Sie lächelte lüstern.

»Es ist noch nicht raus, ob er in deinem Bett schläft, Peg!«

»Das findet sich dann, Jenny Grünzahn. Er wird wählen.«

»Wette, daß du schlecht abschneidest, Schwester. Du bist feist geworden über den Winter. Das viele ›Schlehenfeuer‹!«

»Es gibt Männer, die haben etwas dagegen, wenn sie sich überall an Knochen stoßen.«

»Ein unerschöpfliches Thema«, erwiderte Jenny und zuckte die Achseln, »sehen wir zu, daß wir den Kerl in den Sattel hieven und den Weg unter die Hufe kriegen.«

»He, du!« sie tippte Madru mit einem knöchernen Finger auf die Schulter, und es kam ihm vor, als berühre ihn ein Eiszapfen, »wir müssen los. Hab keine Furcht vor dem Gaul. Er sieht gewaltig aus, gellt aber zahm wie ein Schaukelpferd.«

Sie holte eine kleine silberne Pfeife hervor. Ein schriller Ton erklang, und sofort kamen die drei Pferde angetrottet.

»Was soll das alles?« fragte Madru mürrisch.

»Oh, auch so einer von denen, die es ganz genau wissen wollen«, maulte Peg, »die Sorte kenn ich.«

»Nicht der«, sagte Jenny Grünzahn, »er kann sich an nichts mehr erinnern.«

»Juhhe!« rief Peg. »Dann wird es lustig.«

»Benimm dich doch«, zankte Jenny und versetzte ihr einen Knuff mit ihrem spitzen Ellbogen. Dann fügte sie tadelnd hinzu: »Es gibt Leute, die wirklich nur das Eine im Kopf haben.«

»Wie«, krächzte Peg, »tu doch nicht so, als hättest du keinen Spaß daran.«

»Immer noch gehabt«, sagte Jenny, »also, junger Mann, wenn wir den Auftrag bekommen, einen rüberzuholen, muß er sich's schon heftig gewünscht haben. Das ist die Voraussetzung. Offenbar hat Bru einen Narren an dir gefressen. Wenn dem so ist, kannst du's bei uns ganz schön weit bringen. Sie sagt, wo's lang geht. Ne flotte Person. Steht tipptopp in der Wäsche, würde ich sagen. Wir sind nur ihre Büttel. Schwerer Job das. Geht nicht immer auf die feine Art ab. Na, denn mal los!«

Madru blieb keine Zeit, sich lange zu besinnen oder noch weitere Fragen zu stellen. Sie stießen ihn mehr auf sein Pferd, als daß es ihm aus eigener Geschicklichkeit gelungen wäre, auf dessen Rücken zu gelangen, und im Nu waren sie selbst im Sattel. Jenny Grünzahn rief: »Hussa!« und Peg: »Yerrah!«, und schon erhoben sich die Tiere mit einem mächtigen Satz in die Luft.

Madru bekam gerade noch die Mähne seines Gauls zu fassen und hielt sich dort mit beiden Händen krampfhaft fest. Sie hatten inzwischen eine schwindelerregende Höhe erreicht.

Über dem Wald, der hinter dem See lag und eine gewaltige Ausdehnung hatte, aber aus größerer Höhe immer kleiner wurde, stand ein Regenbogen.

Etwas klirrte, schepperte, zersprang. Winzige, in den Spektralfarben leuchtende Teilchen flogen Madru um die

Ohren, und er erkannte jetzt, daß es nicht, wie er immer sagen gehört hatte, eine Mauer war, die die beiden Welten voneinander trennte, sondern eine hohe Wand aus Kristall. Sie waren offenbar bewußt mit den Pferden mitten hineingeritten. Ein Riß, ein Sprung war entstanden, und durch ihn hindurch waren sie hinübergelangt.

Madru wandte sich neugierig um, ohne die Mähne des Pferdes loszulassen.

Dort, wo die Kristallwand ganz unversehrt war, sah man den Wald nur noch recht verschwommen. Nur durch die Bruchstelle sah man die Menschenwelt klar und deutlich. Und jetzt flogen sie schon über eine ganz andere Landschaft, eine öde bräunlichviolettgraue Heide. Jenny Grünzahns Pferd richtete sich auf den Hinterbeinen auf. Es schnaubte und aus seinen Nüstern stob schwefelgelber Atem. Sie zwang das Tier mit den Zügeln zum Gehorsam und lenkte es um die Hinterhand. Sie galoppierte jetzt nicht mehr waagerecht zum Erdboden, sondern tatsächlich senkrecht. Es schien, als wolle sie mit ihrem Pferd in den Himmel reiten, wo gerade die ersten Sterne zu funkeln begannen. Sie machte sich an der einen Satteltasche zu schaffen und holte etwas heraus. Ein Blitz fuhr, kaltes Feuer versprühend, über die Wand aus Kristall, und die Bruchstelle war wieder verschlossen.

Die Frauen ritten voraus und gaben die Richtung an. Madru machte sich gar nicht mehr erst die Mühe, sein Pferd zu lenken. Es schien einem Zauber zu gehorchen. Bald senkten sich die Tiere wieder, und als die Hufe dann den Boden berührten, nahm das Tempo des Rittes zu.

Zuerst erschien die Heidelandschaft Madru einsam und verlassen, aber nach geraumer Zeit sah er, daß die Nacht voller Wanderer war. Es waren jeweils ganze Abteilungen, Haufen, Kolonnen und Gruppen, die offenbar alle einem bestimmten Ziel zustrebten. Während sie an ihnen vorbeiritten, blieben manche stehen, winkten ihnen zu und grüßten, während andere keine Notiz von ihnen nahmen und weitermarschierten. Trotz des schmalen Mondes war es hell genug, um Einzelheiten erkennen zu können. Zunächst war Madru von dem ungewöhnlichen Aussehen der Gestalten verwirrt und wußte nicht, wofür er sie halten sollte, bis ihm seine Begleiterinnen erklärten, daß dies alles Wesen seien, die in den verschiedenen Bäumen und Sträuchern wohnten, und sie nannten ihm auch jeweils die Namen, unter denen sie in der Anderswelt bekannt waren.

Da gab es die Tannenalben, die weiße Gesichter mit roten Augen hatten. Auf dem Kopf trug jeder von ihnen einen Helm aus Tannenzapfen, und in den Händen hielten sie überlange Holzspieße. Die Weißdornwichte erkannte man daran, daß ihnen die Nase wie ein überlanger Dorn aus dem Gesicht ragte. Sie hatten lange dünne Ohren, stockdünne Leiber und spitze Kappen, die aus den Häuten von Pilzen zusammengenäht zu sein schienen und in einem langen, spiralförmig gedrehten Wurzelhaar ausliefen. Die Eschenornen waren abweisend und finster. Sie schleppten sich an den Stämmen samt Wurzelwerk ab, in denen sie gewöhnlich wohnten. Breitgesichtig und grauhaarig kamen die Holunderhulden daher. Sie hatten ihre Schürzen aus Kohlblättern gerafft und hielten darin die blauschwarzen Früchte ihrer Sträucher.

Die Haselnußbolzen waren, verglichen mit Maßen des menschlichen Körpers, kniehoch, hatten Mardergesichter und Raffzähne. Sie hielten Steinschleudern in den winzigen knolligen Händen. Barhäuptig, die ovalen Gesichter schwarzweiß gescheckt, latschten die Birkenkerle dahin, unbewaffnet. Aber die Frauen wiesen im Vorbeireiten auf die überlangen Fingernägel in der linken Hand und erzählten, wenn sie damit jemanden am Kopf berührten, wachse ihm kein Haar mehr. Es bleibe ein weißes Mal, und der Betreffende sei um den Verstand gebracht.

Mit Dreschflegeln und hölzernen Gabeln bewaffnet waren die Apfeltruden, dralle schnucklige Dirnen, rotbäckig, mit strammen Waden, die moosgrüne Wollstrümpfe zierten.

Die Eichenhenker hielten auf eine geschlossene Marsch-formation. Wenn man in ihre Gesichter schaute, zuckte man unwillkürlich zurück, denn da sah man keine Augen, keinen Mund und keine Nase, sondern glatte Haut, auf die sie Aschenkreuze gemalt hatten. Auf der Stirn wuchs ihnen ein riesiges Geweih. Statt Händen hatten sie Klauen wie Raub-vögel, und am Kinn traten Hauer wie bei einem Wildschwein hervor.

Die Weiden-Dilldapps erschienen Madru wie Esel, denen lichtgrüne Ruten als Haare zu Berge stehen. Sie hatten vier Beine und zwei Arme und trugen wuchtige Keulen geschul-tert.

An der Spitze des langen Zuges marschierten die Hecken-rosenamazonen, nacktbrüstige Fräulein, die Haut mit feinen Stachelhärchen besetzt, zwischen den Zähnen sichelförmige, gefährlich funkelnde Klingen.

Freilich erkundigte sich Madru bei seinen beiden Beglei-terinnen auch danach, wohin all diese Baumwesen denn unterwegs seien und warum die meisten von ihnen bewaffnet daherkämen. Aber darüber verweigerten die beiden jegliche Auskunft und meinten, das werde er noch rasch genug erfah-ren, wenn sie zu Bru, ihrer Königin, kämen.

Die ganze Nacht ritten sie durch eine Landschaft, die sich kaum veränderte. Ein Anflug von Helligkeit ließ sich nahe dem Horizont ahnen, da tauchte auf der Heide ein al-leinstehendes, kurioses Gebäude auf. Es sah aus wie ein gro-ßer rechteckiger Turm, auf den man eine Hütte mit einem Strohdach abgestellt hat, und dort, wo die beiden so unter-schiedlichen Gebäude sich berührten, stand in der Luft ein breiter Nebelstreif. Das turmartige Unterteil erwies sich als ein Stall, in dem die riesigen Gäule, mit denen sie durch die Nacht unterwegs gewesen waren, eingestellt wurden. Eine Wendeltreppe aus Elfenbein führte nach oben zu einer Fall-tür, durch die man das Wohnhaus betrat. Im Flur brannten schon Fackeln. Madru sah, daß die Wände nicht aus Stein und Mörtel, sondern aus einem Gewirr von ineinander verschlungenen Pflanzen bestanden. Während er sich noch umschaute und sich über die merkwürdige Bauweise wunderte, erschien Jenny Grünzahn, die sich in der Küche zu schaffen gemacht hatte, mit einem Krug und einem Becher und sagte, indem sie ihm eingoß: »Trink das, dann wirst du eine gute Nacht haben.« Dabei sah sie ihn aus ihren schrägstehenden Augen frech und herausfordernd an. Obwohl er vermutete, daß ihm da alles andere als ein Schlaftrunk kredenzt wurde, trank er. Die Flüssigkeit schien eine Mischung aus Wein, Eigelb, Nelken und Zucker zu sein. Kaum hatte er ausgetrunken, da ging mit den Frauen eine Veränderung vor sich. Waren sie ihm bisher als schlampigältliche Vetteln vorgekommen, so standen sie nun nackt als junge Mädchen vor ihm. Die eine war eher schlank, mit kleinen, spitz zulaufenden Brüsten und schmalen hohen Beinen. Die andere hatte einen prallen, üppigen Busen, breite Hüften und einen ausladenden Hintern. Sie hatten nun auch nicht länger schwarzes Haar, sondern waren erblondet. Der Schlanken fiel das lange Haar in einem Schwall über die Schulter und umspielte mit einer Locke ihren Busen. Die Dralle hatte ihr Haar hochgesteckt. Es krönte ihren Kopf wie ein Knäuel Schlangen.

»Nun wähle«, sagten sie wie aus einem Mund, »mit welcher von uns beiden möchtest du das Bett teilen?«

»Und wenn ich sagen würde mit keiner?« fragte er lachend

»Das ist gegen die Abmachung. Eine Nacht mit den Männern, die wir holen … darin besteht unsere Belohnung.«

»Wie praktisch«, sagte Madru, »eigentlich gefällt ihr mir beide.« »Guuut!« rief Peg. »Wie vernünftig«, sagte Jenny. »Bleibt nur noch eine Frage«, fuhr Peg fort.

»Und die wäre?«

»Eine von uns beiden müßte dir doch ein bißchen besser gefallen als die andere. Wir pflegen nämlich zu wetten.«

»Meine Lieben«, sagte er und legte je einen Arm um die Hüften der einen und der anderen »wäre es wohl erlaubt, darauf zu antworten, wenn der Morgen anbricht?«

»Wenn es wieder Nacht wird, meinst du«, verbesserte ihn Peg und schob seine Hand dabei weiter nach unten, so daß sie auf ihrem breiten Hintern lag.

Die Fackeln erloschen, und sie gingen in einen Raum, der hatte keine Fenster. Leuchter mit Kerzen brannten. Das Bett war ein mächtiger Vierpfoster mit einem Baldachin. Auf eine Bordüre waren Verse gestickt. Madru, immer darauf aus, etwas über Zauber zu erfahren, las noch, während die beiden Schönen im Bett schon mit Armen und Beinen erwartungsvoll winkten. Da stand:

Ach, Westwind sag, wann blasest du,
daß der kleine Regen fällt?
Ach wär' mein Liebster heim von See,
und ich mit ihm zu Bett
und fern von aller Welt.

Er versuchte, den Spruch auswendig zu lernen, aber da bliesen sie rasch die Kerzen aus und riefen ungeduldig: »Nun komm schon! Wir lehren dich bessere Reime.« Und: »Jetzt wirst du aber wohl doch wählen müssen.«

Lachend schloß er die Augen, ließ sich ins Bett fallen und sagte:

»Ich wähle blind.«

Es wollte Madru vorkommen, als ob dies ein ganz besonders langer Tag sei. Da aber viele der zärtlichen Spiele, die seine beiden Freundinnen mit ihm spielten, für ihn neu waren, und er Freude daran hatte, wie ihm dabei immer wieder Hören und Sehen verging, spielte er sie immer wieder mit ihnen; und die beiden Frauen fanden, so reichlicher Lohn sei ihnen schon lange nicht mehr gezahlt worden. Endlich aber schliefen alle drei ein, ohne daß Madru der Urteilsspruch abverlangt worden wäre.

Er schlief traumlos und tief, bis ihn ein klägliches Miauen weckte. Er ging dem Laut nach, verließ das Zimmer, kam in die Küche und sah durch das Fenster, daß es draußen schon anfing, dunkel zu werden.

Eine dreifarbige Katze drückte ihr Gesicht an die Scheibe. Er öffnete das Fenster, und sie sprang, immer noch laut miauend, herein. Sie lief voran zu einem Faß, in dem er Milch fand. Er gab der Katze zu trinken. Sie rieb ihr Fell an seinen nackten Beinen. Er sah draußen die Falltür und horchte. Es kam ihm merkwürdig vor, daß gar keine Geräusche von den Pferden heraufdrangen. Er öffnete die Falltür und blickte in einen hohen Saal, ganz und gar mit dunklem Marmor ausgekleidet.

Die Wendeltreppe war geblieben. Er stieg vorsichtig hinab und sah, daß da drei Tische aus weißem Marmor standen. Auf jedem lag ein Besen und ein Stengel Kreuzkraut. Es war ihm unheimlich zumute. Er wollte zur Stalltür hinaus. Da war keine Tür, sondern statt ihrer ein Spiegel mit einem Schafvlies verhängt. Wütend riß er es herab. Was er vor sich sah, war nicht sein eigenes Bild, sondern dies ...

Anmerkungen und Quellenhinweise

Standardwerke keltischer Folklore nach *Funk & Wagnals Standard Dictionary of Folklore, Mythology and Legend* sind:

Bealoideas, The Journal of Folklore of Ireland, Dublin, 1927.
Campbell, J. F., Popular Tales of the West Highlands, Edinburgh, 1860-1862.
Curtin, Jeremiah, Hero-Tales of Ireland, London, 1894.
– Myth and Folklore of Ireland, 1890.
Jones, T. Gwynn, Welsh Folklore and Folk-customs, London, 1930.
Kennedy, Patrick, Legendary Fictions of the Irish Celts, London, 1866.
Le Braz, Anatole, La Legende de la Mort chez les Bretons Armoricains, Paris, 1912.
Luzel, F. M., Contes Populaires de Basse-Bretagne, Paris, 1887.
Ó Suilleabháin, Seán, A Handbook of Irish Folklore, Dublin, 1942.
Owen, Elias, Welsh Folklore, a Collection of Folktales and Legends of Northern Wales, Oswestry and Wexham, 1896.
Rhys, John, Celtic Folklore, Oxford, 1901.
Sébillot, Paul, Contes Populaire de la Haute Bretagne, Paris, 1890-92.
Trevelyan, Marie, Folklore and Folkstories of Wales, London, 1909.

Zu den einzelnen Texten:

Wünschegold: nach Jeremiah Curtin, Irish Folktales, reprinted from Bealoideas, The Journals of the Folklore of Ireland Society, Dublin XI–XII, 1941-1942. Erstdruck in The Sun am 9. Oktober 1892. Eine Monographie über dieses Märchen von A. M. e. Draak trägt den Titel »Onderzoekingen over de roman of Walewein«, Haarlem, 1936.

Baranor: nach Jeremiah Curtin, Irish Folktales, a.a.O. Erstdruck in The Sun, 28. Mai 1893.
Eine Studie über das Märchen liegt unter dem Titel Sven Liljeblad, Die Tobiasgeschichte und andere Märchen mit toten Helfern, Lund, 1927, vor.
Varianten aus Schottland sind bekannt.

Teig O'Kane: nach Irish Folk Stories and Fairy Tales, edited by William Butler Yeats, New York, o.J.

Thomas der Reimer: Nach J. F. Campbell, Popular Tales of the West Highlands, Edinburgh, 1860-1862.

Die blaue Mütze: Nach J. F. Campbell, a.a.O.

Tam Lin: Nach J. F. Campbell, a.a.O.

Ainsel: Nach J. F. Campbell, a.a.O.

Lod: Nach J. F. Campbell, a.a.O.

Die Abenteuer des Ian Direach: nach J. F. Campbell, a.a.O.

Der Traum des Macsen Wldedig: Nach Gwyn Jones, Welsh Legends and Folk-Tales, London, 1955.

Wo König Arthur schläft: Nach Gwyn Jones, a.a.O.

Griff: Nach Gwyn Jones, a.a.O.

Ivan: Nach David Nutt, a.a.O. Erste Quelle: Lluyd, Archaeologica Britannica, 1707, Version in englischer Sprache in »Blackwood's Magazine«, Mai 1818.

Bils, der schlaue Dieb: Erzählt im Mai 1953 von Jab Cadellec, 55 Jahre in der Mühle von Keroudy en Prat (Cotes du Nord).
Enthalten in Geneviéve Massillon, Contes traditionnels des teilleurs de lirs du Tregors (Basse-Bretagne).

Der Winter und der Zaunkönig: Erzählt von Marguerite Phi-
lipe, im Dezember 1868. Luzel, F. M., a.a.O.

Die heilige Gemahlin des Königs Blaubart: Nach Yann Brekilien, Contes et Légendes du Pays Breton, Quimper, 1973.

Freundesdienst: Nach Yann Brekilien, a.a.O.

Das zwölfte Fohlen: Nach Yann Brekilien, a.a.O.

Yann ar Youd: Nach Yann Brekilien, a.a.O.